桂文我上方落語全集

第一巻

四代目
桂文我

Pan Rolling

ごあいさつ

この度、パンローリング（株）から、『桂文我 上方落語全集』を刊行させていただく運びとなりましたことを、誠に嬉しく思っております。

二代目桂枝雀に入門し、四十年の月日が流れましたが、師匠の生前、「お話おじさんと言われてもええから、どんなネタでも演れるようにしなさい」と言われ、それを実行してきた結果、七百席以上のネタを上演することが出来ました。

ＣＤ・ネット配信など、音で残す作業も進めていますが、やはり、文字で残すことも大切と考え、この度の刊行に至ったのです。

元来、この企画は、昭和四十年代から『圓生全集』『林家正蔵集』『三遊亭小圓朝集』『三代目三遊亭金馬集』『桂三木助集』などの個人全集や、『桂米朝 上方落語ノート』などの演芸研究書を刊行した、青蛙房から出版する予定でした。

青蛙房からは、四代目桂文紅師の日記をまとめた『若き飢エーテルの悩み』や、お伊勢参りのネタを集めた『伊勢参宮神賑』などを刊行させていただいた後、ご主人と奥様に「膨大な量の上方落語の全集を拵えませんか？」と伺ったところ、「最近、落語の全集は出版していませんが、後々の意義も考え、青蛙房の最後の大仕事として、引き受けましょう」と言って下さいましたが、残念なことに、その後、ご主人が他界され、青蛙房を閉めることになったのです。

「この企画は、永遠に無理か」と思いましたが、CD・ネット配信で縁の出来たパンローリング（株）の岡田朗考氏に相談したところ、「我が社は出版事業もしていますから、社長と相談してみましょう」という流れとなり、後藤康徳社長とお目に懸かり、事の経緯と意義を述べたところ、「よく、わかりました。それでは、我が社でやりましょう！」という嬉しい言葉をいただきました。

一巻につき約一五席の落語を載せると、四十巻以上になると思いますが、落語の速記や、ネタの解説に加え、噺家生活四十年間で収集した貴重な演芸資料を、出来るだけ生かすべく、写真でご紹介し、また、この全集に収録したネタを少しずつ濃く、深め、高めながら、私の今後の噺家人生と二人三脚が出来るようにしたいと考えています。

一般的に、古典落語という呼び方が生まれたのは、戦後の放送局の番組からと聞いていますが、元来、古典と落語を結び付けること自体、無理があると言えましょう。

しかし、今となれば、それが人口に膾炙され、一般に広がった言い方となった以上は、仕方が無く、私も古典落語という呼び方を使っています。

古典落語は創作落語と違い、先人の工夫と叡智が濃厚に詰まっています。

創作落語でも、『代書』『一文笛』『まめだ』『除夜の雪』のようなネタは、他の古典落語と比較しても、引けを取らない落語もありますが、大抵は個人の頭から出てきたアイデアだけに、ギャグ沢山になり、内容の薄さは否めません。

気の遠くなるような年月を経て、いろんな演者の手に掛かり、創作落語も見事に古典化して行くのでしょう。

また、古典落語の中で、観客の支持が得られず、時代もずれ、置いてきぼりとなり、滅んでしまったネタも、数多くあります。しかし、今となっては、珍品と呼ばれるネタにも、他の落語には無い構成・演出・ギャグが存在しているだけに、見逃す訳には行きません。

令和の今日、タレントや役者も入場料をいただくような落語会を開催したり、プロの噺家がレッスン料を取り、アマチュアに教えることが多くなりました。

私が噺家になった頃の噺家の料簡とは掛け離れ、「落語のカラオケ現象」が広がっていることを悪いとは言いませんが、私が教わってきた先人の姿勢とは違うだけに、賛同しようとは思いません。

令和の時代、どのような落語界となるかはわかりませんが、とにかく、今まで培ってきたことを吐き出しながら、牛歩ではありながら、少しずつ前に進みたいと考えています。

恐らく、本書には間違いも数多くあるでしょう。改めた方が良い所に気付かれた方は、ご教授下さいませ。

とにかく、この壮大な企画に賛同していただいた、パンローリング（株）社長・後藤康徳氏に感謝し、企画の仲立ちをして下さった岡田朗考氏、細かい編集作業の大河内さほさん、校閲の大沼晴暉氏にも、厚く御礼を申し上げます。

そして何より、手に取って下さり、一読していただく方々、有難うございました。

どれだけ続くか全くわかりませんが、慌てず、騒がず、ボチボチ参りますので、末永くお付き合い下さいませ。

四代目 桂文我拝

上方寄席囃子について

上方落語で、お囃子の存在を無視することは出来ません。

勿論、東京落語でも大切ですが、上方落語では、ハメモノ（※落語の中で演奏され、ネタの雰囲気を高めるための曲や唄）が多いため、その比重は比較にならないでしょう。

本書の解説にも、お囃子のことが数多く出てくるため、使用する道具（楽器）の説明もしておいた方が良いと考え、このコラムを設けました。

(1)「三味線」

棹は紅木や紫檀などの堅い木で作られ、花梨などで出来た胴の両面には、猫や犬の皮を張る。それに、太さの違う三本の糸を張り、糸と胴の間には、象牙や骨などで作られた駒を挟み、象牙などで作られた撥で弾く。

唄う者の声の高さで、三本の糸の張りを調節し、唄によって、本調子という基本の調子から、二の糸（※真ん中の、中間の太さの糸）の音の高さを上げる二上がり、三の糸（※一番細い糸）の音の高さを下げる三下がりなどで調節する。

（2）「鳴物」

胴の周りを、調べという紐で締め上げて、甲高い音を出す小太鼓の〆太鼓。大きな胴に、牛の皮などを張って、深くて、大きな音の出る大太鼓。手で握ることの出来る大きさで、鹿の角が付いた撞木で打ち鳴らす金属製の当たり鉦。他にも、銅鑼・桶胴・カンカラ・小鼓・本釣り・木魚・木琴・チャッパ・柝頭・ツケ・駅鈴などがある。

（3）「笛」

三味線の音の高さで種類を替え、三味線の旋律に合わせて吹く篠笛と、太めの煤竹に、籐が巻いてあり、太鼓のリズムに合わせる能管がある。

今後も、コラムで細々としたお囃子のことを述べるかも知れませんが、宜しくお付き合い下さいませ。

目次

網船

あみぶね

昔、口の上手な町幇間《まちだいこ》・野幇間《のだいこ》は、町内の若い衆の遊び相手をして、お年寄りから、毛虫のように嫌われたそうで。

若「おい、チャラ喜」
喜「あァ、相模屋の若旦那。こんな汚い家へ、お越しになって。一体、何の御用で？」
若「道楽が過ぎて、親父が怒って、外へ出られんようになった。『風呂へ行く』と言うて出てきたさかい、直《じき》に帰らなあかん。今日は、馴染みの芸妓《げいこ》・舞妓と、東横堀《ひがしよこぼり》・砥石屋《といしや》の浜から、船で網打ちに行く約束が出来てる。何とか、家を抜け出す工夫は無いか？」
喜「はァ、難しい相談ですな。ほな、親旦那の信用が厚い御方はございませんか？」
若「上町の刀屋・塚口茂三郎という金持ちを信用して、付き合いをしてるわ」

喜「ほな、『塚口の旦那が、若旦那を網打ちに誘てはります』と言いに行きます」
若「親父や塚口さんに嘘がバレたら、怒られるわ」
喜「他に良《え》え段取りを思い付かんさかい、仕方が無い」
若「ほな、覚悟するわ。親父にバレなんだら、儲け物や」
喜「早速、お宅へ行きますわ。(相模屋へ来て) 御免やす。親旦那は、ご在宅で?」
番「誰やと思たら、チャラ喜か。親旦那は奥の間で、煙草《たばこ》を喫《す》うてはる」
喜「ほな、奥へ通らせていただきます。(奥へ来て) 旦さん、御無沙汰致しまして」
旦「敷居越しに、頭で米搗《つ》きをしてるのは、誰じゃ?」
喜「町内の野幇間、長谷川喜三郎でございます。(顔の横で、両手を広げて) バァ!」
旦「誰じゃと思たら、チャラ喜か。伜《せがれ》を極道にしたのは、お前じゃ」
喜「わァ、耳が痛い! 今日は、お知り合いからの言伝《ことづて》でございます」
旦「伜の知り合いは、金を湯水のように遣う、極道者ばっかりじゃ」
喜「実は、塚口茂三郎さんからの言伝で」
旦「塚口さんやったら、話は別じゃ。伜が、風呂から帰ってきた。伜、チャラ喜が来てるわ」
喜「あァ、若旦那。暫《しばら》く、御無沙汰で」
若「今、そこで会うた」

喜「(制して) シャイ！」
若「(口を押さえて) そこで、チャラ喜の噂をしてた。一体、何の用事や？」
喜「塚口の旦さんが、『網打ちをする』と言うて、東横堀・砥石屋の浜で待ってはります」
若「前に仰《おっしゃ》ってた、網打ちか。一緒に行きたいけど、許しが出んわ」
旦「塚口さんの誘いやったら、行きなはれ。恥をかかんように、わしの紙入れを持って行くのじゃ。コレ、チャラ喜。倅が着替えるまで、待ってもらいたい」
喜「どうぞ、ごゆっくり。皆、旦さんのことを、『生き仏』と申しております。世の中には、世間へひけらかすように寄進なさる御方がございますけど、陰で人を喜ばせる方は、少ない。どの寄進帳を見ましても、ご当家のお名前が無いのに、皆が『生き仏』と仰るのは、名乗らんと寄進してはるに違いございません」
旦「チャラチャラと、ベンチャラを言いなはんな。ほんまに、チャラ喜じゃ」
喜「旦さんは、お幾《いく》つで？」
旦「今年、六十三じゃ。歯は、一本も欠けてない。ハッキリ、目も見える」
喜「ほんまに、お若《わこ》うございます。額も、ツヤツヤして」
旦「禿《は》げて、光ってるわ」
喜「それは、お禿げで？」

旦「お焦《こ》げのように言いなはんな。頭は禿げて、額へ皺《しわ》も寄った」
喜「それは、皺でございますか？　私は、額の模様かと思ておりました」
旦「物を言う度《たび》、しくじるわ。塚口さんに、『チャラ喜とは、付き合いなはんな』と言うたる。塚口さんも、ケッタイな御方じゃ。網打ちの、どこが面白い？」
喜「網打ちは、お金儲けにも繋《つな》がります。一網分の魚を売ったら、一両になりますわ」
旦「網打ちで、儲かるとは知らなんだ。入費は、何ぼじゃ？」
喜「船代と祝儀込みで、一貫ぐらいで」
旦「一貫の入費で、一両儲かるか。ほな、わしも網打ちへ行く」
喜「それは、具合が悪い！　魚は、六十三の年寄りを嫌がります」
旦「塚口さんも、同い年じゃ。わしだけ、嫌がることはなかろう。先に出掛けるさかい、伜と一緒に来なはれ。ほな、先に行くわ」
喜「一寸、待っとおくなはれ！　あァ、えらいことになった」
若「チャラ喜、親父は？　『網打ちが、金儲けになる』と言うたら、先に出掛けた？　ウチの親父に、金儲けの話をする奴があるか。お前だけ、親父と網打ちに行きなはれ」
喜「そんなことを仰らず、一緒に来てもらいたい。（表へ出て）　此方《こっち》の道を行くと、先廻り出来ます。欲張りの年寄りと、極道の伜は難儀や。（口を押さえて）　いえ、何でもございません。さァ、砥石屋の浜に来ました。先に若旦那の船を着けて、芸妓・舞妓の船は、後から来るようにしまして。コレ、船頭。誰か、来てないか？」
船「誰方《どなた》も、お越しやございません」
旦「（杖をついて）網打ちの船は、どこじゃ？」
喜「あァ、親旦那が来はった。遅うございましたよって、若旦那と心配しておりまして」
旦「塚口さんは、どこに居られる？」
喜「一寸、遅れるそうで。お家へ帰りはって、お待ち下さいませ」
旦「出直すのも、大儀じゃ。船の中で、待つことにするわ」
若「チャラ喜、どうしょう？」
喜「親旦那を船へ乗せて、木津川口へ行った所で、船を揺らします。船に酔うたら、陸《おか》へ上がってもろて、岸から船を離したら宜《よろ》しい。もし、旦さん。刻が外れると、魚が採れません。早速、船を出しますわ。塚口さんは、後の船で追い掛けてもらいます。船頭、船を出して」
船「お履物は、直ってますか？　ほな、出しますわ。や、うんとしょう！」〔ハメモノ／宇治の柴舟。三味線・大太鼓・当たり鉦《がね》で演奏〕
旦「命の洗濯になるよって、チョイチョイ網打ちに行こか。ほゥ、広い川へ出たな」

喜「東横堀を下って、木津川口へ出てきました。網打ちをするのは、もっと向こうでございます。（船頭に囁《ささや》いて）コレ、船頭。祝儀を弾むさかい、船を揺らして」
船「へェ、宜しい。よいしょ！（櫓《ろ》を漕《こ》ぎ、揺れが激しくなって）よいしょ！」
旦「（身体が、前後に揺れて）揺れが酷《ひど》うなって、胸が苦しゅうなってきた」
喜「この辺りは、波がきつい。船が揺れるのは、辛抱していただきますように」
旦「初めて網打ちの船に乗ったが、苦しいわ」
喜「しめしめ。（口を押さえて）いえ、此方のことで。陸へ上がって、裸足《はだし》で土を踏むと、酔いが治ります」
旦「伜は先が長いし、身代を継ぐ身じゃ。チャラ喜は、伜を連れて、陸へ上がりなはれ。わしは老い先短いさかい、思い残すことは無い。魚の顔を見るまでは、意地でも上がらん」
喜「もし、若旦那。親旦那は、えらい根性ですな」
旦「金と命を天秤に掛ける親父の真骨頂で、面目躍如や」
喜「感心してる場合やございません。あッ！　向こうから芸妓・舞妓の船が、三味線・太鼓で囃しながら参りました」
幇「おォ、若旦那の船や。あの船の傍へ行け、行けーーッ！〔ハメモノ／吹け川。三味線・〆太鼓・大太鼓・当たり鉦・篠笛で演奏〕若旦那の船は、波も無いのに大揺れや。もし、若旦那！」
喜「親旦那が乗ってることは言えんさかい、形で見せるしかないわ。（親指を出し、胸の前で、ペケを拵《こしら》えて）さァ！」
幇「チャラ喜が、ケッタイな恰好《かっこう》をしてるわ。親指を出して、胸の前で、ペケを拵えて。チャラ喜の後ろに、禿げた人が乗ってるわ」
芸「若旦那は、お年寄りにならはったこと」
幇「どうやら親旦那が随《つ》いてきて、チャラ喜が難儀してるような。ウカウカ、あの船の傍へ寄れんわ」
若「あァ、芸妓・舞妓の船が寄ってくる。チャラ喜、どうしょう？」
喜「あの船へ、お侍が乗ってることにして、向こうへ網を打ちますわ。『武士の船へ網を打つとは、言語道断。〔船の主を出せ〕と言うて、怒ってはります。親孝行をするのは、今ですわ。先方の船へ行って、お詫びしてきなはれ』と言うて、この船へ親旦那を残して、若旦那と私が向こうの船へ飛び乗って、船を遠くへ離しますわ」
若「こんな智慧《ちえ》を出させたら、日本一や。いっそのこと、こんなことを考える商売をした方が良えわ」
喜「ケッタイなことを言いなはんな。早速、船頭に言いますわ」

旦「何を、二人でゴジャゴジャ言うてる？　あの船は、知り合いか？」
喜「知らん者が、声を掛けてきただけで。今から、網を打ちますわ」
旦「いよいよ、網打ちか。船酔いも治ってきたさかい、都合が良え。仰山、魚が採れて、一両儲かったら、チャラ喜にも一貫ぐらい渡すわ」
喜「ほな、網を打ちます。（網を担いで）どっこいしょ！〔ハメモノ／伊勢の陽田。三味線・大太鼓・当たり鉦で演奏〕（網を打って）エイッ！　えらいことをした！」
旦「ペコペコ頭を下げて、どうした？」
喜「手許が狂て、お侍の船へ網を打ってしもて。若旦那、ここが親孝行。親旦那の代わりに、お侍の船へ謝りに行きなはれ。私も、お供します」
若「ほな、命懸けで行こか。（向かいの船へ、飛び乗って）よいしょ！」
一「若旦那、お越しやす」
二「お待ち致しておりました」
喜「コレ、静かにしなはれ。船頭、船を向こうへ廻して。若旦那、親旦那の船から離れますわ」
若「取り敢《あ》えず、一杯呑もか。（酒を呑んで）あァ、ホッとした」
旦「コレ、船頭。倅は、大丈夫か？」

船「お侍の船へ網を打ったら、唯《ただ》では納まらん。刀を抜いて、剣《つるぎ》の山になってますわ」
旦「たった一人の跡取り息子が命を落としたら、えらいことじゃ。あの船が、剣の山になってる？　船頭、お侍の船の横へ着けて。（笑って）わッはッはッは！」
船「もし、旦さん。何を、笑《わろ》てなはる？」
旦「あの剣の山やったら、わしも行きたい」

解説「網船」

長年、上演されなくなった噺でしたが、二代目桂三木助の速記を土台にして、平成二十年三月から、高座へ掛けるようになりました。

二代目三木助は持ちネタが多く、「千のネタがある」と噂をされていたそうです。

私が参考にしたのは、昭和六年五月一日に刊行された「郷土研究・上方／第五号」の「大阪落語の巻」に「思い出の明治の落語家」（會心居主人）、「大阪落語保存會の記」（南木生）、「大阪落語保存會に寄す」（田中芳哉園）、五代目笑福亭松鶴の『植木屋娘』と共に載っていた、二代目桂三木助の『あみ船』の速記でした。

「大阪落語保存會の記」の冒頭には、「時勢に適わず大阪落語がだんだん滅びて行く。凋落して行くその姿を眺めていると、そぞろ愛着の念が起る。大阪がもつ方言の輕妙な説話、ユーモアに富む手眞似身振りの大阪落語こそ、尖端化して行く現代の反面に都會人の心の裕りとして又必要なものがある。これは何かの方法の許に保存させて置きたい。私は前々號にも述説して置いた通り、大阪言葉がだんだん變化して、純粋の方言が今に抹消され聽かれなくなるであらう。これは言語の統一上當然ではあるが、一面に土地が生んだ方言の

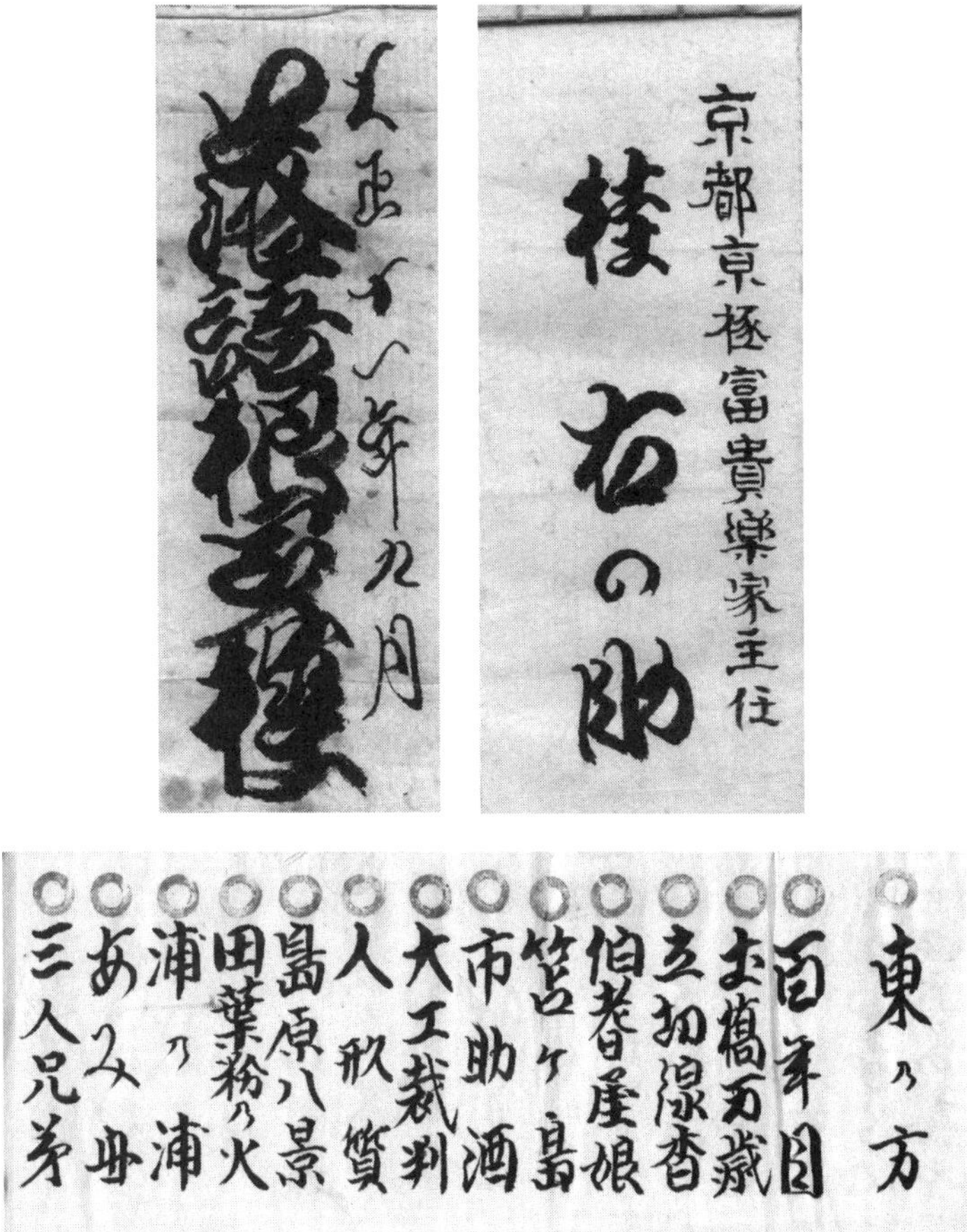

『あみ舟』の記述がある、桂右の（之）助の落語根多控〔大正11年９月〕。

保存上、大阪落語なるものは簡便で適切なものと思惟している。そんな見地から、せめて私共と考を等しくする人達の耳にだけでも聽取って置き、又記録として残して置きたい。これが開催を促した趣意である」と記されており、当時の知識人が、上方落語界の情勢を危惧している姿を、如実に表していると言えましょう。

続けて、「四月十八日、吉本興行部の了解と北村春歩君の厚意によって、會場を清水町の北むら三階大座敷で催すことにした。午後一時開會、四時閉會と觸出したのは、夜間は出演者の職業上に支障を來たすのと、出演者の氣分の上にもゆっくりしない。北むらの表口には昔の寄席氣分を出すため昔ばなしと書いた角行燈を釣して會場入口の目標とした。さて會場は寄席氣分を横溢さす爲、中央に通ひ道を造り、高座には見臺に膝隠しの小衝立よろしく萬事大阪流の設備をする。午後一時を待たず會員は續々と來會せられて開會前には已に大入満員の體」と、当日の会の盛況を伝えています。

この日のトリは、二代目桂三木助の『網船』だったようで、「休憩後、當日のとり三木助君の『あみ船』は四十分の長講、隠居、若旦那、町幇間の茶ら喜、船頭、何れも人物が躍如として浮び出て眞に迫った話術は聽者をしてぐんぐん妙味に引入れてゆくその舌練、流石大阪落語界の驍將として近來になき好聽きものであった」とのこと。

確かに、『網船』は登場人物の描き方が薄いと、その世界へ入りにくいようで、それは落

郷土研究「上方・第５号」〔昭和６年刊〕の表紙。

語全般に言えることですが、このネタには極めて強く感じます。

親旦那は堅物のようで、お茶目な一面を覗かせ、町幇間のチャラ喜の困りも、真面目に演じるうちに、滑稽がにじみ出るのが一番でしょう。

そして、若旦那は下品にならず、船頭も淡々と、仕事をこなす様子を描きます。

また、船の揺れは、自然な動作で、滑稽に表現しなければなりません。

これは、日本舞踊の素養がなければ、きれいに演じることは出来ないでしょう。

そのように考えると、演じるには難しいネタであり、誰も演らなくなった理由も見えてきます。

このネタでは、ハメモノ（※落語の中で入る囃子）が、絶大な効果を発揮することも見落とせません。

親旦那・若旦那・チャラ喜が、船へ乗り込むときに入るハメモノは、『宇治の柴舟』という曲。

元唄は、長唄『藤娘』の中の『潮来出島《いたこでじま》』で、緋色の紐の塗笠《ぬりがさ》を被り、藤の枝を担いだ、可憐《かれん》な娘の舞姿を楽しむ日本舞踊『藤娘』に使用される曲です。

歌詞は、〔1〕潮来出島の真菰の中で、あやめ咲くとは、しおらしや。さァ、ヨイヤサァ。
〔2〕花は色々、五色に咲けど、主に見えかる、花は無い。さァ、ヨイヤサァ、ヨイヤサァ。

郷土研究「上方・第５号」〔昭和６年刊〕に掲載された、「大阪落語保存會の記」と、二代目桂三木助口演による『あみ船』の速記。

この唄を土台にして、幕末頃に作られた唄が『宇治の柴舟』です。歌詞は、〔1〕宇治の柴舟、早瀬を渡る。私ゃ君故、上り舟。さァ、ヨイヤサァ、ヨイヤサァ。〔2〕花は色々、五色に咲けど、主に勝りし、花は無い。さァ、ヨイヤサァ、ヨイヤサァ。

芸妓・幇間の船が来る場面では、『吹け川』という、賑やかな曲が入ります。川・河岸・船など、水に縁のある場面が登場する歌舞伎に使用する歌舞伎下座音楽『佃《つくだ》の合方《あいかた》』の唄付きの曲を『佃節』と呼び、その一つが『吹け川』になりました。

「吹けよ川風、上がれよ（や）、簾。中（今）のお客（小唄）の顔（主）見たや」という歌詞ですが、この唄には伝説があり、古来、隆達が大内（※皇居）へ召されたとき、夜中に一陣の風が寝殿の簾《すだれ》を吹き上げ、風が静まって、空に月が上った様子を「唄にしてみよ」という言葉を受け、「吹けよ、川風。上がれよ、簾。中の上臈《じょうろ》（※身分の高い人）の、顔見たや」という唄を、即座に創作したと言われています。

『網船』のほか、『遊山船』『さくらん坊』などでも、川へ船を浮かべ、川面が賑わう場面を表現しますが、この曲を聞くだけで、場が明るくなると感じるのは、私だけではないでしょう。

チャラ喜が網を打つ場面で入るハメモノが、『伊勢の陽田』です。

江戸時代、宝暦頃から六回以上、お伊勢参りが爆発的に流行し、神宮界隈や参宮街道は、空前の賑わいとなりました。

殊に、内宮の参道に位置する古市などの色街の賑わいは大したもので、全国的な民謡や座敷唄にもなった『伊勢音頭』も、この辺りから、全国へ伝播《でんぱ》したのでしょう。

古市は、古くは長峯、後に陽田と呼ばれることもあったそうで、山田を「ようだ」と読んだとも言われ、その賑わいを唄にしたのが『伊勢の陽田』で、『山田節』『伊勢音頭』とも言われたようです。

歌詞は、「伊勢の陽田の一踊り、二見ケ浦に住みながら、ササ、ヨイヨイヨイヨイ、ヨイヤサァ。何故に、そなたは塩釜の（しほがない）、しほがなくとも、舌たるく（しほがなくても、したらない。お客は立派で、気はさっぱ。腰ざし紋羽の、仲良しの。洒落た顔して、止しなされ。昨夜も来よとて玉機の、今宵も来よとて玉機の、おりおりしがない御無心に、さっぱり困り入りやした。塵取り手桶に、小便担桶」。

寄席囃子に採り入れられた『伊勢の陽田』は、〔1〕伊勢の陽田の一踊り、二見ケ浦に住み馴れて、ヨイヨイヨイヨイ、ヨイヤサァ。〔2〕柳々、直ぐなる柳。いとう風にも、靡かんせ。ヨイヨイヨイヨイ、ヨイヤサァ。〔3〕梶原源太景季は、焙烙頭巾に長羽織。ヨイヨイヨイヨイ、ヨイヤサァ。〔4〕長いもあれば短いも、あるは、お武家の腰の物。ヨイヨイ

ヨイヨイ、ヨイヤサァ」という歌詞になりました。

『網船』は、『芝浜』『火事息子』などの名演が光る、三代目桂三木助の持ちネタにも入っていたそうですが、上演記録が見つからず、録音された形跡もありません。

もし、御存知の方は、ご教授下されば、幸いです。

「落語事典」（青蛙房）の『網船』の解説に、「文政〜天保の頃、初代松富久亭松竹が創作したと言われる」とありますが、これも風評の域を出ません。

江戸後期の大坂近辺の世情を著した「摂陽奇観」に、「文化年間世上流行　あみ船」と記されています。

これは船の網打ちが流行ったということで、その人気に便乗して、『網船』という落語が創作されたとも考えられましょう。

近年では、六代目笑福亭松喬兄（平成二十五年没。享年六十二）が、晩年、幾度か上演し、その形で門弟も演り始めました。

ちなみに、『あみ船』『あみ舟』と表記されることもあり、大正十一年九月の「落語根多控」（※京都京極富貴楽家主任・桂右の助が筆記）には、『あみ舟』と記されています。

小倉船
こくらぶね

豊前《ぶぜん》の小倉から馬関《ばかん》、只今の下関を抜けて、停泊を繰り返しながら、大坂まで通う便船を、小倉船と申しまして、当時の九州と大坂を結ぶ、重要な足やったそうで。

小倉の浜には、大きい船が着いて、乗合衆が歩み板を伝うて、ドヤドヤドヤドヤと、船の中へ乗り込んで、時刻が来ると、船頭が歩み板を引き上げる。

舫《もや》いを解いて、錨《いかり》を巻き上げた。三間半赤樫《あかがし》の櫂《かい》で、グゥーーッと、岸を突く。

船が深みへ出ると、櫂では間に合わんので、櫨《ろ》に代わる。

長い長い奴を、海の中へ、ザブゥーーン！〔ハメモノ／水音。大太鼓で演奏〕

ガチッと櫨臍《ろべそ》へ嵌《は》め込んで、霧水の一杯も吹いて、パッと肌脱ぎになる。

肌は、日に焼けて赤銅《しゃくどう》色。

二挺《ちょう》の櫨には、八人の船頭が、腕に縒《よ》り掛け、漕《こ》ぎ出した。

船「や、うんとしょう！」〔ハメモノ／舟唄。三味線・大太鼓・当たり鉦《がね》・篠笛で演奏〕

ドブンチョウチョウ、ドブンチョウチョウ。

船は、沖へ沖へと出て参ります。

暫くすると、風《かざ》マンを見て、帆を張り上げる。

帆は、十分より、八合が良《え》えそうで。

帆を八分目に張ると、風を孕《はら》んで、プゥ――ッ！

乗合衆は、日に焼けんように、帆柱の蔭へ集まってくる。

○「この船が大坂へ着くまで、宜《よろ》しゅうに。仰山の人が乗ってると、顔形が違うように、持ち物も色々で。お宅が腰に下げてる煙草《たばこ》入れは、中々、結構ですな」
★「お伊勢参りをした時に買《こ》うた、伊勢の稲木の煙草入れですわ」
○「お宅の扇子は、お経が書いてありますな」
△「金比羅さんへお参りした時、買うた扇子です」
○「扇ぐ風も、有難いように思いますわ。お宅の杖は、変わった形ですな」
●「天竺《てんじく》へ旅をした時、ついてた杖じゃ。孫悟空を連れて」

○「嘘を吐《つ》きなはれ。お宅の後ろに置いてある物は、何です？」
◎「これは、フラスコという物で。人が、水の中へ入って行ける道具ですわ。私は、大坂唐物町《からものまち》の唐物《とうもつ》屋の若い者で、長崎で珍しい物を探してきました。透き通ってるのは、ギヤマンで出来てます。この中へ人が入って、酒・肴《さかな》を入れて、上から栓をする。川や海へ沈めて、水の中の様子を見ながら、一杯呑む。夏場はヒンヤリして、気持ちが良えさかい、大坂で流行《はや》ると思て、買うてきました」
○「こんな珍しい物が見られるのも、船旅の良え所や。お宅は、欠伸《あくび》ばっかりしてなはる」
×「ほんまに、退屈ですわ。周りを見ても、海ばっかりや」
○「当たり前ですわ。それぐらい、辛抱しなはれ」
×「宜しかったら、私と遊びまへんか？　ほな、これは如何《いかが》で？」
☆「ほゥ、花札ですな。私は、遊び方を知らん」
×「あァ、さよか。ほな、これは如何で？」
☆「ほゥ、サイコロですな。私は、バクチが嫌いです」
×「難儀やな。考え物は、どうです？　私が題を出して、答えられたら、お宅の勝ち。答えられなんだら、私の勝ちですわ。取り敢《あ》えず、やった方が早い。何にも賭けなんだら、力が入らん。菓子でも買うたつもりで、十文出しなはれ」

☆「十文ぐらいは出しますけど、どうなります？」
×「私も十文出すと、二十文になる。二人で、この銭の取り合いをします。私が題を出すよって、お宅が答えなはれ。九州から船に乗ったさかい、九州の題を出します。九州で、一番初めに名前が付いた所は、どこ？」
☆「はァ、どこです？」
×「聞いたら、あかん。お宅が、答えるんですわ」
☆「あァ、そうか。サッパリ、わからん」
×「この二十文は、もらいますわ。わからなんだら、私がもらうと言いました」
☆「ほな、何か言うた方が宜しいな。答えは、鹿児島です。人は温《ぬく》い所から来たさかい、一番南の鹿児島から、名前が付いたと思いますわ」
×「なるほど。この銭は、もらいます」
☆「一寸、待ちなはれ！　答えは、何です？」
×「長崎ですわ。『名が先』と言うぐらいやさかい、長崎」
☆「名が先？　（笑って）わッはッはッは！　これは、面白い！」
×「いや、喜んでたらあかん。お宅は、銭を取られてるわ」
☆「あッ、えらいことや！」

×「今頃、顔色が変わってるわ。ほな、ここへ二十文を出してもらいたい」
☆「銭が、倍になりましたな。ほな、これで宜しいか」
×「今度は、四十文の取り合いをします。真っ直ぐに咲かん花は、何？」
☆「それは、朝顔！　朝顔の芽は、真っ直ぐに出ますけど、蔓《つる》は竹を伝《つと》て、グルグル巻いて、花が咲きます。真っ直ぐに咲かん花は、朝顔！」
×「なるほど。この銭は、もらいます」
☆「一寸、待ちなはれ！　答えは、何です？」
×「蓮の花ですわ。真っ直ぐに咲かんと、斜《はす》に咲きます」
☆「これも、良う出来てる！」
×「お宅は、感心ばっかりしてるわ。この四十文に、十文足して、五十文にします。お宅も、五十文置きなはれ」
☆「段々、傷口が広がるわ。ほな、五十文」
×「次は、百文の取り合いですわ。丈《たけ》が、一尺二、三寸。目も口も鼻も、何にも無い。白いような、黒いような、赤いような、茶色いような、何とも言えん色をして、触ったら、ズルズルズルズルしてる物は、何？」
☆「もう一遍、言うとおくなはれ」

×「何遍でも、言います。丈が、一尺二、三寸。目も口も鼻も、何にも無い。白いような、黒いような、赤いような、茶色いような、何とも言えん色をして、触ったら、ズルズルズルズルしてる物は、何？」
☆「一寸も、わからん」
×「百文は、もらいます」
☆「銭を取るのは宜しいけど、答えを言いなはれ」
×「牛蒡《ごんぼ》の腐った奴ですわ」
☆「考え物は、そんな答えで宜しいか？　ほな、百文行きますわ」
×「お宅から、銭の高を上げましたな。この百文と合わせて、二百文」
☆「今度は、私が題を出します！」
×「ほゥ、お宅が出しなはるか。ほな、どうぞ」
☆「私の題は、難しい！　四本足で、体中に毛が生えて、鼻と口が前へ出てる。白や黒やブチが居って、雪が降ったら、外を走り廻って、ワンワンワンと啼《な》く物は、何？」
×「それは、犬と違いますか？」
☆「当たった！」
×「当たり前や。そんなことを言うたら、わかりますわ」

☆「どこで、わかりました？　ほな、もう二百文」
×「また、上げなはった。二百文を足して、四百文」
☆「今度こそ、難しい！　これも四本足で、体中に毛が生えてるけど、鼻と口は丸い。白とか黒はあるけど、ブチやのうて、ミケと言う。雪が降っても、表は走り廻らんと、炬燵の中で丸うなって、ニャーーッと啼く物は、何？」
×「お宅は、起きてますか？　それは、猫ですわ」
☆「わかるか！」
×「誰でも、わかるわ。皆の手前、銭が取りにくい。せめて、啼き声を言いなはんな」
☆「ほな、啼き声は言わん。さァ、一両行きますわ」
×「小判が出てきたら、騒動や。いえ、やりますわ。ワンワンに、ニャーーッやさかい。一両置きますけど、啼き声は言いなはんな」
☆「わかりました。背は、屋根より高い。頭が二つで、目が四つ、手が八本。一本足で、闇夜の晩、ポイポイポイポイと跳んで歩く物は、何？」
×「一寸、待った！　もう一遍、言うとおくなはれ！」
☆「何遍でも、言わせてもらいます！　背は、屋根より高い。頭が二つで、目が四つ、手が八本。一本足で、闇夜の晩、ポイポイポイポイと跳んで歩く物は、何？」

×「えッ！　ワンワンに、ニャーーッと思うわ。頭が二つで、目が四つ、手が八本で、一本足？　蛸やなし、下駄やなし。啼き声は？」
☆「言うたら、あかんと言うた！」
×「仕掛けの負けで、わからん！」
☆「この小判は、もらいます」
×「金を取るのは宜しいけど、答えは何です？」
☆「化け物ですわ！」
×「それは、あかん。化け物で銭を取ったら、殺生や。さァ、返しなはれ」
☆「化け物は、あかん？　化け物は、あかんのか！　己《おのれ》は牛蒡の腐った奴で、銭を取りやがったわ。わしは年柄年中、九州と大坂を行ったり来たりしてる。こんな、しょうもない手に乗るか。己のような奴を、道中師・インチキ師・ごまの灰と言うわ。騙《だま》されたフリをして、逆に一両を取ったった。これに懲《こ》りて、一寸は慎め。ついでに、化け物の啼き声を教えたろか。『かもか！』と言うんじゃ、よう覚えとけ！　胸が、スッとした。さァ、一両は返したる。船頭、小便がしたい。便所は、どこや？」
船「こんな船に、便所は無いわ。艫《とも》の方に、枡形《ますがた》に切った所があるさかい、そこでしなはれ。稲荷さんの鳥居の形に似てるさかい、『奉る』と言うわ」

☆『奉る』とは、面白い！　ほな、さしてもらう。どっこいしょ！〔ハメモノ／水音。大太鼓で演奏〕あッ！　帯を緩《ゆる》めたら、懐へ入れてた胴巻が、海の中へ落ちてしもた。おい、船頭！　ここや。ここ、ここ！」
船「そんな所へ、印を付けてもあかん。この辺りは、海で生まれて、海で死んでいく船頭でさえ、よう潜《もぐ》らん難所じゃで、胴巻は諦めとおくれ」
☆「あの胴巻には、親方へ届ける大金が入ってる。あれが無いと、生きていけん！」

気の利いた者が、錨を止めてあった綱を、プツッと切る。
錨が、ガラガラガラ！
船が、ギ、ギ、ギ、ギッと止まった。

○「皆で、何とかしょう。この人は、『海へ飛び込む』と言うてるわ。あァ、大坂の唐物屋の御方。フラスコは、人が水の中へ入って行ける道具や。それを使《つこ》て、海の中へ探しに行かしてもらいたい」
◎「私も使たことが無いさかい、使い試しになります。ほな、使いなはれ」
○「この人が、フラスコを貸してくれはる。船縁《ふなべり》を足場にして、中へ入りなはれ。ほな、栓をします。ヨイヨイヨイ！　フラスコの中へ、水は入らん。皆で綱を持って、船縁へ上げて、海の中へ下ろすわ。あ、やっとこせ！」〔ハメモノ／桑名の殿様。三味線・大太鼓・当たり鉦・篠笛・ツケで演奏〕

☆「これが、海の中か。真っ青で、綺麗《きれい》やな。あァ、眩《まぶ》しい！　上を見たら、キラキラ光ってる。海の中は、いろんな魚が泳いでるわ。蛸の親子連れが来て、何やら言うてる。『お父ちゃん、瓶《びん》の中の人間を買うて』。わしは、売り物やないわ。墨を吹いて、向こうへ行きやがった。海の底は、いろんな物が落ちてる。槍や薙刀《なぎなた》、鎧《よろい》や兜《かぶと》。薙刀に、何やら彫り付けてあるわ。えェ、新中納言平知盛《たいらのとももり》。知盛の薙刀！　この辺りは、源平の古戦場や。大坂へ持って帰ったら、良え値で売れるやろ。それより、わしの胴巻は？　若布の根元へ、チョコンと乗ってるのは、わしの胴巻や。有難い！　（壁を摩《さす》って）　あッ、手が出ん！　手が出んような不細工な道具を、よう拵《こしら》えやがった。（芝居口調になって）宝の山に入りながら、手を空《むな》しゅうして、帰るか。チェッ、残念！」

大分、芝居好きやったようで、フラスコの中で、見得《みえ》を切った。

足を踏ん張った拍子に、フラスコへ罅《ひび》が入って、水が滲《にじ》んでくる。

「これは、たまらん。いっそのこと！」と、腰の矢立てを引き抜くと、フラスコを割ってしまう。
このフラスコは、海の底へ沈んでた訳やのうて、岩角へ乗ってただけで、フラスコが割れると、幾何《いく》十丈とも知れん海の底へ、真っ逆様に、ズゥーーッ！〔ハメモノ／水気。三味線・大太鼓で演奏〕
海の底へ、ドォーーンと落ちると、気を失《うしの》てしまう。
どれぐらい時が経ったか、上を見上げると、玲瓏《れいろう》として、空晴れ渡り、隈《くま》も無く、霞《かすみ》にそびえし楼門に、大龍王宮《だいりゅうおうきゅう》の額を上げ、右に紫雲の回廊あり、左に火焔の輪塔あり。七宝七重《しっぽうななえ》の玉の垣、珊瑚《さんご》・琥珀《こはく》の玉簾《すだれ》、瑪瑙《めのう》・瑠璃《るり》の鎮《しず》を付け、金銀きらめく庭の砂《いさご》。
☆「さては龍宮界、龍の都でありしよな！〔ハメモノ／清涼山。三味線・大太鼓・能管・当たり鉦で演奏〕これが、龍宮か？ ほんまに、綺麗な所や。門が開いてるさかい、中へ入ったろ」
ヒョコヒョコ、龍宮の中へ入って行くと、そこへ出てきたのが、龍宮の腰元。
頭へ魚の冠《かんむり》を被《かぶ》って、手には唐団扇《とううちわ》という、柄《え》の長い内輪を持ってる。

一「それへ、お越しなされしは」
二「丹後の国は、与謝の郡《ごおり》」
三「水江の里の浦島様」
四「乙姫様が、お待ち兼ね」
五「いざ先ず、これへ」
六「お越し」
七「遊ばされ」
八「ませ」
九「ませ」
十「ませ！」

終《しま》いには、何を言うてるのかわからん。
渡り台詞《ぜりふ》、割り台詞という奴で。

☆「わしが、浦島？　違う、違う！　それは、人違い」
一「お隠しなされても、逃《のが》れぬ証拠、目の下の黒子《ほくろ》」

☆「浦島は、こんな所に、黒子があるか？　浦島に間違われてるのを幸いに、龍宮の御馳走をいただいたろか。（芝居口調になって）然《しか》らば、案内頼む！」

浦島になりすまして、龍宮へ入ってしまう。

拍子の悪いことに、その後へ出てきたのが、本物の浦島。

頭は弾《はじ》き茶筅《ちゃせん》、腰には腰蓑《みの》。

霊亀《れいき》という耳の生えた亀に乗ると、魚釣竿を片手に、波路遥かに、それへさして、ズゥーッ！〔ハメモノ／浦島。三味線・〆太鼓・能管で演奏〕

龍宮へ入ってしまうと、浦島が二人現れたことで、大騒動になった。

先に来た浦島が、しょうもないことばっかり言うてることで、偽《にせ》浦島と定まって、追手《おって》が掛かる。

この男は身が軽うて、彼方《あっち》へ跳び、此方《こっち》へ跳び。

皆が揉《も》めてるのを尻目に、ポイッと表へ飛び出した。
☆「わしが居《お》らんのに、揉めてるわ。裏山は真っ赤で、綺麗や。あァ、これが龍宮の珊瑚《さんご》樹畑《じゅばたけ》やな。〔ハメモノ／おかしみ。三味線・〆太鼓・大太鼓・当たり鉦で演奏〕胴巻は落としたけど、珊瑚を持って帰って売ったら、胴巻の金の埋め合わせになるわ。枝振りの良えのは、どれや？　よし、これが良え。ヨイショ！〔ハメモノ／ツケ〕ほゥ、これも良え。〔ハメモノ／ツケ〕さァ、これも取ったろ。〔ハメモノ／ツケ〕これだけ取ったら、一本五両で売っても、三五（※珊瑚）の十五両」

早《はよ》う逃げたらええのに、しょうもない洒落《しゃれ》を言うて、珊瑚を取ってた。この様子を、龍宮の楼門の上から見てたのが、龍宮の代官・鰒腸長安《ふぐわたちょうあん》。フグの冠を頭へ被って、腹に毒持つ、怖い侍。

「曲者が、珊瑚樹畑に居る。皆、出会え！」と、大勢の小魚を連れて出てきた。

鰒「者共、参れ、参れ！〔ハメモノ／浄瑠璃。三味線・大太鼓・ツケで演奏。※斯《か》かる所へ鰒腸長安、家来引き連れ、出《い》で来たり〕やァやァ、偽浦島！　うぬが所持なす、珊瑚樹。イチャクチャ無しに、渡さば良し。嫌じゃ何ぞと、吐《ぬ》かすが最期。絡《から》め取ろうや、返答な。さァ、さァ、さァさァさァ、浦島、返答は、何と、何と！」〔ハメモノ／浄瑠璃。※何と何とと、詰め寄ったり。浦島、プッと吹き出《い》だし〕

☆「フフ、ハァハ、フフ、ハァハ、フハハハハ！　良い所へ、鰒腸長安。うぬら一把《いちわ》で食

い足らねど、浦島が腕の細葱《ねぶか》。料理塩梅、食ろうてみよえ！」〔ハメモノ／浄瑠璃。※
大手を広げて、身構えたり〕
鰒「者共、討って取れ！」〔ハメモノ／時太鼓。大太鼓で演奏〕
魚「ハハァ━━ッ！」（両手の指を動かして）

これは、大勢の小魚が出てきた所で。

☆「や、どっこい！」〔ハメモノ／霞《かす》む梢《こずえ》の。三味線・〆太鼓・大太鼓・篠笛・当たり鉦で演奏〕（投げる振りで、右手の人指し指と中指を、見台の上へ、V字に立てて）

これは何をしてるかというと、偽浦島に投げられて、トンボを返った奴が、引っ繰り返って、両足を、パッと広げた所で。

よう見てもらわんと、わからん。

☆「（左右の男を投げる振りで、両手の人指し指と中指を、見台の上へ、V字に立てて）ヤァ━━ッ！」

どうにでもなる。
暫くの間、戦いましたが、多勢に無勢は敵わん。
珊瑚樹を担《かつ》いで、逃げ出した。

☆「や、どっこいしょ！〔ハメモノ／うつつ白波。三味線・〆太鼓・大太鼓・当たり鉦で演奏〕わしは、足が速い。皆、離れていくわ。このまま、大坂まで走って帰ったろ。向こうに、関所が見えてきた。えェ、お願い致します」
関「ドォーーレ！　何方《どちら》へ参る？」
☆「大坂まで、走って帰ります」
関「この龍宮から出るのであらば、乙姫様の通行手形を出しなさい」
☆「そんな物は、持っておりません」
関「乙姫様の通行手形を持たずに、出て参ったか。この龍宮へ、モグリで入ったな？」
☆「いえ、フラスコで参りました」

解説「小倉船」

約三十五年前、四代目林家染丸兄（※当時、染二）に教わったネタです。

当時、私は日本舞踊を習っていなかったため、このネタの稽古をお願いしたとき、「『浦島』を踊る場面があるし、いろんな歌舞伎の振りも出てくるから、踊りを習《なろ》てからの方が良えと思う」と仰《おっしゃ》りながら、踊りも、芝居の振りも、丁寧に教えて下さいました。

その後、日本舞踊を習い始め、「染丸兄に、失礼なことをした」と反省し、後日、ある落語会の楽屋で詫びると、「ほんまに、大変な稽古やったわ」と、大笑いされたものです。

どの師匠に習ったネタも、師匠（※二代目桂枝雀）に聞いてもらうのを常としていましたが、このネタのとき、「わしは踊りが苦手やさかい、別の演出で演ってみたけど、改めて見てみると、やっぱり踊りが大切なことがわかる。丁寧に踊って、その世界へ入ってもらうことが肝心や。出来るだけ、ギャグも少ない方が良えかも知れん」とのことでした。

後半は、芝居と踊りのパロディばかりですが、それを形良く見せることが、最高のサービスとも言えるでしょう。

染丸兄に教わったとき、考え物の前に、風鳥《ふうちょう》・火鳥《かちょう》（※風や、火を食べる鳥）という件《くだり》がありましたが、これは、日本各地の民話に見られます。

従来の『小倉船』の考え物は、「いる時にいらなんで、いらん時にいる」の答えに「風呂の蓋」、「食う時に食わなんで、食わん時に食う」には「釣り師の弁当」という答えでしたが、私の場合、長崎と、花の題に替え、ズイキの腐ったという答えを、牛蒡《ごぼう》の腐ったとし、牛と馬の答えも、犬と猫に改めました。

従来の構成は、ラストに駕籠屋が現れ、珊瑚樹を担いで逃げる偽浦島に駕籠を勧め、駕籠屋の正体が猩々《しょうじょう》（※架空の生き物で、大酒呑み）とわかったとき、「残念やけど、あんたの駕籠には乗れん。駕籠賃は安ても、酒手に高付《たこつ》く」というのがオチでしたが、今となっては、猩々のオチが理解されにくいため、フラスコを使ったオチに改めたのです。

ただ、浦島太郎のパロディ落語に、猩々が登場する演出は面白いと思いますので、古典芸能や、歴史物に詳しい方の集いで上演する場合は、従来のオチで演じることにしました。

また、小倉船を「豊前の小倉から、馬関（※下関）まで行き来していた船」としていましたが、大坂（※現在の大阪）と小倉を行き来していた船もあり、その方が船も大きく、乗合衆が腰を据《す》えて話をしたり、のんびり遊んだりする風情が出ると思い、大坂・小倉間の定期船の方を採用しました。

フラスコに使われているギヤマンは、ガラスや、ガラス製品の古い呼び名で、ある方から「ギヤマンではなく、ギヤマンでは？」との指摘もいただきましたが、一般で通じやすい、ギヤマンに定めた次第です。

桂米朝師は「芝居の振りと、踊りの部分は、四代目三遊亭圓馬師匠に教えてもろた」と仰いましたが、戦後の東京落語界では、四代目三遊亭圓馬、初代桂小文治が演じ、二代目三遊亭円歌も『龍宮』という演題にし、十代目柳亭芝楽も上演しました。

ネタ自体は、幕末の上方の噺家・林家蘭丸の創作と言われていますが、フラスコで海中へ行く場面は、安永五年（一七七二）に刊行された噺本「鳥の町」（来風山人序）に、『硝子（ビードロ）』という題で記されており、「噺の蔵入　その二」（初代桂文治著。刊行年不詳）にも、『水いらず』の題で、同じ内容の噺が載っています。

林家蘭丸は、実在の人物かどうかもわからず、幻の噺家に近い存在の扱いを受けており、前述の噺本が残っていることから考えると、「『小倉船』を創作した」と言い切るのは危険で、「『小倉船』を創作したと言われている」ぐらいにする方が良いでしょう。

落語や、噺家の歴史、ネタの原話などの考察は、落語作家・演芸研究家の調査不足や、筆記ミスでゆがめられることも多く、現在、演じられている落語の構成・ギャグが、少しでも含まれている話を見つけると、その落語の原話と決め付けることも、多々ありました。

何もかも鵜呑《うの》みにするのは、極めて危険と考えていただければ、幸いです。

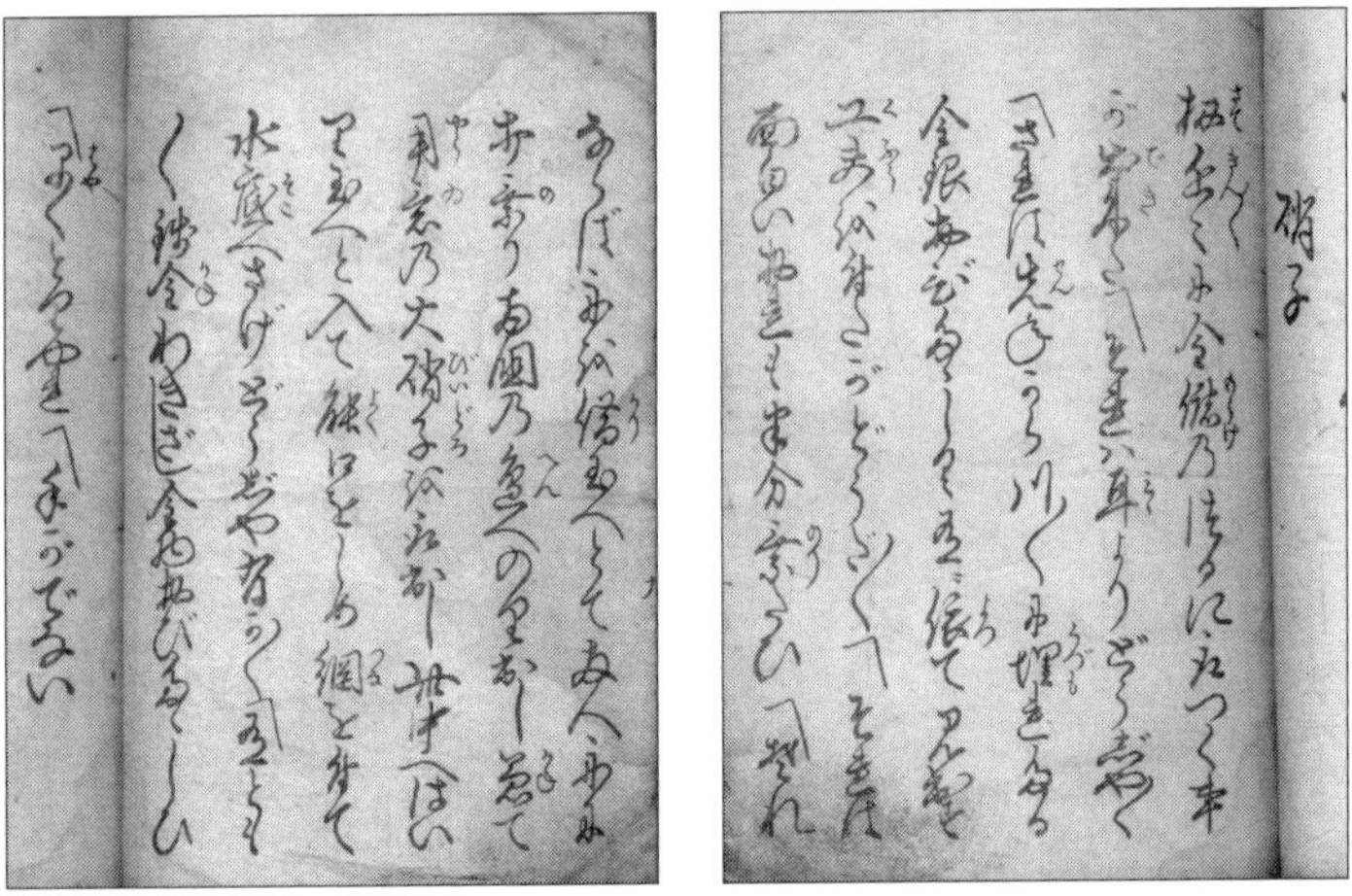

噺本「鳥の町」〔安永５年刊〕に載る『硝子』。

『小倉船』は、上方落語の中でも、ふんだんにハメモノが入るネタだけに、そのことも述べておきましょう。

小倉から船が出る場面で入るハメモノは、二上りの『舟唄・艪唄』で、歌舞伎・民謡・戯《ざ》れ唄から採用したと思われますが、原曲は不明で、寄席囃子独自の曲とされています。

本調子の曲もあり、二上りは『兵庫船』『小倉船』に、本調子は『三十石夢の通い路』『地獄八景亡者戯《ばっけいもうじゃのたわむれ》』に使用され、二上りの歌詞は「兵庫（小倉）浜から、船漕ぎ出す。よいよい、よいよい、よいやなァ（よいとなァ）」で、本調子の歌詞は「伏見浜（三途川）から、船漕ぎ出す。もはや（明日は）お立ちか、お名残り惜しや（お名残り惜しい）」。

二上りは囃子言葉が付き、本調子には名残

りの歌詞が付きますが、両方、「や、うんとしょう」の台詞から、演奏が始まります。

フラスコへ入れた男を海に沈める場面で入るハメモノは『桑名の殿様』ですが、桑名は三重県北東部の伊勢湾に面した街で、戦国時代から尾張と伊勢を結ぶ重要な位置を占め、江戸時代、松平家十一万石の城下町で、東海道五十三次四十二番目の宿場町として栄え、近海で採れる良質な蛤でも有名になりました。

「蛤が、蜃気楼を吐き出す」と言われるほど、桑名では清らかな扱いを受けていたようで、蛤鍋・貝しぐれと、数多くの名物があるのは申すまでもないでしょう。

殊に、焼き蛤は全国に知られる名物で、「その手は、桑名の焼き蛤」という言葉が生まれ、貝しぐれを題材にした『桑名の殿様』という民謡まで作られました。

歌詞は「桑名の殿様（殿さん）、やァんれ。やっとこせェ、よいやな。桑名の殿様（殿さん）、しぐれで茶々漬、よいとなァ。あァれは、ありゃりゃんりゃん。よいとこ、よいとこなァ」で、薩摩の殿様・尾張の殿様・松前の殿様などの替え歌もあり、その場合、「お芋で茶々漬、大根でブブ漬、昆布で茶々漬」に替わります。

幕末頃、桑名のお座敷で唄われ出し、『木遣音頭《きやり》』を編曲し直した作品が、江戸や京阪の色街の座敷唄で流行したと言われ、桑名の殿様のモデルは、松平定信とも、桑名在住の成金のお大尽とも言われていますが、定かではありません。

『小倉船』は、噺家の「やっとこせ」の台詞で、三味線演奏者が「えェ、よいやな」と受け、三味線と共に、「桑名の殿様、しぐれで茶々漬」と唄いますが、「フラスコ下ろして、海原見物」の歌詞で唄うことが殆どで、『桑名の殿様』の本来の歌詞は、『釜猫』で使用されています。

フラスコを割り、海の底へ沈んでいく場面で入るハメモノは『水気』ですが、歌舞伎下座音楽では『千鳥合方《ちどりのあいかた》』と呼ばれ、『ひらかな盛衰記・逆艪』『神霊矢口渡《やぐちのわたし》』などに使用され、主に海辺の立廻り・海岸・海中の動作で使用されることが多いと言えましょう。

『千鳥』とは、群れをなして飛ぶ、チドリ科の水鳥の総称で、春や秋、日本へ飛んでくる旅の鳥を言うそうで、多くの鳥が飛ぶ様子を表現した曲が『千鳥』ですが、寄席囃子では『水気』と呼ばれ、ほかに『蛸芝居』でも使用されます。

続いて、龍宮の門前で入るハメモノは『清涼山』ですが、歌舞伎『曽我の対面』で、障子内の工藤祐経の「近江、八幡。障子を上げい！」の台詞から、物々しい雰囲気で演奏される歌舞伎下座音楽と言えば、思い出される方もあるでしょう。

歌詞は「清涼山の床の山。重なる蒲団、峨々として、幾重巌の重ね夜具、実に面白き景色かな」で、元来、大物の悪の登場で使われますが、『小倉船』では「清涼山の床の山」と、後の合方のみを使用し、この曲の演奏の間に、龍宮の腰元が登場し、荘厳な雰囲気が広がります。

本物の浦島太郎が登場する場面で入るハメモノは『海原や』ですが、これは龍宮から帰った浦島が乙姫を忘れかね、春の野辺で、玉手箱を開けると、白髪の老人になる縁起を長唄にした『浦島』の最初の三下りを、寄席囃子に採り入れました。

長唄の歌詞は「和田の原。波路遙かと夕凪に、龍の都を出で汐の、寄するも八十の浦島が」ですが、落語のハメモノでは、「和田の原」を「海原や」に替えています。

偽浦島が、珊瑚樹畑で珊瑚の枝を盗む場面で入るハメモノは『おかしみ』ですが、元来、夜這い・穴掘り・死人の立廻りなどが登場する歌舞伎で、滑稽な仕種の場面で演奏される歌舞伎下座音楽を、『可笑味《おかしみ》合方』と呼びました。

三下りの『雷合方』『可笑味《おかしみ》媚《なまめき》合方』『十日戎《とおかえびす》合方』『穴掘り合方』などがあり、その一つを寄席囃子に編曲し直した曲が、落語のハメモノとなり、高座と高座をつなぐ出囃子や、色物で使用する囃子になったのです。

偽浦島と鰒腸長安が立廻りをする場面に使用されるハメモノは『ノリ地』です。『仮名手本忠臣蔵』『義経千本桜』などの立廻りの場面で使用される浄瑠璃で、噺家の語る浄瑠璃と、三味線が上手く合わなければ、見るも無残な仕上がりになるだけに、このネタを演じる噺家は、日本舞踊と浄瑠璃の稽古が足りていることが肝心と言えましょう。

偽浦島が、鰒腸長安の家来の小魚と立廻りをする場面で入るハメモノは『霞む梢の』で

噺本「噺の蔵入・その一」〔初代桂文治著。刊行年不詳〕に載る『水いらず』。

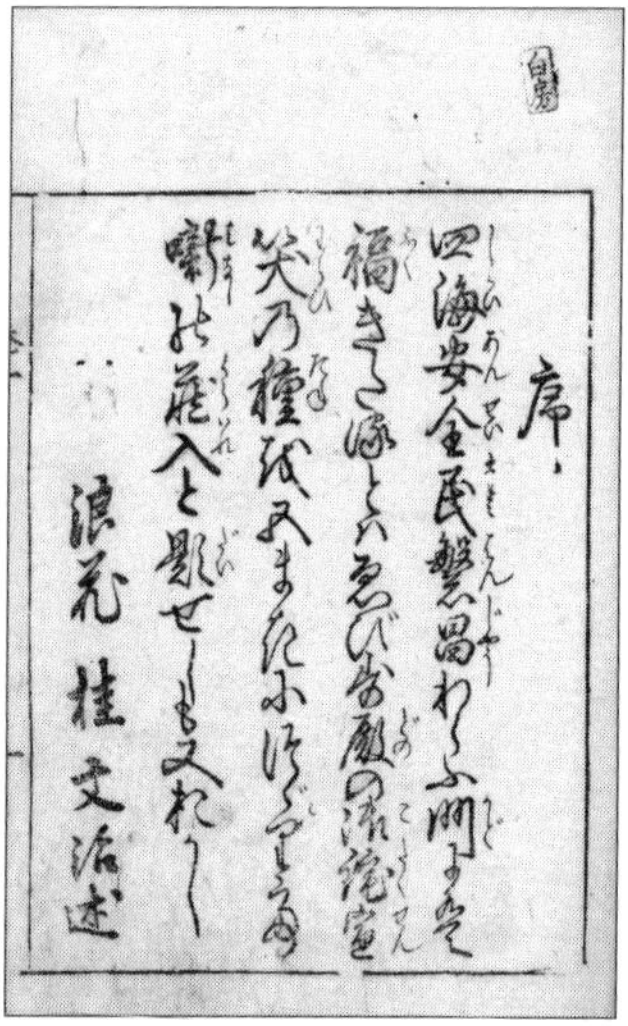
序

浪花 桂文治述

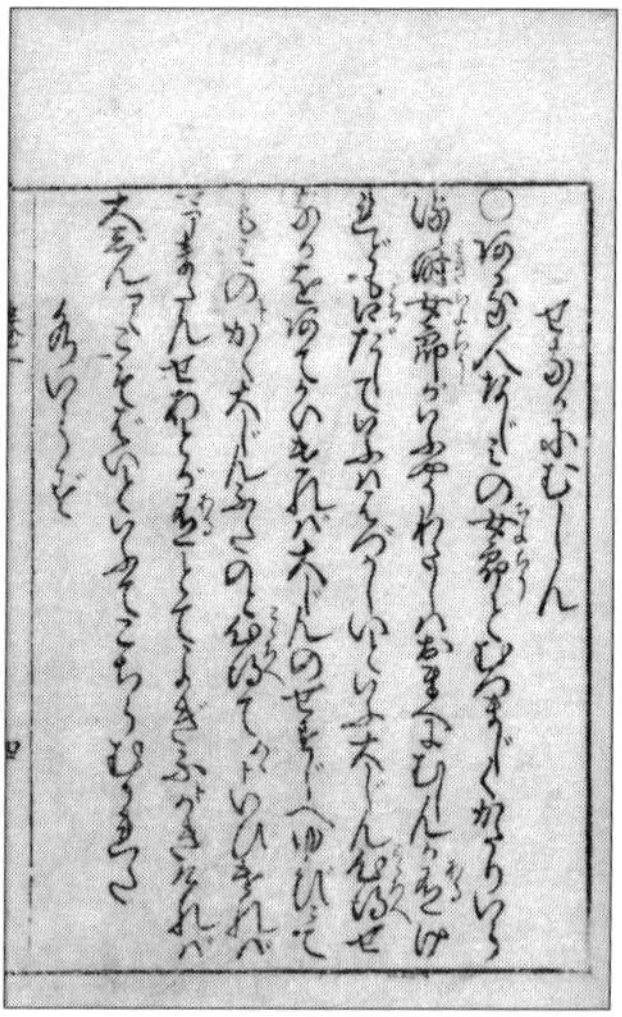

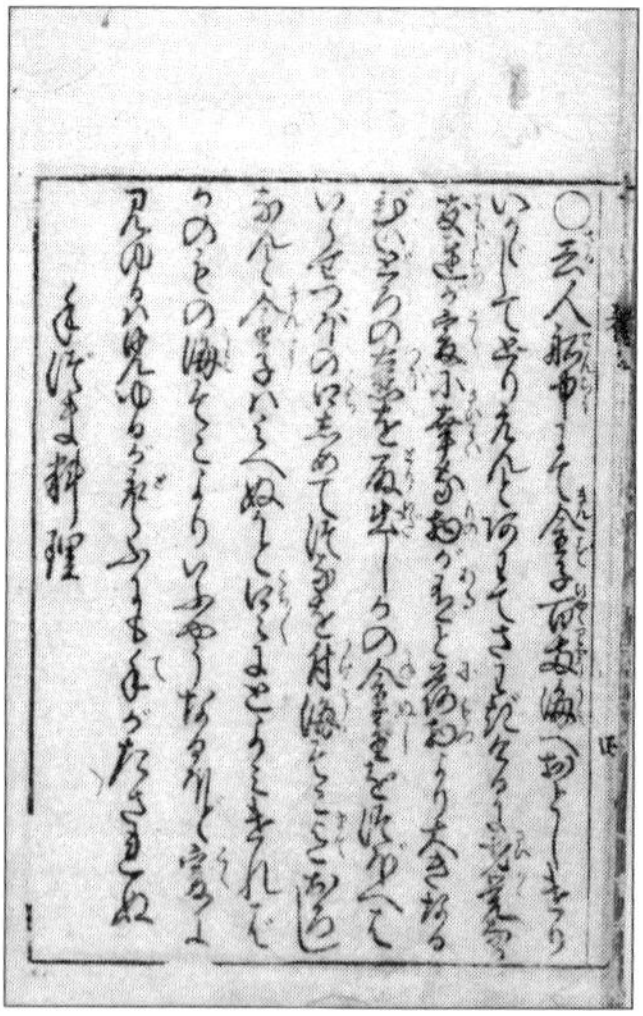

すが、長唄『浦島』では、龍宮から帰った浦島が乙姫を忘れかねて、春の野辺で玉手箱を開けると、白髪の老人になるという内容でした。

最初は三下りで始まり、「袖に梢の移り香散りて、花や恋しき面影の、さっと吹き来る春風に、霞が生める初桜。花の色香に、つい移り気な」から二上りになりますが、名称が『霞む梢の』の通り、長唄『浦島』の「袖に梢の」の歌詞を、寄席囃子では「霞む梢の」に替え、後は長唄通りに唄います。

偽浦島が逃げる場面で入るハメモノは『うつつ白波』ですが、長唄『浦島』のラスト近くの「うつつ白浪、幾夜か恋に、馴れし情も、今では辛や。独り寝の、ほんに思えば、さりとはさりとは、昔恋しき、浪枕」の、「今では辛や」までを使用しました。

『小倉船』には、これだけのハメモノが使用されるだけに、囃子方に芸の力がなければ、落語の世界を盛り上げることは出来ません。

長々とハメモノに就いて述べましたが、それほど上方落語では囃子が大切なのです。

ちなみに、『小倉船』は『龍宮界龍《たつ》の都』という、歌舞伎を気取った演題が付くこともあり、同じような言い廻しで、『伊勢参宮神の賑い』『島巡り大人《たいじん》の屁』『月宮殿《げっきゅうでん》星の都』『地獄八景亡者戯』『兵庫渡海鱶《ふか》の魅入れ』『桑名船煙管《きせる》の遣り取り』『高宮川天狗の酒盛り』などがあるのは、当時の噺家の洒落っ気を表しているとも言えましょう。

小間物屋小四郎

こまものやこしろう

東海道五十三次で、関東の一番の難所は箱根の峠で、関西の難所は鈴鹿の峠。

只今の三重県と滋賀県に跨《また》がる鈴鹿の峠は、土山から坂ノ下まで、道程《みちのり》は大したことはなかっても、急勾配。

昔は、山賊・追剥《おいはぎ》が出るという物騒な所で。

日が暮れ小前、鈴鹿の峠を、一人の旅人が、大急ぎで下ってる。

小「日が暮れん内に、坂ノ下の宿屋へ着きたい。人通りが少ないさかい、物騒や。向こうに見えるのが鏡岩で、峠を通る人影が岩へ映ると、山賊に襲われるそうな。森の奥から、『お助けを。死んでしまう』という声が聞こえるわ。あッ！　褌《ふんどし》一丁で、木に括《くく》られてる。一体、どうしました？　直《じき》に、縄を解きますわ」

伊「あァ、助かりました。このまま死んでしまうのやないかと、心細うなってまして」
小「一体、どうしました？」
伊「坂ノ下から、鈴鹿の峠を上った所で、山賊に襲われました。有金を盗られて、褌一丁で、木に括《くく》られて。昨日から熱が出て、この恰好《かっこう》で居ったら、死んでしまいます」
小「それは、災難に遭《あ》いましたな。お言葉の様子では、大坂の御方のようで」
伊「大坂日本橋二丁目で、小間物の小店を営んでおります、伊勢屋五兵衛と申します」
小「えッ、伊勢屋五兵衛の旦那？　お目に掛かるのは初めてですけど、お噂は聞いてます。お宅が小店やったら、ウチはチリメンジャコで。私も小間物屋で、僅《わず》かな小間物を風呂敷に包んで、彼方此方《あっちこっち》で、細こう売り歩いてます」
伊「店があろうが無かろうが、小間物屋は同じで。都合良う捌《さば》かんことには、利が上がりません」
小「皆が、伊勢屋の旦那に似てると申します。初めて、お目に懸《か》かりましたけど、年恰好・身体付き・顔色の浅黒さ。確かに、兄弟でも通りますわ。左斜めから見た顔付きは、自分と見間違うぐらいで。『世の中には、ソックリな人が、三人居る』と申しますけど、瓜二つと言うてもええぐらいですわ。伊勢屋の旦那ともあろう御方が、お供も連れんと旅をなさるとは、どういう訳で？」

伊「尾張名古屋の用事を済ませて、四日市の宿屋へ泊まりまして。供の者が病いに倒れましたよって、供を宿屋へ残して、鈴鹿の峠まで参りましたら、こんな目に遭いました」
小「それは、災難でしたな。私は江戸へ行って、大坂の小間物を売り捌いて、江戸の小間物を仕入れて帰る算段で。褌一丁で震えて、気の毒な。私の着替えで、縞物《しまもの》の洗い晒《ざら》しですけど、宜《よろ》しかったら、着とおくれやす。(金を出して) 私も、江戸までの路銀が要りますけど、これぐらいは融通出来ます。三両あったら、大坂まで帰れますわ」
伊「必ず、お返しに伺います。お所と、お名前を教えていただきますように」
小「ほな、紙に書きますわ。(書いて) さァ、これで宜しいか？」
伊「(読んで) 瓦屋町二丁目、小間物屋小四郎様。ほな、お借り致します」
小「一刻も早う、土山の宿屋で、お休みを。大坂で、お目に懸かります」
伊「お宅も、ご無事で」

西と東に別れて、三日経った、ある日のこと。

咲「家主さん、えらいことになりました！」
家「誰やと思たら、お咲さんか。慌《あわ》てて、どうした？」

咲「ウチの小四郎さんが、死にました！」
家「何ッ、小四郎が死んだ？　『江戸へ行くさかい、お咲を宜しゅうに』と言うて、出て行った」
咲「土山の宿屋で倒れて、息を引き取ったそうで。『流行病《はやりやまい》らしいよって、火葬にする。本人かどうか、確かめに来てもらいたい』という手紙が、宿屋から届きました」
家「死んだ者の名前や所が、ようわかったな？」
咲「懐に、『大坂瓦屋町二丁目、小間物屋小四郎』と書いた紙が入ってたそうで」
家「もしもの時のために、名前と所を、紙へ書いて、持ち歩いてたような」
咲「今から、土山の宿屋へ行って参ります」
家「一寸、待った！　女子《おなご》の一人旅は、危ない。流行病は、傍に寄ることも出来ん。時節柄、仏も傷《いた》んでる。わしが小四郎かどうか確かめて、お骨《こつ》を持って帰ってくるわ」
咲「(涙を拭いて) 私も、小四郎さんに会いとうございます」
家「いや、流行病が移ったらあかん。わしは病いが流行っても、いつも何ともないわ。齢《とし》は取ってるが、足腰は達者じゃ。早速、土山の宿屋へ行ってくる。(帰って) コレ、お咲さん。今、帰った」
咲「家主さん、お帰りなさいませ。小四郎さんは、如何《いかが》でございました？」
家「あれは、小四郎に間違い無い！　宿屋の一間へ寝かしてあって、近寄ることは出来なんだ。左斜めから見た顔は、小四郎に間違い無い！　お骨にして、着てた着物の袖を、形見に持って帰ってきた」
咲「この縞物は、着替えでございます」
家「道中で、着替えたような。他の物は焼いて、懐の三両は、宿屋へ礼に置いてきた。世の中は、不思議なことがある。行き帰りに、小四郎が夢枕に立った。夜中に、わしの枕元で『家主さん、お咲を宜しゅうに』と言うさかい、『心配は要らん！』と言うたら、ポッと消えたわ。行く道で三日、帰り道で三日、出てきた」
咲「私の枕元には、一遍も出て参りません」
家「小四郎は、優しい男じゃ。お咲さんを悲しませんように、わしの所へ出てきたような。早速、葬式の段取りをしょう。ほな、わしも手伝うわ。(四十九日が経って)早いもので、四十九日が済んだ。大分、落ち着いたか？」
咲「お蔭様で、四十九日を済ませました。まだ、小四郎さんは生きてるように思います」
家「これも、日にち薬じゃ。ところで、話がある。わしも家主として、若後家を一人で置いとくのは、心配じゃ。いっそのこと、誰かを養子に迎えたらどうかと思て」
咲「四十九日が済んだ所で、養子を迎えたら、小四郎さんに叱られます」
家「小四郎は、大丈夫！　夕べ、久し振りに、夢枕に立ったわ。『お咲のことは、お任せします』と言うて、ポッと消えた。死んでからでも、お咲さんのことを考えてると思うと、涙が零《こぼ》れたわ。小四郎も承知してるさかい、身を固めなはれ」
咲「小四郎さんが承知やったら宜しいけど、養子に来てくれはる御方がございません」
家「それが、あるのじゃ。葬式の時、手伝うてくれた小四郎の甥《おい》・三五郎は、若《わこ》うて、男前で、気立ても良《え》え。ここへ来る前、三五郎に話をしたら、『幼い時分、両親と死に別れて、兄弟も無し。親戚は小四郎さんだけで、お咲さんさえ宜しかったら』と、二つ返事じゃ。三五郎の許へ嫁に行って、この長屋へ住んだと思いなはれ」
咲「唯、小四郎さんに叱られるような気がします」
家「夕べ、小四郎に話は付けてある。『お咲の相手が三五郎やったら、宜しゅうございます』と言うて、ポッと消えた。小四郎も承知やさかい、遠慮は要らん！」
咲「小四郎さんが承知やったら、お任せ致します」
家「やっと、肩の荷が下りた！　わしは人の世話をするのが好きやさかい、三五郎に話をするわ。（数日経って）　お咲さん、三五郎と仲良う暮らしてるか？」
咲「まァ、家主さん。小四郎さんと同じぐらい、三五郎さんも大事にしてくれます」
家「わしも、世話をした甲斐がある。小四郎も夢枕へ立たんさかい、成仏したような。丸う納まって、嬉しいわ。困ったことがあったら、言うてきなはれ」

小「(大坂へ帰って) やっぱり、大坂の町は落ち着くわ。手紙を出さなんださかい、お咲は心配してるやろ。『今、帰った』と言うて顔を出したら、『キャーーッ！』と言うて、ビックリするかも知れん。(戸を開けて) おい、お咲。今、帰った」
咲「キャーーッ！」
小「やっぱり、言うた！ 血相を変えて、下駄も履かんと、表へ飛び出して行ったけど、後から飛び出した男は、誰や？ 『旅の空 家にも護摩の 灰が付き』。お咲は、間男をしてたような。一体、どうしょう？ 煙草《たばこ》でも喫《す》うて、考えよか」
咲「(家主の家へ来て) 家主さん、えらいことです！」
家「お咲さんは、チョイチョイ『えらいことや』と言うて、飛び込んでくるわ。下駄も履かんと、どうした？ まァ、落ち着きなはれ」
咲「いえ、落ち着けません！ 今、小四郎さんが帰ってきました！」
家「何ッ、小四郎が帰ってきたとな？ 小四郎が帰るのは、お盆と決まってるわ」
咲「小四郎さんが『今、帰った』と言うて、表から入ってきました！」
家「阿呆なことを言いなはんな。よう似た人と、見間違《みまちご》うたような。後ろで、三五郎も震えてる。わしが見に行くさかい、待ってなはれ。(表へ出て) 死んだ者が帰るという、ケッタイな話があるか。あの夫婦は、迂闊《うかつ》な所があるわ。あァ、小四郎の家じゃ。戸の隙間から、中を覗《のぞ》こか。（覗いて）小四郎が座って、煙草を喫うてるわ。成仏し切れず、迷て出たか。あの世へ行く前、一服してるのかも知れん。とにかく、家の中へ入ろか。
（戸を開けて）煙草を喫うてるのは、小四郎じゃな？」
小「家主さん、御無沙汰致しまして」
家「いや、そんなことはない。夢枕へ立って、チョイチョイ会《お》うてた」
小「大坂を出てから、家主さんとは会うてませんわ」
家「それはそうと、急に帰ったか？」
小「後で、ご挨拶に参ります」
家「来ていらん！　煙草を喫うたら、遠い所へ行くか？」
小「今、帰ってきた所ですわ。一体、どこへ行きます？」
家「十万億土とか、蓮の台《うてな》とか」
小「そんなことを言うたら、死んだみたいですわ」
家「そんなことを言うたら、死んでないみたいじゃや。あんたは、死んだことを忘れたか？」
小「阿呆なことを言いなはんな。この通り、達者で生きてますわ」
家「片意地なことを言うたらあかん！　こないだ、死んだ」
小「この通り、生きてます！」

家「ええ加減にしなはれ！　土山の宿屋で倒れて、あの世へ旅立った。『大坂瓦屋町二丁目、小間物屋小四郎』と書いた紙を持って、縞物の着物を着てたのを忘れたか？」
小「書いた紙に、縞物の着物？　あァ、はいはい！」
家「やっと、思い出したか。死ぬと、物忘れが酷《ひど》うなるようじゃ。煙草を喫うて、落ち着いたら、十万億土へ行きなはれ」
小「(笑《わろ》って)　わッはッはッは！」
家「笑て、誤魔化してもあかん。死んだら、もっと素直にならなあかんわ」
小「それは、えらい間違い」
家「その通り！　死んでる者が出てくるのは、えらい間違いじゃ」
小「そうやのうて、話を聞いてもらいたい」
家「一体、何じゃ？　鈴鹿の峠で、人を助けたとな。大店の小間物屋で、日本橋の伊勢屋の旦那へ、縞物の着物を貸して、名前と所を書いて、別れたか。これは、えらいことになった！　わしの夢枕へ立ったのは、誰じゃ？　死んだのは、伊勢屋の旦那か？」
小「その通りですわ。それはそうと、こんな腹が立つことは無い。私が家へ帰ったら、お咲が『キャーーッ！』と言うて、表へ飛んで出た後、男も一緒に飛び出しました。お咲は、間男してたみたいで」

家「あれは、それで宜しい。あの男は、お咲さんの亭主じゃ」
小「何を言いなはる！　お咲の亭主は、私ですわ」
家「あんたは、先代。あの男が、今の亭主」
小「えェ、何です？　私が死んだと思て、三五郎を亭主にさせた？　お宅は、世話焼きですな。お咲は、三五郎の嫁になってる？」
家「わかりが、早い！」
小「喜びなはんな！　こんなケッタイなことは無いさかい、何とかしとおくなはれ」
家「まァ、落ち着け。煙草を喫うて、待ってなはれ。（家主の家へ帰って）今、帰った」
咲「家主さん、お帰りやす。一体、どんな塩梅で？」
家「あれは、小四郎じゃ」
咲「ほな、小四郎さんの幽霊で？」
家「いや、生きてた。後で話をするが、日本橋の伊勢屋の旦那と、入れ替わってしもたような。つまり、伊勢屋の旦那が死んで、小四郎は達者という訳じゃ」
咲「一体、どうなります？」
家「あァ、困ったな。三五郎の嫁になってる所へ、小四郎が帰ってきた。つまり、お咲さんが何方《どっち》を取るかということになる。三五郎と別れて、小四郎と、元の鞘《さや》に納まるか、小四郎は諦めて、三五郎と所帯を続けるかという」
咲「私は、決められません」
家「そんなことを言うてる場合やない！　小四郎は、わしが帰ってくるのを待ってるわ。早《はよ》う行かなんだら、ウチへ来て、えらいことになる。こうなったら、お咲さんの腹一つじゃ。三五郎か小四郎、何方《どっち》にする？」
咲「何方にすると言うて、芋を選《よ》り分ける訳やなし」
家「あんたが腹を決めたら、後は丸う納める。わしは中へ立って、世話を焼くのが好きな男じゃ。さァ、何方にする？」
咲「決められません！　小四郎さんは良《え》え御方で、三五郎さんも優しゅうございます。小四郎さんに、三五郎さんのことを聞かれるのも嫌ですわ」
家「わかった！　もう、何も言いなはんな。三五郎のことを聞かれるのが嫌やったら、小四郎に諦めてもらう。わしは、世話を焼くのが好きな男じゃ。もう一遍、行ってくる。
（小四郎の家へ行って）　小四郎、待たせた」
小「一体、どんな塩梅で？」
家「小四郎、どこかへ行け！」
小「えッ！」

家「お咲さんに聞いたら、三五郎の方が良えような。何方を取っても、片方は残る。こうなったら、好きな方を取るしかないわ。とにかく、どこかへ行きなはれ」
小「何を言いなはる！　家主さんが、要らん世話を焼くさかい、こんなことになったのと違いますか？　人の中へ立ったら、役に立つ世話焼きになりなはれ！」
家「一寸、待った！　人の親切を、何と思てる。お咲さんも、三五郎も喜んでるのに、ゴジャゴジャ言いなはんな。良かれと思てやったことが、裏返っただけじゃ。大体、小四郎が生きて帰ってきたさかい、こんな揉《も》め事になったのと違うか？」
小「ええ加減にしなはれ！」
家「小四郎が諦めたら、納まりが宜しい」
小「一寸も、納まらんわ！　こうなったら、お上へ訴える！」
家「店子が、家主を訴えるか？」
小「そうでもせなんだら、腹の虫が納まらんわ！」

腹を立てた小四郎が、願書を認《したた》めて、お恐れながら、西のご番所へ訴えた。
原告・被告へ差し紙が着いて、お呼び出しになる。
お白州が開かれて、正面の一段高い所へお座りになったのが、お奉行様。

皆は、お白州の砂利の上へ敷いた、ごまめ筵《むしろ》へ座らされて、平伏させられた。
お奉行様は、目の前の書面に、目をお通しになる。

奉「瓦屋町二丁目、小間物屋小四郎。妻・咲、夫・三五郎、家主・幸兵衛、日本橋二丁目伊勢屋五兵衛内・浪江、町役一同、役人一同、出て居《お》るの？」
浪「これに、控えてございます」
奉「小間物屋小四郎、面《おもて》を上げい。その方は、六月十八日。鈴鹿の峠を通り合わせし折、追剥に襲われた伊勢屋五兵衛を助けたとあるが、これは誠か？」
小「間違いございません」
奉「伊勢屋五兵衛に、三両と着物を貸し与え、江戸へ参り、五兵衛は土山の宿屋にて死去致した。小四郎の書き付けにより、宿屋から咲へ手紙が届き、咲の代わりに家主・幸兵衛が、土山の宿屋へ仏を確かめに参ったが、小四郎と五兵衛の顔が似ておった故、その仏を小四郎と思うたとある。家主・幸兵衛、それは誠か？」
家「左様でございます」
奉「咲が後家となり、幸兵衛が小四郎の甥・三五郎を養子に勧め、咲と夫婦に相成った所へ小四郎が戻り、この度の次第と相なった。咲に三五郎を勧めれば、小四郎が余り、咲に小四郎を勧めれば、三五郎が余る。これは難しい裁きであるが、裁かねば相ならん。然らば、申し付ける。コリャ、小間物屋小四郎！　その方、どこかへ行け！」
小「そんな阿呆な！　こんな殺生な、お裁きはございません」
奉「コリャ、小四郎。落ち着いて、話を聞くが良い。伊勢屋五兵衛の妻・浪江、面を上げい。五兵衛が死去致して、さぞ、淋しかろう。その方は、何歳に相なる？」
浪「二十四でございます」
奉「その若さで後家になり、不憫《ふびん》である。五兵衛との仲に、子は授かったか？」
浪「嫁ぎまして、二年になりますが、子どもには恵まれませんでした」
奉「伊勢屋の財産は、如何程《いかほど》じゃ？」
浪「財産は、凡《およ》そ、一千両。蔵が三戸前、奉公人が二十人でございます」
奉「小間物屋小四郎を、不憫《ふびん》と思わんか？」
浪「主の難儀をお助けいただいた上、ご迷惑をお掛け致しまして、申し訳無《の》う存じます」
奉「五兵衛が死去致し、その方も余り、咲が三五郎を選び、小四郎も余った。余った者同士で、夫婦になる気はないか？　小四郎を養子に迎え、伊勢屋を営む気は無いかな？」
浪「小四郎様さえ宜しければ、ご養子に来ていただきとうございます」
奉「コリャ、小間物屋小四郎。横に控えおる五兵衛の妻・浪江を妻と致し、伊勢屋の養子に納まる所存は無いか？」
小「あの別嬪《べっぴん》と夫婦になって、伊勢屋の養子になる？　盆と正月が、一緒に来たようで。喜んで、お受け致します！　お咲と三五郎が夫婦になることに、文句はございません。お咲に未練が無いと言うたら嘘になりますけど、お奉行様のお勧めやったら、結構でございます」
奉「家主・幸兵衛は、それで良いか？」
家「私は、一寸、腑《ふ》に落ちません」
奉「何を申しておる！　その方の粗忽《そこつ》で、このような仕儀に相なった。その方の親切心に免じ、咎《とが》め立ては致さん。コリャ、小間物屋小四郎。本日より、伊勢屋五兵衛と名を改め、伊勢屋へ養子に入り、浪江と夫婦になり、商いに勤《いそ》しむがよい。三五郎に咲も仲良う暮らし、家主・幸兵衛は粗忽が無きように致せ。これにて、一件落着！　皆の者、立ちませい！」
小「縺《もつ》れに縺れたことを納めていただきまして、有難うございます」
奉「小四郎、礼には及ばん。その方は、小間物屋ではないか。都合良う裁（※捌）かねば、利が上がらん」

解説「小間物屋小四郎」

昭和五十四年、二代目桂枝雀の許へ入門し、かれこれ四十年の歳月が流れました。

その間、枝雀の勧めもあり、落語を主にした演芸資料の収集にも力を入れた結果、数多くの速記本・雑誌・刷物・ポスター・チラシが集まり、志を一つにする面々とのネットワークも広がり、広範囲に情報も得ることが出来るようになったのは、喜ばしいことです。

最初は、古本屋に顔を出すぐらいでしたが、時折、珍本を見つけることが出来たり、高価な本が安価で買えたりして喜んでいた頃、一冊の速記本を入手することが出来ました。

それは、明治三十年代まで東京落語界で活躍し、東京の人情噺を大阪の寄席で上演した上、大阪の出版社から数多くの速記本を刊行した、五代目翁家さん馬の『政談・小間物屋小四郎』で、明治二十七年、大阪心斎橋の駸々堂《しんしんどう》から刊行され、当時の演芸雑誌「百千鳥《ももちどり》」へ掲載された分をまとめた本だったのです。

『万両婿』という演題もあり、六代目三遊亭圓生や、五代目古今亭志ん生の録音で聞いていましたが、さん馬の速記を読んで、「このネタは、上方落語として、面白くまとめることが出来る」と、確信しました。

「政談・小間物屋小四郎」〔五代目翁家さん馬著。明治27年刊、大阪心斎橋・駸々堂〕の表紙。

講釈ネタだけに、地（※説明）の部分が多く、会話が一段落すると説明、何かが起こると説明となっていましたが、上方落語特有の小拍子の演出で、説明を省略することに、気が付いたのです。

約三百五十年前、噺家のパイオニア的存在が、京都・大阪（※当時の大坂）・江戸で現れました。

東京落語の元祖的存在・鹿野武左衛門は、大道を葦簾《よしず》で囲い、簡易的な小屋の中で、落語らしき話を語ったり、お座敷に呼ばれたりしたことが多かったことに比べて、京都の露の五郎兵衛や、大坂の米澤彦八は、大道で演じる「辻ばなし」を主に活動したのです。

この形態は、後の者にも受け継がれましたが、大道の集客は困難だったため、噺家が演台の上へ座り、前に見台を置き、小拍子で叩きながら、観客を集めました。

見台は、台本を置くことにも使用されたとも思われますが、後に有効な演出法が考案されたのです。

見台を小拍子で一つ叩くことで、時間の経過や、場面転換を表現する演出が加わったことで、見台の効果的な利用方法が確立したと言えましょう。

幕末に刊行された和本にも、現在の見台らしき物が出てきますが、現在と同じような小拍子が描かれたのは、明治以降のことです。

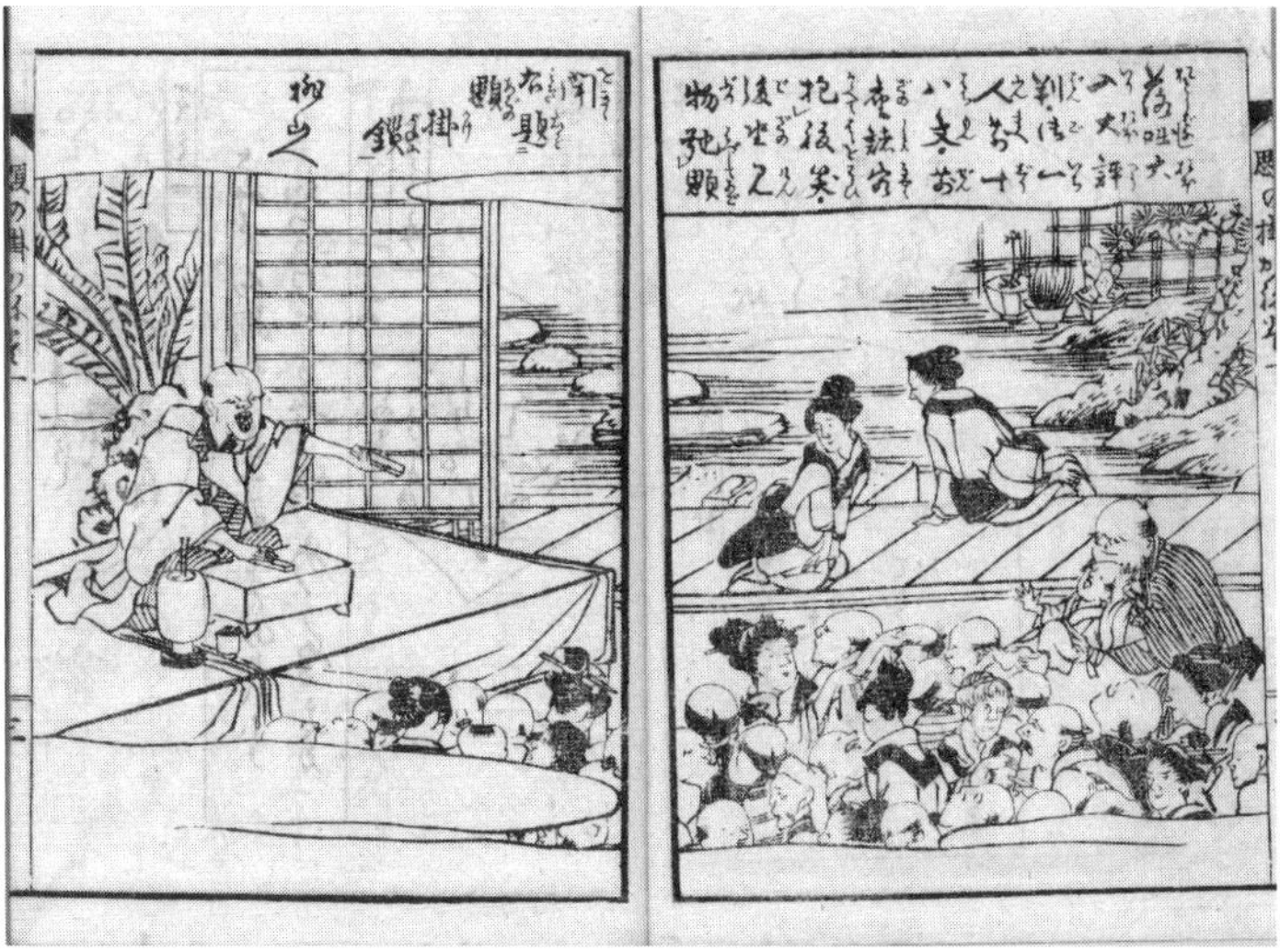

噺本「落噺題掛鎖」〔和来山人作。文政９年刊〕に載る、当時の見台。

小拍子の演出で、『小間物屋小四郎』の説明部分を省略することを思い付きましたが、説明が物語の説得力につながっているのも事実だけに、必要以上に、無駄な箇所だけを取り除くことにしました。

人の死がテーマになるという、重苦しい内容を、いかに楽しく、軽く、爽《さわ》やかに演じられるかは、家主の描き方によりますが、一つ間違えると、バランスを失い、後味の悪いネタに仕上がってしまうことにもなりかねません。

狂言廻しの家主のお節介で成立している物語だけに、家主を天真爛漫《てんしんらんまん》に表現する方が、全体の面白さを引き立たせることが出来るでしょう。

独自のオチに替えましたが、小間物屋に関することでまとめたかっただけに、このオチで良いと思っています。

田舎芝居

いなかしばい

昔は、秋に豊年祭を催して、一年の豊作を祝《いお》て、来年の実りを祈願することが多かったそうで。

神社の境内・参道には露店が出て、村人が芝居をしたりして、一遍に賑やかになる。

ただ、野天に拵《こしら》えた舞台で芝居をする時、素人《しろうと》だけでは、形にならん。

江戸や大坂から呼んできた玄人《くろうと》の役者が、芯《しん》になる役を務めて、村人が脇役を演《や》る。

玄人の芝居も見ることが出来て、村人の白塗りの顔も見られるだけに、見物人はヤンヤの喝采《かっさい》。

今年は、片岡仁左衛門の弟子・片岡仁滝門《にたきもん》という、名前を聞くだけで、心が温《ぬく》もるような役者が来て、芝居の稽古が始まった。

仁「今から役を決めて、芝居の稽古に取り掛かります」
○「宜《よろ》しく、おたぬき申しますで」
×「どうぞ、おたぬき願いますだ」
仁「『おたぬき、おたぬき』と言うて、狸の出る芝居と違いますわ。豊年祭で、芝居を演るようになって、どれぐらい経ちます？」
○「一昨年《おととし》からだけんども、村の者だけで演っただ」
仁「一体、どんな芝居を演りました？」
○「大きいガマ蛙の出てくる芝居だ」
仁「ほな、『天竺《てんじく》徳兵衛』と違いますか？」
○「あァ、『テンジケ、トクビー』だ」
仁「『天竺徳兵衛』ですわ。それで、去年は？」
○「素人だけじゃったら、上手に演れん。お江戸から、お役者様を呼びましただ」
仁「一体、どんな役者が来ました？」
○「中村歌右衛門の弟子の、中村ぶたれ門という人じゃ。いつも寝過ごして、ドツかれとったそうだ」
仁「頼り無い役者ですな。一体、何を演りました？」

○『目先が変わって、面白かろう』と言うて、『四谷怪談』を演りましただ」
仁「豊年祭でっせ。誰が、何の役を演りました？」
○「伊右衛門は、ドンドロ坂の茂十が演っただ。お岩は、茂十の嫁のお石さんが務めて。『石が岩をやったら、面白かろう』と言うて」
仁「ケッタイな取り合わせですな。芝居の出来は、どうでした？」
○「大笑いじゃったな。あんなに笑《わろ》たのは、生まれて初めてじゃった」
仁「『四谷怪談』は、笑う芝居やのうて、ゾォーーッとする芝居ですわ」
○「そう言うと、ゾォーーッとする所もあっただ」
仁「話が、ややこしい。大笑いで、ゾォーーッとするとは、どういうことで？」
○「お岩が、髪を梳《す》く所があるだよ。お石さんは、デップリ肥えた女子《おなご》じゃ。鬘《かつら》を付けて、髪を梳いたら、前の客が笑い出しただ。髪を梳きながら、『笑うんでねぇ！』。伊右衛門役の茂十も笑いよったで、お岩が『お前まで、笑うでねぇ！』と言うて、伊右衛門に飛び掛かって、ボカスカ殴っただ。明くる日、道で会《お》うたら、伊右衛門の顔が、お岩に変わっとって、ゾォーーッとした。村の者は、『あの続きが見てぇ』と言うとる」
仁「阿呆なことを言いなはんな。村の人には、しっかりした芝居を見せなあかん」
○「去年の続きは、ダメか？　一体、何を演りますだ？」

仁「稽古する暇が少ないさかい、誰でも知ってる『忠臣蔵』は如何で？」
○「あァ、『チョウチンブラ』」
仁「『チョウチンブラ』やのうて、『忠臣蔵』。皆、この芝居は知ってますか？」
○「炭小屋の前で、爺ィがブッ殺される芝居だな。一体、どこを演りますだ？」
仁「『大序・鶴ケ岡兜《かぶと》改め』から、『六段目・勘平の腹切り』まで、掻《か》い摘《つま》んで通すということにしますわ。芯になる由良之助・師直《もろのお》・勘平は、私が務めます」
○「あんたは、良え役ばっかりじゃ。わしらは、何を演ったらええだ？」
仁「『忠臣蔵』は、他にも良え役が揃てます。判官に力弥、お軽に顔世《かおよ》御前。役揉《も》めが無いように、籤引《くじび》きで決めますわ。唯、気の毒な役が、『五段目』の猪。蓑《みの》で拵《こしら》えた被《かぶ》り物を被って、テテンテンテンテンと太鼓が鳴ったら、走って出てくる。猪が当たった者は、今年の厄落しと思て、務めてもらいたい」
○「わかりましただ」

役が決まると、仁滝門が稽古を付ける。

豊年祭の当日、神社の境内・参道には、諸国の物売りが出て、近郷近在から大勢の人が集まって、押し合いへし合い。

神社の裏へ舞台を拵えると、背景に松の木を描いて、松羽目《まつばめ》を気取ってる。青天井で、幕も緞帳《どんちょう》も無《の》うて、舞台の上下《かみしも》に、筵《むしろ》で囲うた楽屋を拵えて、皆が化粧をしたり、衣装を着けたりして、支度が調う。

○「コレ、田子作。出番まで、茶を呑もう。（店へ入って）おい、親爺。茶を、二つくれ」

爺「顔を白う塗って、芝居へ出なさるか？　一体、どんな役じゃ？」

○「オラ達は、つまらん役だ。『四段目・判官さんの腹切り』の諸士の役で、判官さんが腹を切る時、畳を二枚裏返しにして、上へ白い布を掛けて、四隅《よすみ》へ樒《しきみ》を立てるだけの、死神みてえな役だよ。籤を引いて、カスが当たっただ」

爺「気の毒じゃが、しっかり務めなされ。まだ、茶を呑んどってもええか？」

○「『大序』が済んだ所だで、茶を呑む暇はあるだ」

爺「『大序』は、どうじゃった？」

○「『四谷怪談』の時より、大笑いしたぞ」

爺「去年より面白かったら、余程じゃな。一体、何があった？」

○「仁滝門先生の師直が被る烏帽子《えぼし》が湿っとったで、松の木の枝へ、ブラ下げといただ。その中へ、蜂が巣を作ったような。烏帽子を被って舞台に出ただが、師直の台詞《せりふ》で『清《せい》

和源氏《わげんじ》の、痛《いて》え！　この師直の、痛え！　痛タタ！』。烏帽子を取ったら、蜂に刺されて、
頭が腫《は》れ上がってしもた。前の客が、洒落《しゃれ》たことを言いよっただ。『やっぱり、仁滝門
先生は違うのう。師直と福助の、早替りじゃ』」

爺「それは、わしも見たかったのう」

茂「(酒に酔い、シャックリをして)　ヒック！　オラは、面白かねえ！」

○「酒に酔うて、クダを巻いとるのは、新田の茂十か。一体、どうした？」

茂「オラは、面白くねえで、芝居には行かねえ」

○「お前も、役があったはずだ」

茂「役が付いたで、情け無《ね》え。オラの役は『五段目』の猪で、あんな役は演りたかねえだ。
去年は、死人の役。一昨年《おととし》は、ガマの役だった。親戚に、『ワレは、親戚の恥だ。今年は、
マシな役を付けてもらわなんだら、親戚から省くで』と言われただ。親戚へ、どの面《つら》を
下げて、『猪だ』と言えるか。酒を呑んで、芝居には出ねえ」

○「猪が出んと、『五段目』は始まらねえだ」

茂「オラ、知らねえ。誰か、代わりに演れ。お石さんに頼んで、『お岩忠臣蔵』を演った
らええ。お前らは、何の役だ？」

○「オラ達は、『四段目』の諸士の役だよ」

茂「地獄からの使者みてえな役だで、芝居に出んでもええ。酒を呑んで、盛り上がるだ」
○「そんなことをしたら、判官さんが腹を切れねえ」
茂「判官さんも大人だで、勝手に切るだよ。お前らは、芝居と酒の、何方《どっち》が好きだ？」
○「そりゃ、酒に決まっとる」
茂「美味《うめ》え酒があるで、呑みたかねえか？　オラが奢《おご》るで、一杯呑め！」
○「ダメだって！」
茂「そんなら、オラだけ呑むだ。（酒を呑んで）美味え！　五臓六腑《ごぞうろっぷ》へ染《し》み渡る酒は、生まれて初めてだ。こんな良え酒を呑んだら、いつ死んでもええ」
○「そんなに美味えなら、一杯だけ呑もうか」
茂「オラが酌するで、湯呑みを持て」
○「あァ、すまねえ。（酒を呑んで）美味え！　こりゃ、良え酒だ。つまらん役で、芝居へ出るのは、阿呆らしいのう。芝居は止めて、酒を呑むだ！」

芝居は放ったらかしで、大酒盛りになる。

芝居は『四段目・判官の腹切り』で、判官さんが切腹する場になっても、腹切り場の支度をする、諸士が出てこん。

甲「諸士は、どこへ行っただ？　判官さんが困っとるで、誰かが代わりに出るしかねえ。
　そこで寝とるのは、誰だ？」
乙「ムカデ坂の喜十じゃ」
甲「早う起こして、諸士にして出すがええだ」
乙「喜十、目を覚ませ！　早う、芝居へ出てくれ」
喜「何ッ、芝居？　籤を引いたが、何の役も当たらなんだ」
乙「何でもええで、諸士の役で出てくれ」
喜「何ッ、シシの役？」
乙「早う出んと、判官さんが困っとる」
喜「猪は蓑を被って、走って出たらええ。（走って）エェーイ！」

　いきなり、猪が舞台へ飛び出してきた。
　ビックリした判官が逃げ廻る後ろを、猪が追い掛けると、観客は大喜び。

★「こんな芝居は、初めて見たぞ。判官さんの腹切りへ、猪が出てきただ」

◎「何と、偉えもんだな」
★「一体、何を感心しとる？」
◎「赤穂《あこう》の猪（※志士）は、義理堅《がて》え。ご領分のお殿様へ、暇乞《いとまご》いに来ただ」

解説「田舎芝居」

落語の古い速記本で、内容が充実し、種類も多いのは、明治後期から昭和初期まで、百冊以上も刊行されている、三芳屋《みよしや》書店の落語集です。

それらは「三芳屋本」と呼ばれ、資料価値も高いのですが、極めて入手困難で、古本屋の書棚へ並んだり、古書市へ出品されると、一冊が何万円もする高価な本ばかり。

刊行数は多かったと思われますが、そこは落語本の悲しさで、文学全集のように、書庫で大切に保管された本は少なく、大抵、雑誌同然の扱いで、一度読めば、廃棄処分になることが多かったと思われます。

たまたま残っても、美本は少なく、カバーはなく、ボロボロの本ばかり出てくるのが常でしたが、こまめに探していると、たまには美本が手に入ったり、幻の速記本に出会えることもありました。

『田舎芝居』を上演する際、土台にしたのは、明治中期から大正にかけて活躍した、七代目土橋亭里う馬《どきょうていりゅうば》の「落語忠臣蔵」という三芳屋本でしたが、里う馬は「持ちネタが多く、講釈種など、人が演らない落語を、数多く演じた」と言われています。

本書の講演者

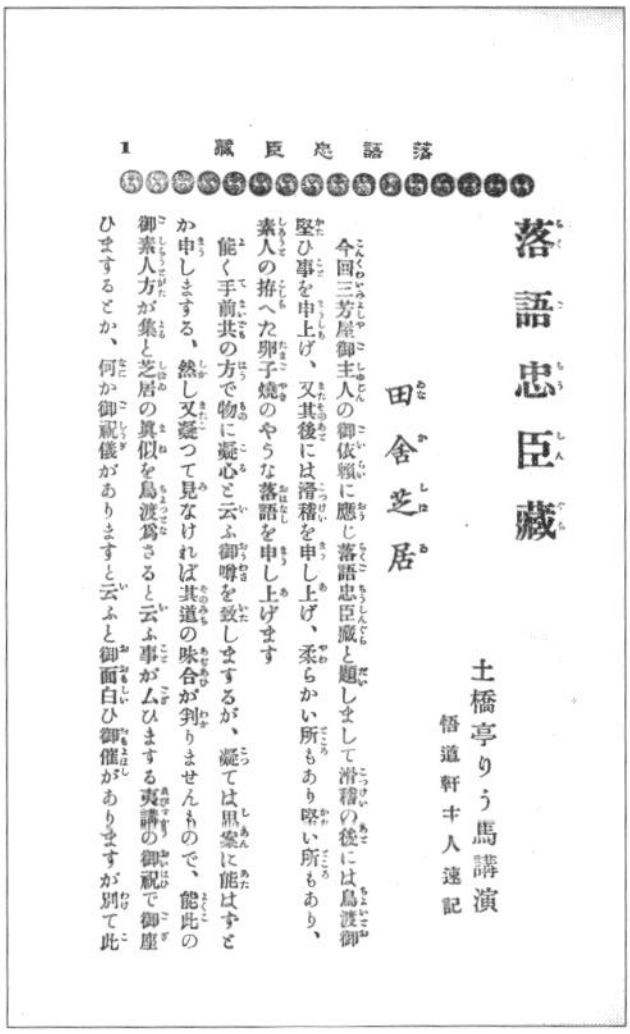
落語忠臣藏　1

落《らく》語《ご》忠《ちう》臣《しん》藏《ぐら》

土橋亭りう馬講演
悟道軒キ人速記

田《ゐな》舍《か》芝《しば》居《ゐ》

今回《こんくわい》三芳屋《みよしや》御主人《ごしゆじん》の御依頼《ごいらい》に應《おう》じ落語《らくご》忠臣藏《ちうしんぐら》と題《だい》しまして滑稽《こつけい》の後《あと》には鳥渡《ちよいと》御堅《かた》ひ事《こと》を申上《まうしあ》げ、又其後《またそのあと》には滑稽《こつけい》を申《まう》し上《あ》げ、柔《やわ》らかい所《ところ》もあり堅《かた》い所《ところ》もあり、素人《しろうと》の拵《こしら》へた卵子燒《たまごやき》のやうな落語《おはなし》を申《まう》し上《あ》げます

能《よ》く手前共《てまへども》の方《はう》で物《もの》に凝心と云《い》ふ御噂《おうわさ》を致《いた》しまするが、凝《こつ》ては思案《しあん》に能《あた》はずとか申《まう》しまする、然《しか》し又凝《またこ》つて見《み》なければ其道《そのみち》の味合《あぢあひ》が判《わか》りませんもので、能《よく》此《こ》の御素人方《ごしろうとがた》が集《よ》ると芝居《しばゐ》の眞似《まね》を鳥渡爲《ちよつとな》さると云《い》ふ事《こと》がムひまする爽講の御祝《おいはひ》で御座《ござ》ひまするとか、何《なに》か御祝儀《ごしうぎ》がありますと云《い》ふと御面白《おおもしろ》ひ御催《おもよほし》がありますが別《わけ》て此《こ》

右上：「落語忠臣蔵」〔七代目土橋亭里う馬著。明治43年刊〕の表紙。
上：七代目土橋亭里う馬の写真。
右下：『田舎芝居』の速記。

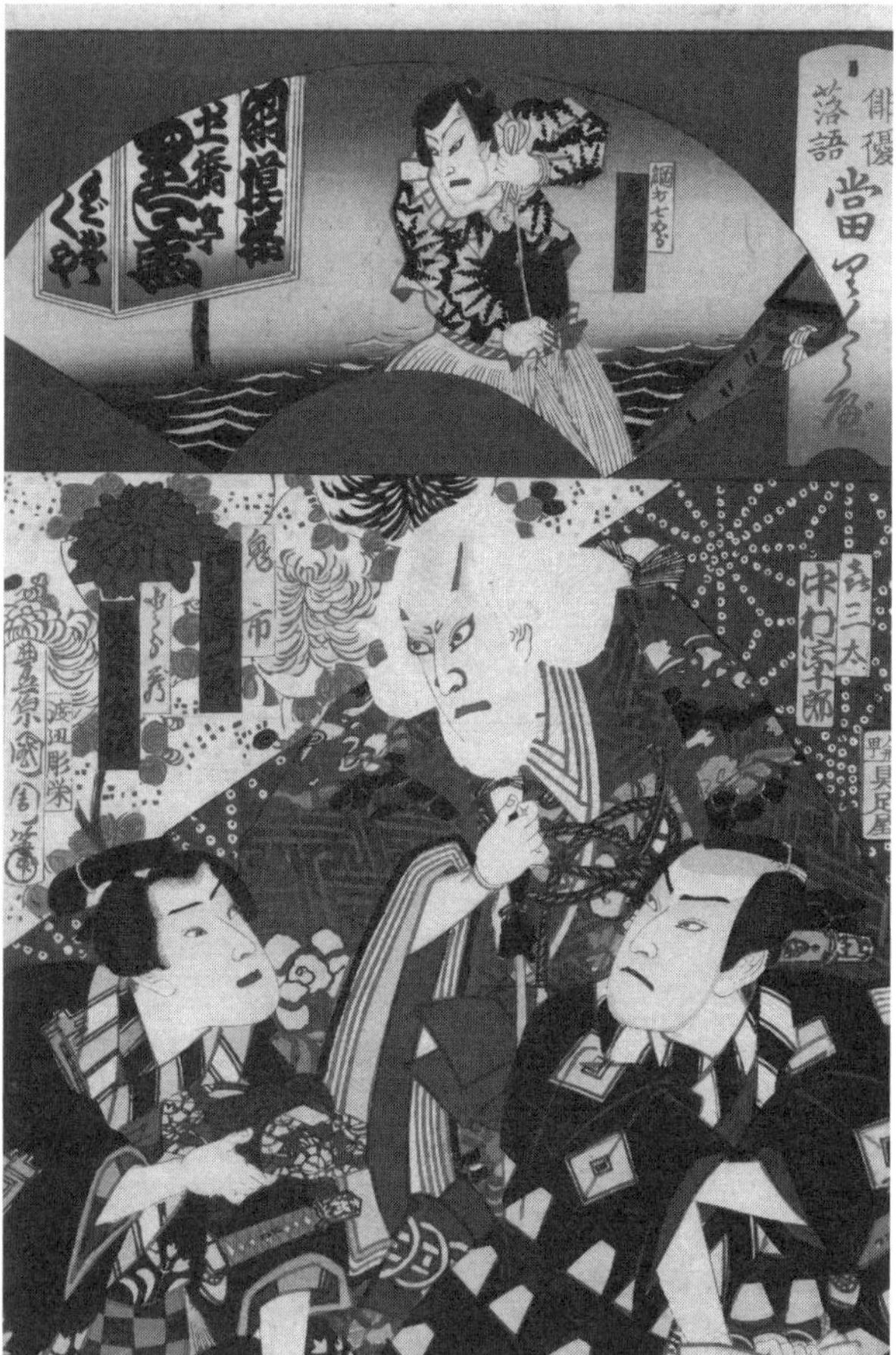

七代目土橋亭里う馬の名前が載る、明治時代の刷物。

七代目土橋亭里う馬の名前が載る、明治時代の刷物。

「落語忠臣蔵」は、三芳屋本では珍しい方で、約三十数年前、大阪心斎橋・そごうの古書市で入手しましたが、落丁・乱丁のある本だったため、後々、カバー付きの美本を、手に入れることが出来て、ホッとしました。

「落語忠臣蔵」は、忠臣蔵を順に演じる速記集で、珍しいネタ揃いです。

「大序」に載っているのが『田舎芝居』で、八ページに足らない、短い落語ですが、「内容を膨らませば、面白いネタになる」と思い、アイデアを加えながら、平成七年、四代目桂文我襲名後、上演するに至りました。

当初は、ハメモノも入れましたが、ネタの足が遅くなると思い、現在、何も入れていません。

前半の「四谷怪談」の件《くだり》や、茶店の場面を加えましたが、これらを考える作業は楽しく、時の経つのも忘れるほどでした。

有難いことに、初演から評判も良く、ウケも上々で、その後も演じていくに連れて、面白味を加え、爆笑編の滑稽芝居噺にすることが出来たのです。

猫芝居《ねこしばい》

旦「コレ、作次郎。いつになったら、芝居道楽が納まる？　毎日、嬉しそうに、芝居を見に行く。決して、『芝居を見に行くな』とは言わん。芝居から、世の中を学ぶことも、仰山ある。唯《ただ》、時々、行くものじゃ。わしが芝居が好きやないのは、訳のわからんことが多過ぎる。何の因果で、男が女子《おなご》の着物を着て、顔へ紅や白粉を塗りたくらんならん。紅い着物、白い化粧、黄色の笄《かんざし》を刺したら、菱餅みたいな顔になるわ。好きやないのは、それだけやない。前の幕で死んだ役者が、次の幕で、ニコニコ顔で出てくる。こんな信用ならん人間は、付き合えんと思うわ。死ぬなら死ぬ、生きて笑うなら笑うと、ハッキリしなはれ。芝居の真似をするのも、感心せん。病気やったら、薬を盛れる。これだけは、どんな薬を盛っても、治らん。コレ、何とか言いなはれ！」

若「（芝居口調になって）お父っつぁんの申されること、ご尤《もっと》もにござりまする」

旦「阿呆！　一々、目を剥《む》きなはんな。気色悪いし、恥ずかしいと思わんか？」
若「（芝居口調になって）　お恥《は》もじさまえ！」
旦「喧《やかま》しい！　何が、おはもじじゃ。しゃもじみたいな顔で、ケッタイな声を出しなはんな。二階へ上がって、寝なはれ。二度と芝居を見に行かんと約束するまで、何も食べさされわ。空き腹を抱えて、寝るのじゃ。早う、二階へ上がりなはれ！」
若「（鳴物の真似をして）　ドンドン！　チャンチャチャチャン！」
旦「鳴物までするな！　早《はよ》う、二階へ上がりなはれ！」
若「ヘェーーイ！　（二階へ上がって）　ご飯も食べられんとは、えらいことになった。芝居を見ながら、何か食べたら良かったわ。唯、芝居を見ながら、弁当を食べるのも、具合が悪い。こないだ、芝居に夢中になって、箸を半分、齧《かじ》ってしもた。あァ、腹が減ってきたわ。（嗅《か》いで）　隣りのおかずは、鮭か。十軒向こうの鰻屋の匂いまで、わかるようになってきた。腹が減ると、鼻が利《き》くようになる。あァ、辛い！」
猫「ニャーーン！」
若「トラ、此方《こっち》へ来い。（舌打ちをして）　チュ、チュ、チュチュチュチュチュチュ！　（猫を抱いて）　お前は、良《え》え身分や。好きな時、二階へ上がり下りが出来るし、芝居小屋へ忍び込んで、いつでも芝居が見られる。今度は、猫に生まれ変わるさかい、心安うして。お前が、人間に生まれ変わったら、私を抱いて、毎日、芝居を見に連れて行ってや。喉を、ゴロゴロさせてるわ。此方《こっち》は、腹がグウグウ鳴ってる。いつもやったら、鰻の頭でも分けてやるけど、今日は何も無い。此方が、もらいたいぐらいや。（芝居口調になって）コレ、トラ。身共《みども》の申すこと、よっく承れ。

〔ハメモノ／語りの合方。三味線で演奏〕

その昔、京の里の方辺《かたほとり》に、貧しく暮らす浪士あり。常より猫を可愛がり、食を減らして養いけるが、フとした風邪が元となり、重き病いになりぬれば、既に一命危うき時、畜生なれど飼い猫が、主の病いを悲しみて、不思議や、猫は何処《いずこ》より、数多《あまた》の小判をくわえ来て、そのまま姿を隠しける。夢かとばかり喜びて、その黄金にて薬を求め、全快したる験《ためし》あり。其方《そなた》は優しき猫なれば、鯰《なまず》を騙《だま》す智慧《ちえ》も無し。せめて、魚のアラなりと、ひもじき主に差し出さぬか。何を言うても畜生の、不甲斐無きものじゃな。コリャ、トラ。我を置いて、何処へ参る？　我の言葉を聞き分けて、何かを求めに参ったか。でも、利発なる、（拍子木の真似をして）チョ――ン！　トラ猫じゃな。チョン、チョン、チョンチョンチョンチョン、チョン！　あァ、一幕済んだ。芝居をしてたら、腹が減ったことも忘れるわ。トラは、どこへ行った？」

ト「ニャ――ン。（芝居口調になって）道楽息子に違いはないが、日頃受けたる、恩は恩。

ご恩返しは、この時ぞ。幸い、向かいは魚屋なれば、あれに見えたる明石鯛。一匹、失敬仕《つかまつ》る。なれど、表に番犬のゴンが、我を睨《にら》みおる。やい、ゴン。その鯛、我に。何と、何と！

〔ハメモノ／浄瑠璃のノリ地。三味線・ツケで演奏〕

その鯛、此方へ渡さばよし。嫌じゃニャンぞと、吐《ぬ》かすが最期。鋭き爪で、掻《か》きむしらん。ニャア、ニャア、ニャアニャアニャアニャアニャア、ニャンとニャアンと、ニャンとニャアンと！」

〔ハメモノ／浄瑠璃。※ニャンとニャアンと、詰め寄ったり。番犬、グッと睨み付け〕

犬「ワン、ワン、ワンワンワンワンワンワン！　誰かと見れば、向かいのトラ猫。我が、必死に守りたる、真鯛を掠《かす》め取ろうとは。それは許さぬ、向かいへ帰れ。ワァーーン！」

〔ハメモノ／浄瑠璃。※ワワンワワンと、吠え立てたり〕

猫「ニャーーン！」

犬「ウッ、ワン！」

猫「フゥーッ！　ニャーーン！」

犬「キャイン、キャイン、キャイン！」

猫「奪い取ったる、この一巻。これさえあれば、出世の手掛かり。一時も早う、おォ、そうじゃ！」

〔ハメモノ／飛び去り。〆太鼓・大太鼓・能管で演奏〕

若「立派な鯛をくわえて、トラが帰ってきた。（芝居口調になって）チェ━ッ、かたじけなし。然《しか》らば、これへ！（舌打ちをして）チュ、チュ、チュチュチュチュチュチュ、チュッ！　また、一幕済んだ」

解説「猫芝居」

このネタが残っているのは、大正元年、三芳屋書店から刊行された、三代目（※俗に、初代と呼ばれる）三遊亭圓遊落語全集の速記のみと思います。

三芳屋書店の速記本は、後に形を変えて刊行されているだけに、ほかの本にも転用されているかも知れませんが、全てが圓遊の速記でしょう。

圓遊は『ステテコ』という滑稽な踊りで売れ、四代目立川談志・初代三遊亭萬橘・四代目橘家圓太郎と並び、「明治の珍芸四天王」と称され、絶大な人気を集めた上、若き日の夏目漱石や、正岡子規に影響を与えたことも有名で、夏目漱石の初期作品『吾輩は猫である』には、その滑稽の形跡が残っています。

圓遊の速記は、芝居道楽の若旦那が、猫に話し掛けながら芝居をし、猫も芝居を始めるという、滑稽な中に、可愛さが含まれる内容になっているだけに、この速記を初めて読んだときから愛着を感じ、「どうすれば、上演可能になるだろう?」と考えました。

前半は『七段目』と同じ構成であるため、独自のギャグを足したり、周りの描写を加え、実際に上演するまでは、「面白さが伝わるのだろうか?」と不安でしたが、上演してみると、

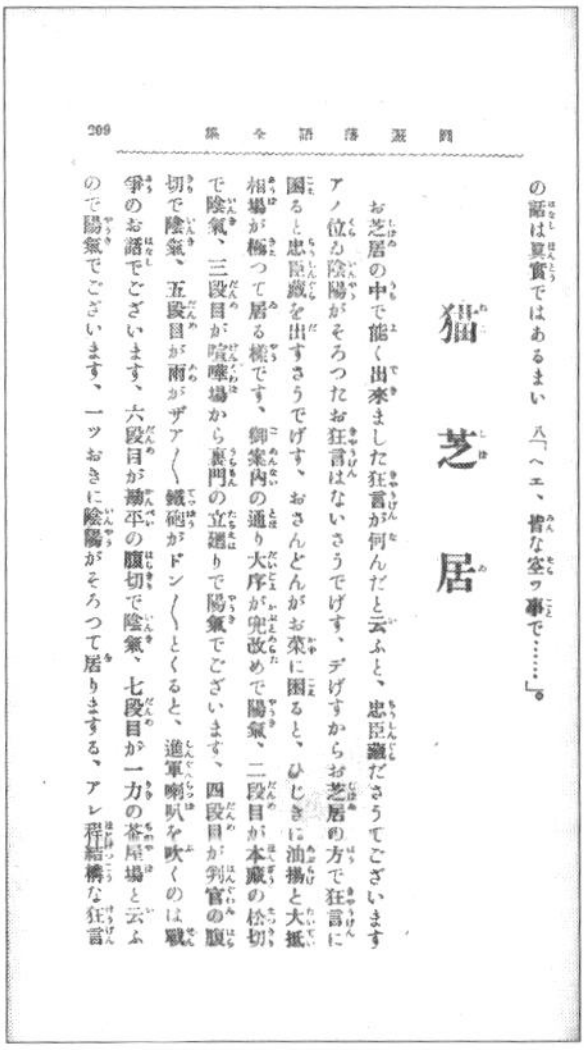
209　圓遊落語全集

の話《はなし》は眞實《ほんとう》ではあるまい　八「ヘエ、皆《みん》な空《そら》ッ事《こと》で……」。

猫《ねこ》芝《しば》居《ゐ》

お芝居《しばゐ》の中《うち》で能《よ》く出來《でき》ました狂言《きやうげん》が何《な》んだと云《い》ふと、忠臣藏《ちうしんぐら》ださうでございますアノ位《くらゐ》な陰陽《いんやう》がそろつたお狂言《きやうげん》はないさうでげす、デげすからお芝居《しばゐ》の方《はう》で狂言《きやうげん》に困《こま》ると忠臣藏《ちうしんぐら》を出《だ》すさうでげす、おさんどんがお菜《かず》に困《こま》ると、ひじきに油揚《あぶらげ》と大抵《たいてい》相場《さうば》が極《き》まつて居《ゐ》る樣《やう》です、御案内《ごあんない》の通《とほ》り大序《だいじよ》が兜改《かぶとあらた》めで陽氣《やうき》、二段目《だんめ》が本藏《ほんざう》の松切《まつきり》で陰氣《いんき》、三段目《だんめ》が喧嘩場《けんくわば》から裏門《うらもん》の立廻《たちまは》りで陽氣《やうき》でございます、四段目《だんめ》が判官《はんぐわん》の腹《はら》切《きり》で陰氣《いんき》、五段目《だんめ》が雨《あめ》がザア〳〵鐵砲《てつぱう》がドン〳〵とくると、進軍喇叭《しんぐんらつぱ》を吹《ふ》くのは戰《せん》爭《さう》のお話《はなし》でございます、六段目《だんめ》が勘平《かんぺい》の腹切《はらきり》で陰氣《いんき》、七段目《だんめ》が一力《いちりき》の茶屋場《ちやゝば》と云《い》ふので陽氣《やうき》でございます、一ツおきに陰陽《いんやう》がそろつて居《を》りまする、アレ程《ほど》結構《けつこう》な狂言《きやうげん》

右上：「圓遊落語集」〔明治44年刊〕の表紙。
上：「三遊亭圓遊落語全集」〔大正元年刊〕の表紙。
右下：『猫芝居』の速記。

望外の好評を得ることが出来たのです。

猫が可愛らしく芝居をし、犬と芝居仕立てで格闘する場面が滑稽に映ったのが、功を奏したのかも知れません。

元来、東京落語だけに、ハメモノは入りませんが、上方色を加えるため、『仮名手本忠臣蔵』『義経千本桜』などの立廻りの場面で使用される浄瑠璃『ノリ地』を入れました。

このネタで難しいのは、猫を呼ぶときの舌打ちを、拍子木の音に似せることで、このネタを生かすも殺すも、この音を表現出来るかどうかと言っても、過言ではないでしょう。

上手く演れば、洒落《しゃれ》たオチになり、ネタの値打ちが一段上がることになりますが、しっかり舌打ちの音を聞かせるためには、どこの会場でも上演可能ではなく、大ホールの上演は不可能かと思います。

小ホールでの上演は、番組へ小気味良いアクセントが加えられるため、復活させて良かったと思えるネタになりました。

子ほめ

こほめ

甚「さァ、此方《こっち》へ入り。嬉しそうな顔で飛び込んできたが、どうした？」

喜「そこの辻で、万さんに会《お》うたら、『早《は》よ行け、直ぐ行け、よばれて来い』。お宅に、タダの酒があるそうな。『タダの酒やったら、よばれよ』と思て、走ってきました。呑ましとおくなはれ、タダの酒」

甚「厚かましい男が、飛び込んできた。それは、タダの酒やのうて、灘《なだ》のお酒じゃ。ウチは、灘の造り酒屋に親戚がある。毎年、新酒が出来ると、樽で一丁ずつ、送ってきてくれるわ。それが、今朝、着いた所じゃ。万さんが『灘の酒』と仰《おっしゃ》ったのを、『タダの酒』と、灘とタダとを聞き間違うたのと違うか？」

喜「灘でもタダでも、何方《どっち》でも宜《よろ》しい。一杯呑ましなはれ、ケチくさい」

甚「何方が、ケチくさいのじゃ。呑まさんことはないが、酒の肴《さかな》・アテが無いわ」

喜「私は、肴が無かったら、よう呑まんという、情け無い酒呑みと違います」
甚「ほんまの酒呑みは、小指をねぶってでも、一升空《あ》けると言うわ」
喜「まさか、小指では呑めん」
甚「ほな、漬物が一切れあったら、枡《ます》の隅から、キュ━━ッと行くという酒か？」
喜「漬物では、よう呑まん性分で」
甚「ほな、何があったらええ？」
喜「一寸、酢の物が欲しいわ。ここに酢の物があって、刺身があって、天ぷらが付いてて、吸物があって、終《しま》いに寿司でも出たら、何にも要らん」
甚「会席一人前じゃ。誰が、そんな贅沢なことをさせるか。知り合いから、剣先スルメの上等を十枚もろて、そこに吊ってある。良かったら、スルメでも焼こか？」
喜「あァ、スルメなァ。歯が悪いさかい、十枚は食えん」
甚「誰が、十枚も食わすか。一枚しか、焼かんわ」
喜「ほな、後の九枚は、生でもろて帰る」
甚「どこまで、厚かましい。そんなことを言うてたら、呑ませるのが嫌になるわ。酒の一杯も御馳走になろうと思たら、ベンチャラの一つも言えんか。例えば、久し振りの人と、道でバッタリ会《お》うた時、どう言う？」

喜「そんな時は、決まってる。『おゥ！　まだ、生きてたか？　ドしぶとい奴や』と」
甚「そんなことを言うたら、喧嘩になる。久し振りの人と会うた時は、一杯呑ませてもらえる良え折や。言葉は丁寧に、『暫《しばら》く、お目に懸かりませんでしたが、何方《どちら》へ？』。言われた方が、どこかの店の番頭で、『商売で、下《しも》の方へ』と仰《おっしゃ》ったら、『流石《さすが》、日焼けなさったと見えて、お顔のお色が、お黒うなりましたな』と言いなはれ」
喜「顔の色が白いのは宜しいけど、『黒い』と言うたら、気を悪うする」
甚「その通りやが、相手を一寸嫌がらせて、後から持ち上げると、ベンチャラの効き目が、倍になるわ。『お顔が日焼けなさる所を見ると、大小に関わらず、お金儲けでございましょう。お宅の旦那は、幸せな御方。それは、お宅という人を遣《つこ》てなさるさかい。旦那が煙草《たばこ》を喫《す》うてなさっても、お金はお宅が旅先から、為替《かわせ》でドンドン送ってきなはる。居ながらにして、お金儲けが出来るというのは、お宅のお蔭。お宅は、あのお店に無くてはならん御方。大黒柱、芯《しん》柱。近所でも、喧《やかま》しゅう言うてますわ。番頭さんやなかったら、どんならんと言うて。ヤレ、ご番頭の色男！』。これだけ誉められて、喜ばん者は無い。『喜ィさん、嬉しいことを言うてくれる。今、暇か？　そこの天ぷら屋で一杯、付き合うて』ということになるわ」
喜「なるほど！　そう言われたら、一杯呑まそうという気になるわ。しかし、『そんなことでは、呑まさん』という、根性の捻《ね》じけた者は、どうする？」
甚「根性の捻じけたとは、ケッタイじゃ。そんな時は、奥の手を使《つこ》て、齢《とし》を尋ねなはれ。これも言葉は丁寧に、『失礼なことをお尋ねしますが、お宅は今年、お幾《いく》つで？』。四十五と仰ったら、『四十五とは、お若《わこ》う見える。どう見ても、厄そこそこ』と」
喜「ほゥ、『四十五とは、お若う見える。どう見ても、百そこそこ』」
甚「百やのうて、厄じゃ。男の大厄は、四十二。二つ三つ、若う言われたら、嬉しい。『喜ィさん、嬉しいことを言うてくれる。天ぷら屋で一杯、付き合うて』となるわ」
喜「上手に、話を天ぷらへ引きずって行きますな。世の中、四十五の人ばっかりやったら宜しいけど、いろんな齢の人が居るわ。『五十』と言われたら、難儀や」
甚「別に、難儀やない。五十やったら、二つ三つ、若う言うて、四十七、八じゃ」
喜「ほな、六十は？」
甚「五十七、八」
喜「七十は？」
甚「六十七、八じゃ」
喜「八十？」
甚「七十七、八」

喜「九十？」
甚「八十七、八じゃ」
喜「百！」
甚「一寸、待ちなはれ。百にもなる御方が、表をエッチラオッチラ歩いてはるか？」
喜「あんたは型に嵌《は》めて物を言いますけど、今は寿命が伸びてる。ひょっとしたら、百の人に会うかも知れん。そんな時は、どう言う？」
甚「滅多に居られんが、ひょっと会うたら、九十五、六か、七、八と言いなはれ」
喜「ほな、千とか、万！」
甚「頭の中を通して、物を言いなはれ。万にもなる人が、この世の中に居《お》るか？」
喜「あんたは型に嵌めて物を言うけど、今は寿命が伸びてるさかい、万まで死ぬのを忘れてる人が居るかも知れん。万の人が居ったら、面白い。『あんたは、お幾つ？』『万です』『万とは、お若う見える。どう見ても、九千九百九十七！』」
甚「阿呆なことを言いなはんな。自分の覚え方で、好きに覚えなはれ」
喜「ほな、そうします。ここに子どもが居ったら、『この子は、お幾つで？　十とは、お若う見える。どう見ても、七、八つ』」
甚「何でも、一つにしなはんな。子どもの齢を若う言うと、『育ってない』と言うてるのと同じじゃ。子どもは、上に言いなはれ。『この子は、お幾つで？　十とは、しっかりしてますな。もう十二、三に見える』と言うたら、親が喜んで、天ぷらで一杯じゃ」
喜「あァ、親が奢りますか。小さい子どもが、居酒屋へ連れて行ってくれるか、心配しました。子どもは上やったら、ここに赤ん坊が寝てたら、『この子は、お幾つで？　一つとは、しっかりしてますな！　五つ、六つに見える！』」
甚「底抜けの阿呆じゃ。そんなことを言うて、誰が信用するか。赤ん坊は、顔を誉める。背筋を伸ばして、扇子の一本も持ったら、形が宜しい。咳払いの一つもして、高調子で、『さて！　これが、お宅のお子様でございますか？　鼻筋の通った所は、お父さんソックリ。口許の可愛らしい所は、お母さんソックリ。額の広い所は、亡くなったお爺さんに似て、ご長命の相がございます。栴檀《せんだん》は、双葉にして芳《かんば》し。蛇《じゃ》は寸にして、その気を表す。私も、こういうお子様に、アァラ、あやかりたい、あやかりたい』と言うたら、親が喜んで、天ぷらで一杯呑ましてくれるわ」
喜「ほな、試してきます！」
甚「コレ！　一本付けたさかい、呑んで行きなはれ」
喜「いや、結構！　（表へ出て）気兼ねしながら、一杯や二杯の酒をよばれんでも、あれだけのことを習《なろ》といたら、暫くの間、酒には不自由せんわ。四十五、六の者を掴《つか》まえて、ベンチャラかまして、酒を呑んだろ。四十五、六の奴は？　おォ、伊勢屋の番頭や。習たのも番頭やさかい、丁度、良えわ。伊勢屋の番頭、ご番頭ォ━━ッ！」
番「イヨォ━━ッ！　どうした、町内一の男前！」
喜「向こうの方が、上手《うま》いわ。思わず、『奢ろか？』と言い掛けた。しっかり、褌《ふんどし》の紐を締めとこか。暫く、お目に懸かりませんな？」
番「今朝、散髪屋で会うたわ」
喜「並んで、刈ってもらいました。散髪屋で会う前は、暫く、お目に懸からなんだ」
番「夕べ、風呂で会うたわ」
喜「そう言うたら、背中の流し合いをしました。ほな、風呂屋で会う前は？」
番「一体、どこまで行く？　それまでは商売で、下の方へ行ってた」
喜「商売で、下の方？　台本通りや！　日焼けなさったと見えて、顔の色が黒なった」
番「あんたの好きな所は、そこや。言いにくいことも、ハッキリ言うてくれる。腹に澱《よど》みが無《の》うて、素直な性格。正直に言うてもらいたいが、そんなに黒なったか？」
喜「黒いの、黒ないの！　向こうから、炭団《たどん》が着物を着て、転《ころ》こんできたかと思て」
番「大層に言いなはんな」
喜「心配せんでも、直《じき》に持ち上げる。お顔が日焼けなさる所を見ると、大小に関わらず、

お金儲けでございましょう。お宅の旦さんは、幸せな御方。お宅が煙草を喫うてる間に、
旦那が旅先から為替で、大黒柱を送ってくる」
番「ウチの旦那は、そんなケッタイなことはなさらん」
喜「いや、お宅に内緒でしてはるわ。お宅は町内で、喧《やかま》しいと評判や。『喧しいさかい、口の中へ雑巾を放り込んだろか』と言うてる。ここから肝心やさかい、よう聞いといて。ヤレ、ご番頭の色ボケ男！　嬉しぃ？」
番「嬉しないわ。何を言うてるか、サッパリわからん」
喜「わからんか？　こんな時のために、奥の手が習《なろ》てある。失礼なことをお尋ねしますが、お宅は今年、お幾つで？」
番「急に、何を聞く。わしは齢を聞かれるのが、一番辛い」
喜「後は、天ぷらで一杯で辛いけど、言わねばならん。言え！　白状せえ！　泥を吐け！」
番「泥を吐けとは、どうや。ほな、正直に言うわ。若う見えてるが、今年三十五や」
喜「三十五？　四十五とは、お若う見える。どう見ても、厄そこそこ。しっかりしてますな、十二、三。三十五は、上に言うて良えか、下に言うて良えか？　三十五は、悪い年やな。今年、良えこと無いわ。悪いことは言わんさかい、四十五になって」
番「無茶を言いなはんな。一遍に、四十五にはなれん」

喜「何でもええさかい、四十五と言うて」
番「呪《まじな》いでもしてるか？　気が済むのやったら、言うたろ。ほな、今年四十五や」
喜「四十五とは、お若う見える」
番「当たり前や！　ほんまは、三十五」
喜「そこを、四十五で突っ張っといて。どう見ても、厄そこそこ。嬉しい？」
番「ムカつくわ！　わしは、帰る！」
喜「行ったらあかん！　怒って、行ってしもた。ベンチャラは、しくじると、友達を減らすわ。子どもの分も習たさかい、子どもを誉めて、呑ましてもらおか。今朝、嬶《かか》が『竹やんに、子どもが出来た。町内の繋《つな》ぎで、祝いを取られて、災難や』と、ボヤいてた。竹やんの子どもを誉めて、一杯呑んだろ。(竹の家へ来て)　竹やん、居るか？」
竹「喜ィさん、此方《こっち》へ入って」
喜「えらい災難やったそうな」
竹「何を言うてる。子どもが生まれて、喜んでるわ」
喜「あァ、そうや。町内は祝いを取られて、えらい災難」
竹「ハッキリ言う男や。最前は、おおきに」
喜「いや、取っといて。それより、子どもの顔を見にきた」

竹「よう来てくれたな。お前が、町内で一番初めや。奥で寝てるさかい、見たって」
喜「当たり前や。先に、払う物を払《はろ》てる」
竹「水族館やないわ。奥へ通って、見たって」
喜「襖《ふすま》を開けたら、寝てるか？（襖を開けて）竹やん、大きい子やな！」
竹「産婆さんも、『こんな大きい子は、久し振り』と言うてた」
喜「しかし、大き過ぎるわ。生まれ立てで、白髪《しらが》頭で、皺《しわ》クチャで、歯がガタガタ」
竹「それは、お爺さんが昼寝してるわ。いつも、お前と将棋をしてる、お爺さんや」
喜「生まれ立ての子が、腹巻を巻いて、パッチを穿《は》いてるさかい、ケッタイと思た」
竹「何を言うてる。座敷の真ん中へ、布団を敷いて、お咲と一緒に寝てるわ」
喜「ほな、近くで見せてもらう。お咲さん、子どもを産んだか。町内で『お咲さんが、子どもを産むとは、大爆笑！』と言うて、大騒ぎや。わァ、小さいなァ。育つか？」
竹「育つわ！　これから、大きゅうなる」
喜「ほゥ、伸びてくるか。わァ、真っ赤な顔をして。一遍、茹《ゆ》でた？」
竹「茹でるか！　赤いさかい、赤ん坊と言うわ」
喜「それで、赤ん坊か。桜色やったら、桜ん坊や。ギュッと手を握って、お苦しみで」
竹「赤ん坊は、皆、ギュッと手を握ってるわ」

喜「(子どもの掌《てのひら》を広げて) わァ、紅葉《もみじ》みたいな手をしてるな」
竹「初めて、嬉しいことを言うてくれた。紅葉みたいに、可愛らしい手をしてるやろ」
喜「こんな可愛らしい手で、オッちゃんの祝いを、よう取った」
竹「返すわ！ 気術無《きづつの》うて、もろてられん」
喜「いや、取っといて。この子は、手首へ輪が嵌《は》まってる」
竹「細かい所を見てくれた。よう肥えてるさかい、手首へ輪が嵌まったようになってる」
喜「小さい時分、手首へ輪を嵌めてもろて、大きなったら、本物の手錠を嵌めてもらえ」
竹「ロクなことを言わんな。此方へ来い！」
喜「しかし、竹やん。この子を上手に誉めたら、一杯呑ませてくれるか？」
竹「めでたいさかい、何ぼでも呑ませるけど、ほんまに誉められるか？」
喜「今日は、仕込んできてる。お咲さんも、お爺さんも、よう聞いといて。さて！ 今日は、『さて！』が入るわ。さて！ これが、お宅のお子さんでございますか？」
竹「最前から見て、わかってるわ。それは、わしの子や」
喜「鼻筋の通った？ 鼻筋が、無いな。口許は、大きい口や。誉められません！」
竹「そんなことを言わんと、誉めてくれ」
喜「額の広い所は、亡くなったお爺さんに似て、ご長命の相がある」

竹「お爺さんは、横で昼寝してるわ」
喜「お爺さん、怒らんといて。また、後で将棋しょう。この子は、人形さんみたいや」
竹「もう、何にも言うな！　その一言で、機嫌が直った。人形みたいに、可愛いやろ？」
喜「腹を押さえたら、キュッキュッと泣く」
竹「殺してしまうわ！　此方へ来い！」
喜「失礼なことをお尋ねしますが、お宅は今年、お幾つで？」
竹「一体、誰の齢を尋ねてる？　幾つも何も、生まれた所《とこ》じゃ」
喜「生まれた所とは、お若う見える」
竹「ええ加減にせえ！　生まれ立てより若かったら、一体、どうや？」
喜「どう見ても、まだ、生まれてないみたいな」

解説「子ほめ」

噺家の歴史上、上演者・上演回数の一番多い落語が、『子ほめ』ではないでしょうか。

余程、新作落語に傾倒している者でなければ、一度は高座に掛けているでしょうし、生涯、自分の持ちネタから外さないと思います。

若手が演じても、それなりに点数が稼げますし、ベテランが上演すると、ネタの味が深まることは間違いありません。

序盤で仕込み、ラストでバラすという、落語本来の構成の見本のようなネタです。

漫才は初めから終わりまで、平均的に笑いを得る場合が多いのですが、落語は序盤の仕込みに笑いは少なくても、バラシでは漫才に負けないほど、笑いを誘発することが出来ると言えましょう。

『子ほめ』のほか、『牛ほめ』『道具屋』など、笑い沢山で、上演者の多い落語は、この構成が見事に出来上がっているのです。

そして、子どもを誉められると嬉しいという心情は、誰でも同じだけに、心理の共通性においても申し分なく、コント仕立てですが、情の深さも加わるという構成・演出になっており、非の打ち所がありません。

無論、上手く演じた場合に限りますが、若手でもヒットする場合が多いのです。

また、酒が呑みたいという気持ちで、あれだけ時間を掛けるのですが、現在の若者なら、「そんな苦労をするぐらいなら、バイトで稼いで、自分の金で呑む」という者も多いでしょう。

しかし、無駄な苦労に見えて、その実は楽しんでいる心理を楽しむのが、落語の面白さと思いますし、落語に生産性の物差しは当てない方が良いと思います。

このネタの原話は、江戸初期の京都誓願寺《せいがんじ》住職・安楽庵策伝が著した「醒睡笑《せいすいしょう》」巻之一〔鈍副子〕十一、「新話笑眉」（正徳二年）巻四ノ十〔そさうのほめ過し〕、十返舎一九の「商内上手」（享和四年）〔ゆき過〕に見ることが出来ましょう。

SPレコードで残した上方の噺家は、初代笑福亭枝雁、初代桂春輔、二代目笑福亭枝鶴（五代目笑福亭松鶴）などで、いずれも賑やかに吹き込みました。

東京の噺家は、初代柳家権太楼、五代目蝶花楼馬楽（八代目林家正蔵）、二代目桂右女助（六代目三升家小勝）、三代目三遊亭金馬、六代目柳亭芝楽（七代目春風亭柳枝）が吹き込んでいます。

ＬＰレコードの時代になると、上方落語では二代目三遊亭百生、三代目桂米朝、三代目桂春團治、二代目桂枝雀、二代目露の五郎が、東京落語では三代目桂文朝、六代目三遊亭圓窓、五代目月の家圓鏡で発売されました。

明治以降に刊行された落語全集にも、必ずと言ってよいほど掲載されていますが、個人の速記集で見ることは少ないネタです。

ポピュラーな落語だけに、各自の構成・演出の違いを楽しめるネタでしょう。

私の『子ほめ』は、師匠・桂枝雀、大師匠・桂米朝の高座を参考にして、内弟子を終えた、昭和五十七年頃から、高座に掛けました。

最初は、ほかの噺家の『子ほめ』にはないギャグを付け足すことを心掛けましたが、噺本来の爽《さわ》やかさを失っていることに気付き、また、一から演り直した次第です。

噺家生活が十年を過ぎ、芸の行き詰まりを感じ出した頃、その突破口になったのが『子ほめ』で、師匠から「このネタのように、ほかのネタも演ると、道が開けるかも知れん」という言葉もいただき、ホッとしました。

その意味でも、『子ほめ』には感謝していますし、今後も丁寧に演じていくつもりです。

素麺喰い

そうめんくい

昔から「命《めい》は、食にあり」と申しまして、天下の副将軍・水戸光圀《みつくに》公も、「気は長く　勤めは固く　色薄く　食細うして　心広かれ」と、戒めておられます。

一淫・二酒・三湯・四力・五行・六音・七火・八風・九食・十細を守ると、人間は長生きするそうで。

一淫は男女の交わりを謹み、二酒は深酒をせず、三湯は長湯を止《や》め、四力は無理な力を出さず、五行は無理に歩かず、六音は大声を出さず、七火は火に当たらず、八風は風に吹かれず、九食は大食を慎み、十細は細かい物を見んようにする。

昔、我慢会という不思議な遊びをしたそうで。

土用の最中、綿入れを着て、火鉢へ齧《かじ》り付くと、汗をダラダラ流して、「寒い！」と言うたり、冬の最中、浴衣《ゆかた》一枚で、座敷を開けて、扇子で扇いで、「暑い！」と言うたり。

幕末、我慢比べ・悪者食いという番付が出て、「東の大関／瀬戸物のカケラを、八百五十匁食べた。西の大関／醤油を、一斗二升呑む」と記してありますが、阿呆なことは止めて、冬は炬燵《こたつ》へ入って、蜜柑《みかん》を食べて、夏は避暑に出掛ける方が良《え》えようで。

昔から、大阪で有名な避暑地は、箕面《みのお》の滝。

小振りの滝で、崖から落ちる水が、岩で腰を打って、滝壺へ流れる姿が、誠に美しい。

吉「姐さん、暑いな！」

姐「まァ、吉っつぁん。早《はよ》う、此方《こっち》へ入りなはれ。まァ、えらい汗！」

吉「ほんまに、暑い！　身体の中に、こんなに汗があるかと思うぐらい、汗だくになったわ。何か、汗が引くような食べ物は無いか？」

姐「そんな物があったら、私が食べたいわ。何か、冷たい物でも」

吉「冷たい物は、腹へ障る。暑い時分は、熱い物を呑み食いする方が良え。濃い目の熱い焙《ほう》じ茶や、麦湯が良えわ」

姐「そうするわ。吉っつぁんは『熱い方が良え』と言うてるさかい、チンチンに沸かしなはれ」

吉「遠い所へ行かんでも、箕面の滝へ来る方が良えわ。あァ、焙じ茶か。夏場に、熱い物を呑むと、口の中がサッパリするわ。（茶を呑んで）　世の中は、程がある。チンチンに沸いてて、口の中の皮が捲《めく》れるわ。その内、慣れる。（茶を呑んで）やっぱり、冷たい物をくれるか。熱い焙じ茶を呑んだら、汗が吹き出してきた」

姐「相変わらず、面白い人や。奈良の親戚が送ってくれた、丈長素麺《たけながそうめん》。丈が長《なご》て、茹《ゆ》でるのに暇が掛かるさかい、三箱置いてある。ほな、丈長素麺を茹でよか？」

吉「ほゥ、面白い！　三箱ぐらいやったら、直《じき》に食べてしまうわ」

姐「あんたやったら、食べられるかも知れん。素麺を三箱、茹でなはれ！」

吉「有難い！　ほな、玄人《くろうと》の食べ方を教えるわ」

姐「素麺の食べ方に、素人《しろうと》や玄人があるか？」

吉「あたりき、しゃりき、車引き！　水が切れてない素麺を猪口《ちょこ》に入れるさかい、ツユが薄うなる。素麺の水を切って、長さが二尺やったら、ツユは五寸五分浸《つ》ける。一尺五寸は三寸五分で、一尺は三寸。口へ持っていって、ツゥ――ッと啜《すす》り込むのが、玄人の食べ方や。素麺道を極めるには、箕面の滝で、三年打たれんことには」

姐「嘘を吐《つ》きなはれ。あんたが、箕面の滝に打たれる所を見たことが無いわ。素麺が茹で上がったら、長いままでええさかい、器へ入れて、持ってきなはれ」

吉「（天井を見て）何や、夕立が降ってきたか？　この家は、雨漏《あまも》りが酷《ひど》いような」

姐「二階があるさかい、下まで漏らんわ。丼や桶が並んでるのは、素麺が入れてある」

吉「おォ、仰山の素麺！　丼五杯に、バケツに二杯、金魚鉢へも入れてある。素麺道に則《のっと》って、食べるわ。猪口を手に取らん所が、玄人の証《あかし》や。（素麺を、箸で摘《つま》み上げて）しかし、長いな。こんなに長い素麺は、初めてやさかい、中腰《ちゅうごし》食《ぐ》いやのうて、お許し物の立ち食いや。ほんまに、長いわ。この上は、素麺道の奥伝・首掛けの術。素麺を、首へ巻き付けて」

姐「首の回りが、ビシャビシャになってる」

吉「余った分を、此方へ引っ張って」

姐「素麺が、廊下を引きずってる」

吉「見てても、綺麗《きれい》やろ？」

姐「汚いわ！」

吉「この上は、素麺道の奥伝・二階食いや。箸で素麺を挟《はさ》んで、階段を上って」

姐「素麺が、階段を引きずってる。ツユは、何寸浸けるの？」

吉「こんな時は、刷毛《はけ》で塗るわ」

姐「階段を素麺が流れてるようで、箕面の滝のような」

吉「素麺の上へ、細こう刻んだネギを、振り掛けてくれるか。階段を上がると、箕面の滝みたいになる。美しゅう見せて、美味《おい》しゅう食べるのが、素麺道の奥伝・箕面の滝喰いや。（階段を落ちて）アァーーッ！　痛い！」
姐「吉っつぁん、大丈夫か？　二階から滑り落ちて、尻餅をついてるわ。こんな痛い目に遭《お》うても、素麺道の奥伝か？」
吉「当たり前！　箕面の滝喰いは、途中で一遍、腰を打つわ」

解説「素麺喰い」

素麺のルーツをさかのぼると、奈良県桜井市三輪へ行き着きますが、奈良県三輪素麺工業共同組合の解説から紹介すると、「約千二百年前、三輪山をご神体とする大神《おおみわ》神社で、ご神孫・大田田根子の子孫で、八二七年、三輪族の氏上にも任ぜられた、狭井久佐の次男・穀主朝臣が、飢饉と疫病に苦しむ民の救済を祈願すると、神の啓示を賜り、仰せのままに肥沃な三輪の里に小麦を撒き、その実りを水車の石臼で粉に挽き、癒しの湧き水で捏《こ》ねて延ばし、糸状にした物が、素麺の起源」と考えられているそうです。

神の物語ではなく、実際は如何《いかが》と言うと、遣隋使・遣唐使によって、中国から麺の製法が伝わり、その中の索餅《さくべい》（※日本では、无岐奈波〔麦縄〕と呼ばれた）に、鎌倉時代、禅僧が伝えた新しい麺の製法が加わり、公家や貴族階級の間で、祝膳の菓子のような形で、姿を留めるようになり、室町時代には上質の素麺が製造されました。

しかし、その歴史は諸説あり、一概に言い切れないようです。

さて、『素麺喰い』という落語の粗筋は、大師匠・桂米朝師から伺いましたが、全容を把握したのは、四代目柳家小三治（※後の二代目柳家つばめ）の速記本「柳家小三治新落語集」

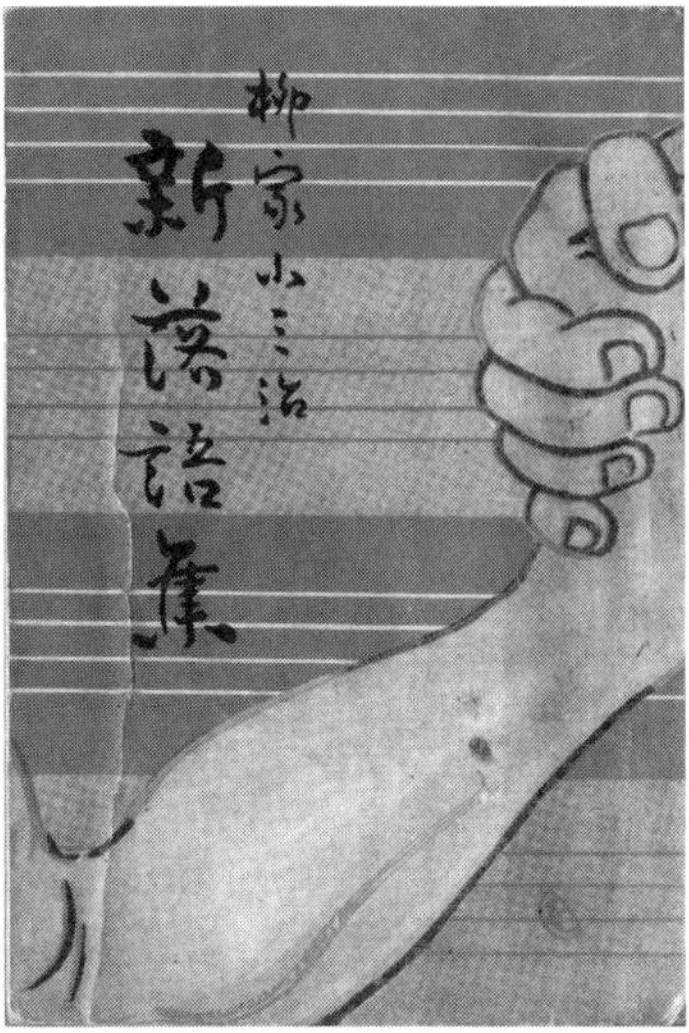

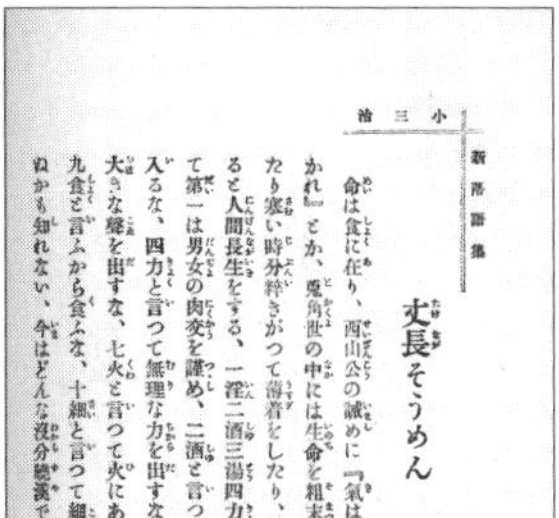
小三治　新落語集

丈長《たけなが》そうめん

命《めい》は食《しよく》に在《あ》り、西山公《せいざんこう》の誡《いまし》めに『氣《き》は長《なが》く勤《つと》めはかたく色薄《いろうす》く食細《しよくほそ》うして心廣《こゝろひろ》かれ』とか、兎角世《とかくよ》の中《なか》には生命《いのち》を粗末《そまつ》にする人《ひと》がある、大事《だいじ》の身體《からだ》へ文身《ほりもの》をしたり寒《さむ》い時分粋《いき》がつて薄着《うすぎ》をしたり、そふかと思《おも》ふと出來《でき》もしないのに之《これ》を守《まも》ると人間長生《にんげんながいき》をする、一淫《いん》二酒《しゆ》三湯《たう》四力《きよく》五行《ぎやう》六音《おん》七火《くわ》八風《ふう》九食《しよく》十細《さい》、一淫《いん》と言《い》つて第一《だい》は男女《だんぢよ》の肉交《にくかう》を謹《つゝし》め、二酒《しゆ》と言《い》つて深酒《ふかざけ》を飲《の》むな、三湯《たう》と言《い》ふから湯《ゆ》に這《は》入《い》るな、四力《きよく》と言《い》つて無理《むり》な力《ちから》を出《だ》すな、五行《ぎやう》と言《い》つて歩《ある》くな、六音《おん》と言《い》ふから大《おほ》きな聲《こゑ》を出《だ》すな、七火《くわ》と言《い》つて火《ひ》にあたるな、八風《ふう》と言《い》つて風《かぜ》に吹《ふ》かれるな、九食《しよく》と言《い》ふから食《く》ふな、十細《さい》と言《い》つて細《こま》かいものを見《み》るな、夫《そ》れじやア守《まも》つて死《し》ぬかも知《し》れない、今《いま》はどんな沒分曉漢《わからずや》でも衛生《えいせい》を重《おも》んじる位《くらゐ》の事《こと》は知《し》つて居《ゐ》る

106

右上：「柳家小三治新落語集」〔明治44年刊〕の表紙。
上：四代目柳家小三治の写真。
右下：『丈長そうめん』の速記。

に掲載されている『丈長素麺』からでした。

小三治の速記では、ネタの舞台になっている場所は限定せず、素麺を送ってきたのも、田舎の親戚としていましたが、「大和の名物・丈長素麺」と述べていることから、田舎の親戚は、三輪の辺りと考えられます。

また、『丈長素麺』では、オチが「二階から、素麺がブラ下がっているが、そんなに長いときは、お汁は何寸付けるの?」「こう長いときは、寸法は要らねえから、刷毛で塗っておくんなせえ」となっていますが、私は米朝師に伺った通りのオチにしました。

ネタの舞台を箕面の滝にしたのも、米朝師に伺った通り。

米朝師にさまざまなことを教えていただけたのは、約三十五年前、全国各地で催された、「桂米朝独演会」の前座に出していただく機会が多くなった時、師匠・桂枝雀から「良え機会やから、いろんなネタのことを伺いなさい」と勧められたことによります。

米朝師は、一度しか聞いたことがないネタを、丸々一席演じて下さったこともありました。

思い返すと、至福の時間であり、それらのネタを教えていただいたお蔭で、滅んでいた珍品を、現在、復活させることが出来たのです。

魔風

まかぜ

甚「さァ、此方《こっち》へ入り。ケッタイな顔をして、どうした？」

喜「最前、えらい風が吹きましたな。ビューーッと吹いて、お宅の前で、キリキリキリと、三遍、舞いました。ほんまに、えらい舞い風で」

甚「ケッタイなことを言いなはんな。あんたの言うことは、いつも間違《まちご》てる。こないだ、千日前で会《お》うた時も、哀れな着物を着て、兵児《へこ》帯を腰の下で、猫じゃらし。尻切れ草履を履いて、醤油で煮染《にし》めたような手拭いで、頬被《かぶ》り。寿司屋の表で、巻き寿司を食べてた。悪い男に会うたと思て、知らん顔で行こうと思たら、『(エヅいて)ウェッ！　どこへ行きなはる？』と、エヅキながら、声を掛けてきたわ。『人に声を掛ける時、寿司を食べるのは、止めなはれ』『(エヅいて)ウェッ！　寿司のおかずが、食い切れん』。寿司のおかずやのうて、具と言いなはれ。何か、返答が出来るか？」

喜「(唸《うな》って) グゥ━━ッ!」

甚「ケッタイな洒落を言いなはんな。巻き寿司をくわえて、わしの後を随《つ》いてきたわ。道頓堀の鰻屋で、お婆さんが鰻の蒲焼を買うてたら、それを見て、『美味《うま》そうな婆焼き』と言うた。お婆さんが嫌な顔をして、『婆焼きやなんて、えげつないことを言いなはる。ボチボチ、私も焼かれるということで?』『良え骨煎餅《ほねせんべい》になるわ』。何で、そんな気の悪いことを言う。仏壇屋の前を通った時、大きい数珠《じゅず》がブラ下がってるのを見て、『大きいジュース』と言うた。仏壇屋の親爺が『あれは数珠で、経を読む』と言うたら、『ジュースも、今日飲む』。阿呆らしゅうて、開いた口が塞《ふさ》がらなんだ」

喜「(笑って) わッはッはッは!」

甚「笑いなはんな! 今日も飛び込んでくるなり、舞い風と言うた。あれは空を魔物が通る時に吹く風で、魔風と言うわ」

喜「ほゥ、良えことを聞いた。舞い風やのうて、魔風! 友達に言うて、自慢したろ」

甚「そんなことを、自慢しなはんな。一寸、待ちなはれ!」

喜「(表へ出て) 待ってたまるか! 早《はよ》う言わなんだら、忘れてしまうわ。わしの顔を見たら、皆、阿呆と言いよる。今日は、阿呆やない証拠を見せたるわ。あァ、この家へ行ったろ。えェ、御免!」

○「誰やと思うたら、日本一の阿呆か」
喜「ほんまに、いきなりや。最前は、えらい風やった。ビュ━ッと吹いて、キリキリキリと、三遍、舞うたわ。こんな風を、舞い風と言うと思うか？」
○「知らん」
喜「舞い風と言うと思うか！」
○「何を怒ってる？　そんな言葉は聞いたことが無いけど、そう言うかも知れん」
喜「ほんまに、思うか？」
○「あァ、思う」
喜「よう、思た！　(咳をして) オホン！　あんたは、いつも言うことが間違てる」
○「それは、お前じゃ！　何を、偉そうにしてる」
喜「まァ、聞け！　折があったら、言うたろと思てた。まァ、此方へ上がり」
○「お前が、上がれ！」
喜「あァ、そうか。ほな、上げてもらう。(座って) こないだ、千日前で会うた時」
○「一寸、待った！　お前と、千日前で会うたか？」
喜「会うた！　あの時は、哀れな着物を着て、尻切れ草履を履いてたわ」
○「それは、お前じゃ。わしは、そんな恰好《かっこう》はしてないわ」

喜「いや、そんな恰好や。醤油で煮染めたような手拭いで頬被りして、寿司屋の表で、巻き寿司を食べてた」

○「そんなことは、知らん」

喜「わしは、見てた！　悪い男に会うたと思たら、お前から声を掛けてきた」

○「知らんがな！」

喜「わしは、知ってる！　巻き寿司を、口にくわえて、『(エヅいて)ウェッ！　寿司のおかずが、食い切れん』『寿司のおかずと言う奴があるか。具と言いなはれ。何か、返答が出来るか？』『グゥ――ッ！』」

○「何を言うてる。お前と話をしてると、頭が痛《いと》なるわ。サッパリ、わからん」

喜「わしは、わかってる！　道頓堀の鰻屋で、お婆さんが鰻の蒲焼を買うてた時、お婆さんに『美味そうな婆焼き』と言うた」

○「言わん！」

喜「『婆焼きやなんて、私も焼かれるということで？』『骨煎餅になる』」

○「ほんまに、堪忍してくれ！　前から阿呆と思てたが、こんな阿呆とは思わなんだ」

喜「仏壇屋の大きい数珠を、『大きいジュース』と言うた。『あれは数珠と言うて、経を読む』『ジュースも、今日飲む』」

○「帰ってくれ！　ほんまに、頭が痛なってきたわ」
喜「最前も『舞い風』と言うた。あれは、空に魔物が通る時に吹く風で、『魔風』と言うわ」
○「何ッ、魔風？　ほゥ、これは理屈や。今まで、訳のわからんことを言うてたけど、一本取られた」
喜「ビックリしたか？」
○「あァ、ビックリした。空を通る魔物とは、どんな物や？」
喜「それは、聞いてない」
○「何ッ？」
喜「いや、アノ、さいなら！」
○「待て！　一体、何しに来た？」
喜「最前、魔物の正体を聞くのを忘れてたわ。（甚兵衛の家へ来て）もし、甚兵衛はん！」
甚「また、来た。三年ぐらい、顔を見とないわ。まだ、用事か？」
喜「最前、甚兵衛はんが言うた魔物は、どんな物で？」
甚「魔物は、天狗《ぐひん》さんのことじゃ」
喜「グヒンさんとは、何です？」
甚「グヒンさんは、天狗《てんぐ》さんで、鼻高さんじゃ」

喜「天狗さんのことを、グヒンさん・鼻高さんと言うか？　さいなら！」
甚「また、飛び出して行った。一体、どこへ行く？」
喜「どこも、クソもあるか。もう一遍、あいつの家へ行ったろ。（○の家へ来て）おい、
　魔物の正体！」
○「また、来た。今度は、何の用事や？」
喜「まァ、急《せ》くな」
○「急いてるのは、お前や」
喜「最前聞いた、魔物の正体を教えたる」
○「魔物の正体は、何や？」
喜「魔物は、カビンさんのことじゃ」
○「カビンさんとは、何じゃ？」
喜「よう、覚えとけ！　花（※鼻）立てさんのことじゃ」

解説「魔風」

別の演題を『天狗風』と言い、魔風の意味は「悪魔が吹かせる、人を惑わす、恐ろしい風」、天狗風は「にわかに吹き下ろす旋風。つむじ風。辻風」、つむじ風は「陸上に生じる激しい空気の渦巻で、竜巻より規模が小さい」とされています。

主人公が、風で空に舞い上げられるネタは『景清《かげきよ》』『天狗裁き』、冬の風の冷たさを表現するネタは『不動坊』『かぜうどん』などがありますが、風自体がテーマになっている古典落語は、『魔風』のみではないでしょうか。

コント仕立ての面白い内容ですが、誰も演り手がなくなりました。

初代桂春團治が、レコードに吹き込みそうな内容ですが、そのような事実はなく、ほかの噺家のレコードも見掛けません。

私は「浪華落語　眞打連講演　傑作落語名人揃」（※大正十三年。文友堂書店・三芳屋書店）に掲載されている、林家小正楽の『天狗風』の速記を土台にして、まとめ直しました。

林家小正楽については、よくわかりませんが、五代目笑福亭松鶴の義父・六代目林家正楽か、五代目林家正三になった、五代目林家正楽の弟子だったことは間違いないでしょう。

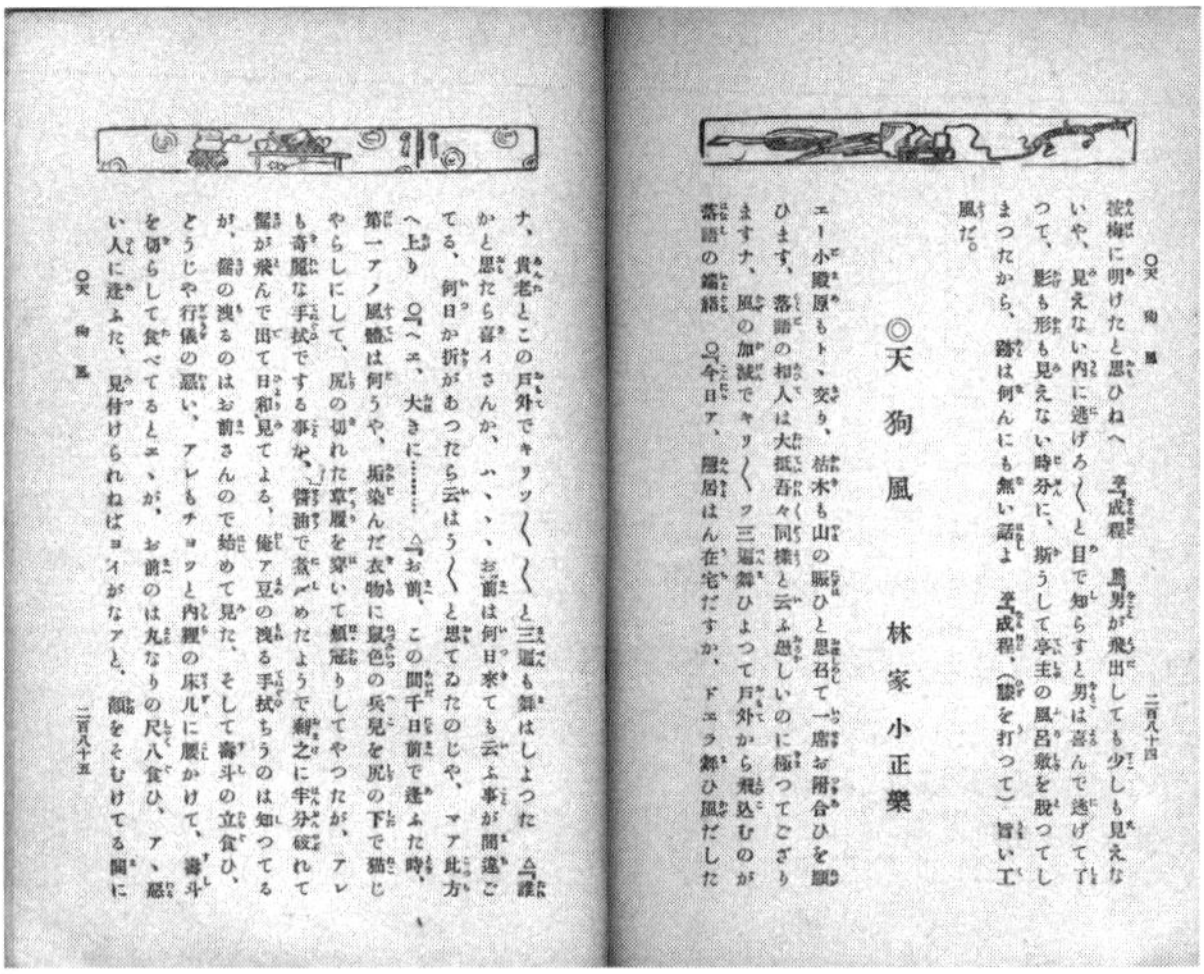
○天狗風　二百八十四

按梅に明けたと思ひねへ △成程 間男が飛出しても少しも見えないや、見えない内に逃げろ〳〵と目で知らすと男は喜んで逃げて了つて、影も形も見えない時分に、斯うして亭主の風呂敷を脱つてしまつたから、跡は何んにも無い話よ △成程、（膝を打つて）旨い工風だ。

◎天狗風　林家小正楽

エー小殿原もト、変り、枯木も山の賑ひと思召て一席お附合ひを願ひます、落語の相人は大抵呑々同様と云ふ懲しいのに極つてござりますナ、風の加減でキリ〳〵ツ三遍舞ひよつて戸外から飛込むのが落語の端緒 ○今日ア、隠居はん在宅だすか、ドエラ舞ひ風だしたナ、貴老とこの戸外でキリツ〳〵〳〵と三遍も舞はしよつた △誰かと思たら喜イさんか、ハヽヽ、お前は何日来ても云ふ事が間違ごてる、何日か折があつたら云はう〳〵と思てゐたのじや、マア此方へ上り ○ヘエ、大きに…… △お前、この間千日前で逢ふた時、第一アノ風體は何うや、垢染んだ衣物に鼠色の兵兒を尻の下で猫じやらしにして、尻の切れた草履を穿いて頬冠りしてやつたが、アレも奇麗な手拭でする事か、醤油で煮しめたようで剰之に半分破れて髷が飛んで出て日和見てよる、俺ア豆の洩る手拭ちうのは知つてるが、髷の洩るのはお前さんので始めて見た、そして壽斗の立食ひ、とうじや行儀の悪い、アレもチヨツと内裡の床几に腰かけて、壽斗を切らして食べてるとエヽが、お前のは丸なりの尺八食ひ、ア、悪い人に逢ふた、見付けられねばヨイがなアと、顏をそむけてる間に

○天狗風　二百八十五

「浪華落語　眞打連講演　傑作落語名人揃」〔大正13年刊。文友堂書店・三芳屋書店〕の表紙と、林家小正楽口演の『天狗風』の速記。

小正楽の速記も、ナンセンス度は高く、本で読んでも愉快ですが、実際、高座で上演しても、その面白さが伝わるようには思いません。

教えてもらったことを、人に伝えに行って、チグハグな会話になり、笑いを得る落語は数多くありますが、『魔風』の面白さを伝えるのは難しく、今後も改良を繰り返さなければならないと考えています。

噺の進行のプロセスが複雑であることが要因でしょうが、これをスッキリさせると、ネタ自体の面白さと、パンチに欠けることにもなりかねません。

誰も演らなくなった理由はわかりますが、滅んでしまうネタではないと思うだけに、今後も工夫を繰り返しますので、どうぞ、ご期待下さい。

取り敢えず、このようなネタがあるという紹介をさせていただいた次第です。

寝床
ねどこ

旦「ご町内を廻ってるのは、久七か？　こないだ、定吉に廻らせたら、肝心の提灯屋へ行くのを忘れてた。提灯屋の親父と顔を合わす度《たび》、『先日、お呼びが無《の》うて、取り返しの付かんことを致しました。次は是非とも、お呼びを』と言われて。久七は、そんな不細工なことは無かろう。久七が戻ったら、奥へ来るように言うとおくれ」
久「旦さん、遅なりまして。只今、戻りましてございます」
旦「おォ、久七。お座布を当てて、汗を拭きなはれ。ご町内を、廻ってきてくれたか？」
久「今晩、旦さんのお浄瑠璃の会のことを、一軒ずつ、虱潰《しらみつぶ》しに伝えて参りました」
旦「ご苦労さん！　肝心の提灯屋は、行ってきてくれたか？」
久「先日の定吉の一件を伺《うかご》うておりますだけに、イの一番に行って参りました」
旦「やっと、胸の支《つか》えが下りました。提灯屋の親父は、喜んでたじゃろ？」

久「はァ？　それはもう、『このご町内に、お住まいさせていただいてるお蔭で、度々、旦さんのお浄瑠璃を聞かせていただけるとは、何たることぞ！』と言うて、涙を零《こぼ》さんばかりに、喜んでおられまして」
旦「ほな、来るか？」
久「来んのでございます」
旦「出席か？」
久「欠席でございます」
旦「最前、『涙を零さんばかりに喜んでた』と言うたのと違うか？」
久「三ケ町、一刻《いっとき》に、祭りの提灯を誂《あつら》えるという注文が参りまして、暫《しばら》くの間、夜なべで張り続けんならん。『商いを袖にすると、次の注文が参りません。宜《よろ》しゅう、お断りを』と、老夫婦が頭を畳へ擦《す》り付けて謝っておられたことを、一言付け加えさせていただきます」
旦「それは、仕方が無い。此方《こっち》は道楽、向こうは商売。しかし、不運な男じゃ。前も聞けず、今晩も聞けんとは。まァ、宜しい。あの男には、あの男だけ、差しで、ゆっくり、二十段余り、語って聞かせることにするわ。提灯屋の隣りの豆腐屋も好きやさかい、喜んでたじゃろ？」

久「狂喜乱舞で、飛び上がらんばかりでございました」
旦「ほな、来るか？」
久「欠席でございます」
旦「飛び上がらんばかり、喜んでたのと違うのか？」
久「これも、お商売で。明日、ご親戚の法事の揚げ物一切を引き受けまして。薄揚げ・厚揚げ・飛龍頭《ひろうす》と、聞いてるだけでも、数が覚え切れんぐらいで。これも、明日の朝までに届けんならん。『旦さんのお浄瑠璃、誠に結構で、口惜しゅうございます。宜しゅう、お断りを』と言うて、豆腐屋も欠席でございます」
旦「皆、商売繁盛で結構！　金物屋の佐助さんは来るじゃろ？」
久「今晩、お友達の婚礼があるそうで。立つか這《は》うかの時分からの仲良し・竹馬《ちくば》の友で、どうしても婚礼へ出てやりたい。『旦さんのお浄瑠璃、誠に結構でございますが、慶《よろこ》び事に免じられまして。宜しゅう、お断りを』と申しております」
旦「ほな、甚兵衛さんは？」
久「奥さんが臨月で、こんな大きいお腹《なか》で、今晩辺り、生まれてきそうな塩梅で。手伝いが無いさかい、甚兵衛さんが捻《ね》じり鉢巻で、拭いたり、掃《は》いたり、お湯を沸かしたり、大変でございます。『子どもが生まれましたら、女房・子ども共々、寄せていただきます。

宜しゅう、お断りを』と申しておりまして」
旦「森田の息子は、どうしました?」
久「お仕事で、京都へ行っておられるそうで。ご老体のお母様は、風邪引きで。お布団の中で、ウンウン唸《うな》っておられました。お母様が仰《おっしゃ》るには、『倅は今晩、京都泊まりになるらしい』。息子さんは京都、お母様は風邪引き、両人欠席という訳で」
旦「手伝《てった》いの又兵衛は、どうしました?」
久「観音講の導師を務めんならんのやそうで、観音さんを袖にすると、罰《ばち》が当たります。自分だけ罰が当たるのやのうて、旦さんにまで罰が波及せんように、『旦さんの罰を阻止せんがために、お断りを』と申しております」
旦「裏長屋一統は、どうしました?」
久「人が一人、死にまして。作さんが、コロッと逝《い》ってしまいました。今晩、夜伽《よとぎ》・お通夜をせんならん。まさか、死人を連れて、聞かせていただく訳にも参りませず、『死人に免じられまして、お断りを』と申しております」
旦「ほな、久七。ご町内は、誰方《どなた》がお越しになるのじゃ?」
久「そんなことで、お一人もお越しやございません。(笑って)わッはッはッは!」
旦「何を笑《わろ》てる! 一寸、前へ出なはれ。何で、後ろへ下がる。久七、幾つになった?

ご町内の御方がお越しになれなんだら、『皆、仕事や用事で、お越しになれません』と、一言で済む。提灯屋がどうの、豆腐屋がどうのと言うさかい、一人でも来るかと思うわ。仕事や用事のある他人さんの首に縄を付けて、無理やり、引っ張ってくる訳にもいかん。唯、舞台も拵えて、お師匠さんも来て、お酒や、お弁当の支度も出来てるわ。ほな、お店の者《もん》にだけ、語って聞かせることにしょうか？」

久「わァ、辛い！」

旦「コレ！　辛いとは、何じゃ？」

久「実は、番頭さんが辛がってはります。お腹の差し込みがございまして、『お昼間の仕事は、辛抱して勤めさせていただきますが、夜の方は、旦さんのお慰みだけに、養生のため、休ませていただきます』と、最前から二階へ床を取って、休んではりまして」

旦「あァ、番頭の病気は知ってます。最前、お帳場へ行って、『今晩、浄瑠璃を聞いとおくれ』と言うたら、真っ青な顔をしてたわ。太七は、どうしました？」

久「太七っとんは、眼病でございます」

旦「眼病？　眼病は、目の病い。浄瑠璃は、耳で聞きますのじゃ。態《わざ》と、目を瞑《つむ》る方もあるぐらいで、目と浄瑠璃は関係が無いのと違うか？」

久「それが素人勘定で、医者から申しますと、浄瑠璃ぐらい、目にあかん物は無いそうでございます。旦さんは、お上手だけに、聞かせていただく内に、悲しゅうなる。悲しゅうなると、涙を催す。この涙が、尋常な涙と質《たち》が違《ちご》て、悪質塩分を多量に含んでるという、分析結果が出たそうで。『結構なお浄瑠璃は、決して、聞いてはならん！』という医者の診断書が下りて、二階へ床を取って、寝ております」

旦「初耳じゃ！　嘉助は、どうしました？」

久「嘉助どんは、足を挫《くじ》きまして」

旦「また、不思議なことを言う。足を挫いたぐらいで、浄瑠璃が聞けんか？」

久「足の挫き方が尋常やのうて、皆が話をしてる所へ、嘉助どんが参りまして、『今晩、旦さんの浄瑠璃の会がある』と申しましたら、『えッ！』と言うなり、グキッ！　初めは、足首だけの痛みが、ふくらはぎへ廻り、太股へ廻り、腰へ廻り。最前から『胸が苦しい。頭がボォ━━ッとする』と言うて、二階へ床を取って、寝ております」

旦「ウチの二階は、病院やないわ！　お乳母《んば》どんは、どうしました？」

久「『腰が冷える』と言うて、臥せっております」

旦「家内は、どうしました？」

久「皆で、今晩の会の話をしておりますと、ご寮人《りょう》さんが来られまして、『何の話や？』と仰いました。『今晩、旦さんのお浄瑠璃の会がございます』と申しましたら、『あァ、そうか』と仰って、坊《ぼ》ンの手を引いて、実家《さと》へお帰りになりまして」
旦「薄情者！（微笑《ほほえ》んで）コレ、久七」
久「旦さん、何を不気味な微笑みを浮かべてはるのでございます？」
旦「コレ、久七。お前は、どこが悪い？　どこか悪うて聞けんか、達者で聞けるか、何方《どっち》じゃ？」
久「皆のことばっかりで、自分の身を守るのを忘れておりました。私は、因果と達者で」
旦「因果と達者！　人間、身体が元手。因果と達者とは、何じゃ！　この罰当たりが！」
久「確かに、罰が当たったのでございます。今まで、良《え》えこと一つしたことがございません。何《いず》れ、罰が当たると思いました。こんな所で、大きい罰が！」
旦「何ッ？」
久「わかりました！　私が聞かせていただきましたら、皆の命が助かるのでございます。私は生まれ付き、運の無い男で。今晩の会を知らせる籤《くじ》も、カスを掴《つか》みました。いえ、覚悟は出来ております！　生まれ付き、頑強な身体だけに、耐え切れると思いますわ。いつの世も、生贄《いけにえ》・犠牲はございます。ほな、私が聞かせていただきましょう。さァ、語れ！」
旦「喧《やかま》しい！　やっと、わかった！　私の浄瑠璃を聞くのが嫌で、仕事や用事が出来たような。私の浄瑠璃が、わからんのか？　浄瑠璃ぐらい、結構な物は無いわ。昔の名人上手と言われた御方が、勇ましい所は勇ましいように、悲しい所は悲しいように、作り上げたのが浄瑠璃じゃ。日本人の血と涙と汗が、床本に込められている。床本を素読みにするだけでも有難いのに、それへ私が節まで付けて！　何ッ、その節が邪魔になる？　誰じゃ！　言いたいことがあったら、出てきて言いなはれ。私は、下手じゃ！　玄人《くろうと》のように、お金をいただいたことがありますか？　タダで、無償で。お酒や、お弁当まで付けて。何ッ、これで銭を取ったら、警察が許さん？　誰じゃ！　言いたいことがあったら、出てきて言いなはれ。私は、下手じゃ！　浄瑠璃は、難しいわ。語れるものなら、高い所へ上がって、紙三枚でも語ってみなはれ。何ッ、下で聞けるもんなら、聞いてみい？　あァ、息の根を止めるようなことを言うたな。二度と、浄瑠璃は語りません！　何ッ、助かった？　誰じゃ！　コレ、久七。もう一遍、ご町内を廻って、『家を空《あ》けてくれ』と言いなはれ。『ご入用の節は、家を空けます』という、一札が取ってある。浄瑠璃の人情のわからん者より、浄瑠璃がわかる御方に、タダで借りてもらいます。豆腐屋へ家を貸すと、火の用心が悪い。甚兵衛さんの奥さんが臨月やそうなが、あの女子《おなご》ぐらい、子どもを産むことに、生き甲斐を感じてる女子は無い。先月産んで、また、今月も産むのか？　二十日鼠《はつかねずみ》でも、そんなに産まんわ。又兵衛は、観音講の導師？　こんな時、誰も来なんでも、あの男だけ、『いざ、鎌倉』で来てくれると思えばこそ、無利子で貸してます。これからは、『観音に、借金せえ』と言いなはれ。裏長屋で、人が死んだとは、根性の無い！　浄瑠璃の会が終わるまで、死ぬのを待てなんだか。お店の衆も、嫌な浄瑠璃を聞かなあかんさかい、暇を出します。見台や皆、踏み潰《つぶ》せ。御簾《みす》や皆、引きちぎれ。私は、もう寝ますわ！」

ダダっ子同様の大騒動で、「えらいことになった！」と、また、久七が町内を廻る。

久「旦さん、ご町内を廻って参りました」
旦「皆、『家を空ける』と言いましたか！」
久「辻を曲がった所で、提灯屋の親父と、バッタリ会いまして。『何方《どちら》へ？』と尋ねましたら、『今から、お宅へ寄せていただく所で。旦さんのお誘いをお断りして、提灯を張りに掛かりましたが、どのお浄瑠璃を、どのお顔や声で、お語りになってるかと思うと、其方《そっち》へ気が行ってしもて。気が付いたら、提灯の字を逆様に書いて、家内に『そんなに気になるぐらいやったら、お商売は余所《よそ》へ廻して、一段だけでも聞かせてもらいなはれ』と言われて、お宅へ行く所でございます。摂津大掾《だいじょう》・越路大夫でも、会期中やったら、お金を払《はろ》たら、聞かせていただける。それに引き替え、旦さんのお浄瑠璃だけは、気が向かなんだら、お語りにならん。将《まさ》に、一期一会の芸！』と申しておりました」
旦「一期一会？　いや、帰ってもらいなはれ。提灯屋が来たぐらいで、浄瑠璃は語れん」
久「実は、豆腐屋も参っております。明日の法事の揚げ物に掛かりましたが、旦さんのお浄瑠璃が気になって、仕事が手に付かん。気が付いたら、八角形の飛龍頭を拵えたりして。商売にならんさかい、仕事を休んで、参っております。豆腐屋の親父も、『旦さんのお浄瑠璃だけは、他の人には無い、色と言うか、艶《つや》と言うか、深みと言うか、何とも言えん味がある。これが所謂《いわゆる》、名人芸！』と申しておりました」
旦「名人芸？　いや、帰ってもらいなはれ。そんなことぐらいで、浄瑠璃が語れるか」
久「それから、手伝いの又兵衛も来ております。『観音さんの所へ行って、大恩ある旦さんを袖にするとは、何たる罰当たり。旦さんのお浄瑠璃を聞かせていただけるのは、この町内に住ませていただく特権。いや、有難い！』と、手を合わせておりました」
旦「又兵衛は、身薄い者じゃ。借金の取立ては、厳しゅうせんように」
久「それから、長屋一統も参っております」
旦「人が一人、死んだのと違うか？」
久「旦さんのお浄瑠璃が終わるまで、死ぬのは一服。（口を押さえて）死に掛かってる病人へ注射を打ちましたら、息を吹き返しまして」
旦「そんな阿呆な！」
久「そんな訳で、ご機嫌を直して、語っていただきますように」
旦「いや、最前、『生涯、語らん』と、大きいことを言うた。今更、語ることが出来るか？『生涯、語らん』と言うたのは、聞こえたじゃろ？　定吉、聞こえたか？　ハッキリ、聞こえましたとな。向こうへ行け！『生涯、語らん』と言うたのは、大人げない。また、日を改めて。いや、直に機嫌を直すのは。何ッ、芸惜しみ？　それは、違う！　私は素人で、芸惜しみをすることは無いわ。一段だけでも聞かなんだら、皆が帰らん？　皆も、好きじゃな！　ほな、一段だけ語ることにしょうか！」

改めて、浄瑠璃の会が始まることになる。

〇「あァ、えらいことになりました」
×「気を落としなはんな。家を出て行くことを考えたら、それぐらいの辛抱は、仕方が無い。昔の年貢《ねんぐ》と思たら、諦めが付くわ。脱落は許さんさかい、欠員は無いか？　顔が揃たら、悪魔の館へ行きます。あァ、ここですわ。こんばんは」

番「ご町内の皆様方、ご愁傷様でございます。また、旦さんの我が儘《まま》が出まして。今日は埋め合わせに、こんな物を手廻しました。薬瓶の詰めみたいで、大小ありますけど、キルク（※コルク）の栓で。これを一人、二つずつ取っていただきまして。危ない、という所が参りましたら、ポンと耳へ詰めていただきますように」

○「将に、天からの授かり物で。今日は、楽に聞けますわ。ほな、上がらせていただきます。去年まで、奥の座敷でした。皆が遠慮するさかい、店の板の間へ舞台を拵えるようになりまして。座布団を並べて、舞台の上へ御簾が吊ってあります。あの内らで、狂たように、旦さんが浄瑠璃を語りはる。舞台へ御簾を吊るのが、旦さんに残された、僅《わず》かばかりの良心ですわ。コレ！　そんな前へ座るのは、命知らずや。浄瑠璃の直撃を受けたら、たまらん。浄瑠璃の聞こえにくい所が、特等席と決まってます」

★「こんばんは」

○「あァ、遅かったですな。さァ、此方へ来なはれ」

★「本日も、また、我慢会ですな」

○「阿呆なことを言いなはんな」

★「いえ、我慢会です。ほんまに、えらい声ですわ。どこから、あんな声が出ますかな。豚が喘息《ぜんそく》を患《わずろ》たと言うか、オットセイが腸捻転《ちょうねんてん》を患たと言うか。日頃、物判りの良《え》え旦さんが、浄瑠璃のことになると、何で人が変わったようになりますかな」
○「私は、呪《のろ》いやと思います。旦さんのご先祖が、浄瑠璃語りを絞め殺した祟《たた》りで」
★「そんな阿呆な」
森「こんばんは」
○「森田の息子さんは、顔色が悪いようですな」
森「今、母親と喧嘩して参りまして」
○「ご冗談を仰《おっしゃ》れ。町内で一番仲の良え親子が、喧嘩をなさる訳が無い」
森「京都へ仕事に出ましたが、胸騒ぎがして、慌《あわ》てて帰って参りますと、お母様が着物を着替えておられます。『何方《どちら》へ?』と尋ねますと、旦さんのお浄瑠璃の会。それを聞いて、血の凍《こお》る思いが致しました。『お母様、何という大胆なことを仰います。我々のような若者が聞いてさえ、節々が痛むという浄瑠璃。年老いた、お母様に聞かせる訳には参りません』と申しますと、『コレ、伜《せがれ》。お前は、これからの日本を築いていかねばならん若者。その大事な身体に、あの浄瑠璃を聞かす訳にはいかん。命のある内、今一度、あの浄瑠璃に立ち向かう!』と仰る。負け戦《いくさ》の戦場へ、母親を送り出す訳にもいかず、『私が参ります!』と突くと、ゴロンと引っ繰り返られましたが、抱き起こすことも無く、此方《こちら》へ参りました。今頃、お母様は『旦さんの浄瑠璃を聞いて、脳は腐りはせんか?

肺はトロけはせんか?』と、私の身を案じられて、泣いておられるかと思うと、（泣いて）
聞かせていただく所ではございません！」
○「もう、帰りなはれ。こうなったら、害毒ですな。署名を集めて、旦さんに浄瑠璃を止
めてもらいますわ」
徳「こんばんは」
○「あァ、徳さん。どうぞ、此方へ」
徳「今晩も、決死の覚悟で?」
○「一々、ケッタイなことを言いなはんな」
徳「いや、決死の覚悟です。十年前の、玉子屋事件を忘れなはったか?　この町内へ、玉
子屋さんが宿替えしてきました。デップリ肥《こ》えて、赤ら顔。戦争で南方へ行って、部隊
の者は気の毒なことになっても、玉子屋さんだけ、太って帰ってきたという、頑強なお
人でしたわ。因果と浄瑠璃が好きで、宿替えするなり、旦さんに『浄瑠璃が好きです』
と言うたら、その晩、浄瑠璃の会ですわ。知らんというのは、恐ろしい。玉子屋さんが
一番前で、腕を組んで聞いてました。浄瑠璃が進むに連れて、赤ら顔が青ざめて参りま
して。真ん中辺りで、旦さんがお得意の『ウニャニャニャッ！』という声。玉子屋さん
の胸へ、ドォ――ン！　後ろへ、ゴロォ――ン！　『犠牲者が出たさかい、担架《たんか》を持っ

てこい！』」。担架へ乗せて、病院へ運んだら、医者が脈を取って、『一体、どうした？』『旦さんの浄瑠璃で』『浄瑠璃に当たったのは、薬の盛りようが無い』と言う声を聞きながら、コロッと逝《い》ってしまいました。戦争で生き残って、浄瑠璃で殺されたのは、あの人ぐらいで。ほんまに不思議やよって、大学病院で解剖してもろたら、胸の所から、こんな大きい浄瑠璃の固まりが出てきまして」
○「嘘を吐《つ》きなはれ。ご番頭が、何か言うてますわ」
番「お弁当が、手廻ってます。お手繰りで、お受け取りを。お弁当が手元へ届きましたら、直《じき》に食べていただきますように。浄瑠璃が始まると、味が変わります」
○「ほな、頂戴しますわ。（弁当を受け取り、蓋を開けて）上等のお弁当で、鰻巻《うまき》が入ってます。あァ、お酒ですか。（酒を呑んで）美味《うま》い！　上等のお弁当と言い、結構なお酒と言い、これで浄瑠璃さえ無かったら」
×「阿呆なことを言いなはんな。一つぐらい、辛抱しなはれ。御簾の所が明るなって、三味線が鳴ってきた。三味線は、お師匠はんが弾いてはるだけに、結構なもんですわ。ボチボチ、始まるのと違いますか？　わァ、始まりました！　姿勢を低うして、浄瑠璃は頭の上を通した方が宜しい。お宅も、頭を下げなはれ」
甲「お酒さえいただけたら、大丈夫」

○「この非常事態に、余裕がありますな」
甲「早《はよ》う酔うて、神経を麻痺《まひ》させとこと思いまして」
○「酔うてたら、その勢いで誉めなはれ。誰かが浄瑠璃を誉めなんだら、怒られますわ」
甲「一体、どこを誉める！」
○「怒りなはんな。何でもええさかい、誉めなはれ」
甲「ほな、誉めるわ。うまい！　うまいぞ、お弁当！」
○「コレ、お弁当を誉めなはんな。『どうする、どうする』というのが、誉め言葉や」
甲「どうする、どうする！　我々を、どうする！」
○「コレ！　浄瑠璃で一番の誉め言葉は、『後家殺し』ですわ」
甲「何で、わしばっかり言わんならん。後家殺し！　人殺し！」
○「阿呆なことを言いなはんな！」

食べる者は食べた、呑む者は呑んだ。
腹の皮が張ってくると、目の皮が弛《たる》む。
河岸《かし》へ上がった鮪《まぐろ》の如く、頭を並べて、ズラァ――ッと寝てしまう。
旦那はお素人衆で、況《ま》して、前に御簾が吊ってあるだけに、前が見にくい。

前が静かになると、「聞き込んできた！」とばかり、一調子張り上げて、「ホガホガホガホガホガホガホガホガ！」と、物の二十段も語った。

旦「お師匠はん、三味線を止めとおくれ。泡を吹いて、倒れてはるわ。あァ、気が付いたか。今日は、静かに聞いてくれた。皆、どんな顔をしてる？ （御簾を持ち上げて）皆、寝てるわ！ 番頭が一番前で、大の字になってる。コレ、番頭！」

番「（欠伸《あくび》をして）アァ━ッ！ どうする、どうする！」

旦「何が、『どうする、どうする』じゃ！ 提灯屋は、鼻から提灯を出して寝てる。寝てまで、商売の勉強をせんでも宜しい。誰も、私の浄瑠璃を聞いてる者は無いか？ そこで泣いてるのは、誰じゃ？」

定「（泣いて）定吉でございます」

旦「おォ、定吉か。大人は寝てるのに、私の浄瑠璃で、子どもが泣いてくれてる。定吉、此方へ来い。大きゅうなったら、一番番頭にしてやる。一体、どこが悲しかった？」

定「始めは、悲しゅうない」

旦「中頃は？」

定「段々、悲しゅうなってきました」

旦「終ぃは？」
定「たまらんようになりました」
旦「浄瑠璃の心が、わかってるわ。そんなに、私の浄瑠璃が悲しかったか？」
定「旦さんの浄瑠璃が悲しゅうて、泣いてるのやございません。皆さんは寝ておられますけど、私だけ寝る所が無ぃのでございます」
旦「何で、定吉だけ寝る所が無ぃのじゃ？」
定「私の寝床が、丁度、旦さんの舞台になっております」

解説「寝床」

昭和五十六年五月二十三日、京都会館第二ホールで催された「京都市民寄席」の、師匠・桂枝雀の『寝床』は、今でも鮮明に思い出すことが出来るほど、物凄い一席でした。爆笑に次ぐ爆笑で、会場全体が笑いと興奮の坩堝《るつぼ》と化したと言っても、過言ではないでしょう。

また、同年七月二日、大阪中之島・ＳＡＢホールで催された「文楽と落語の会」の高座も最高の出来だったのは、師匠自身の記憶にも残ったようで、後々、「あのときは、気持ちが良かった」と、目を細めながら、語っていたほどでした。

このような師匠の強烈な高座を見ているだけに、「このネタは、手出しが出来ない」と思っていましたが、「それでは、進歩がない！」と奮い立ち、昭和六十三年三月三十日から、大阪梅田・太融寺二階大広間で隔月で始めた「おたまじゃくしの会」（※前名が桂雀司だったことから命名）の第一回のトリで、『寝床』を上演することにしたのです。

学生時代から台詞は覚えていましたし、噺家になってから、師匠の高座に数多く接していたことで、ネタを覚えることに苦労はありませんでしたが、私の実力で、観客の笑いや納得を得るには、かなり無理があると思いました。

師匠に稽古を付けてもらいましたが、「そのままでは、具合が悪い。殊に、浄瑠璃を語りたがる旦那の描き方に、無理がある」とのことで、当日の上演を諦めようかとも思いましたが、「旦那の描き方に無理があるなら、旦那が出てこない構成にしてみよう」と考え、旦那が怒る様子を、店の奉公人の久七が、町内の者へ報告するという形に組み替え、再び、師匠に聞いてもらうと、「こんな形の『寝床』があっても宜しい。これからも、ネタを自分の得手の領域へ、引き寄せる作業をしなさい」と、嬉しい励ましの言葉までいただいたのです。

その後、暫くの間、旦那が登場しない『寝床』で演じていましたが、数年後、改めて、旦那の出てくる『寝床』を、師匠の前で演じたとき、「一寸は、旦那の個性が出てきたと思う。ほな、元へ戻してみなさい」という許しを得て、現在の形になりました。

短時間の、コント仕立てで演じることも出来ますが、登場人物の心の遣り取りの面白さを表現するためには、一つのドラマを作り上げるように、ある程度、時間を掛けて、じっくり演じる方が、ネタ本来の面白さが出るでしょう。

浄瑠璃を聞かせたがる旦那と、それを阻止するために頑張る久七、町内の人達、店の奉公人が絡む様子には、人間の業《ごう》と欲が溢《あふ》れており、旦那の周りの者の困りが爆笑を生むの

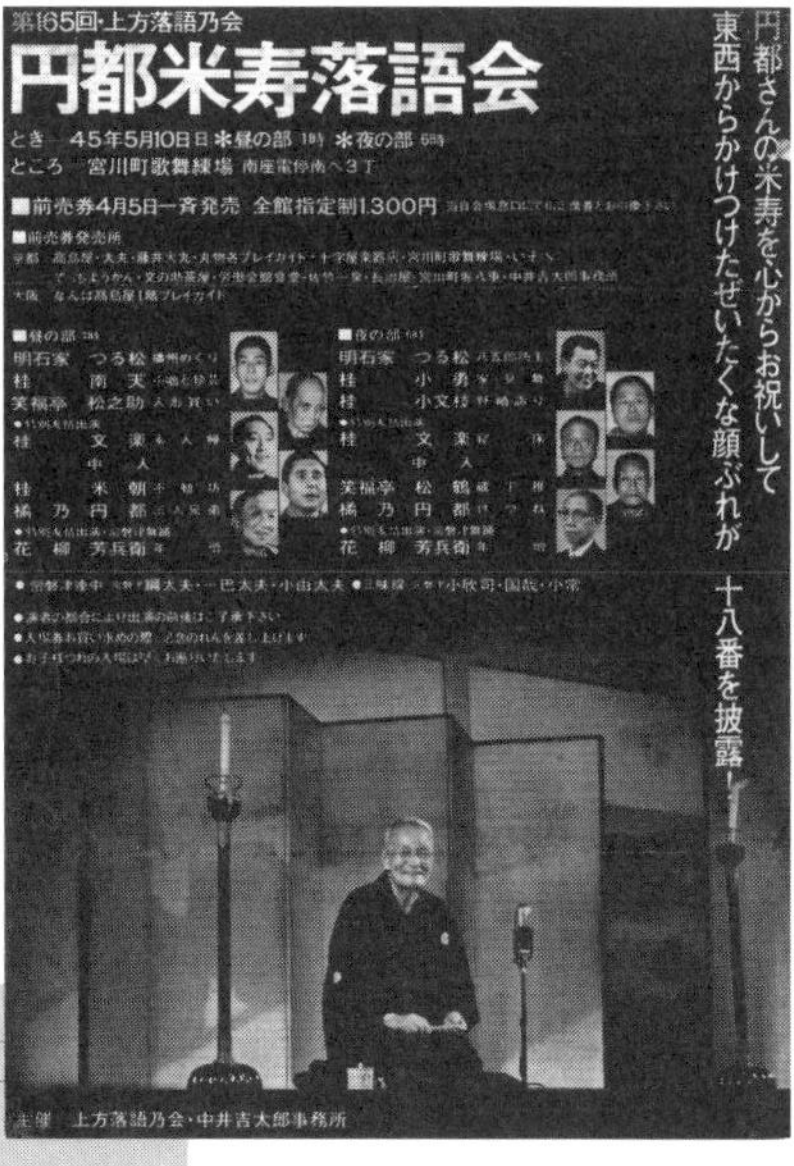

「円都米寿落語会」のチラシと、「文楽と落語の会」のパンフレット。

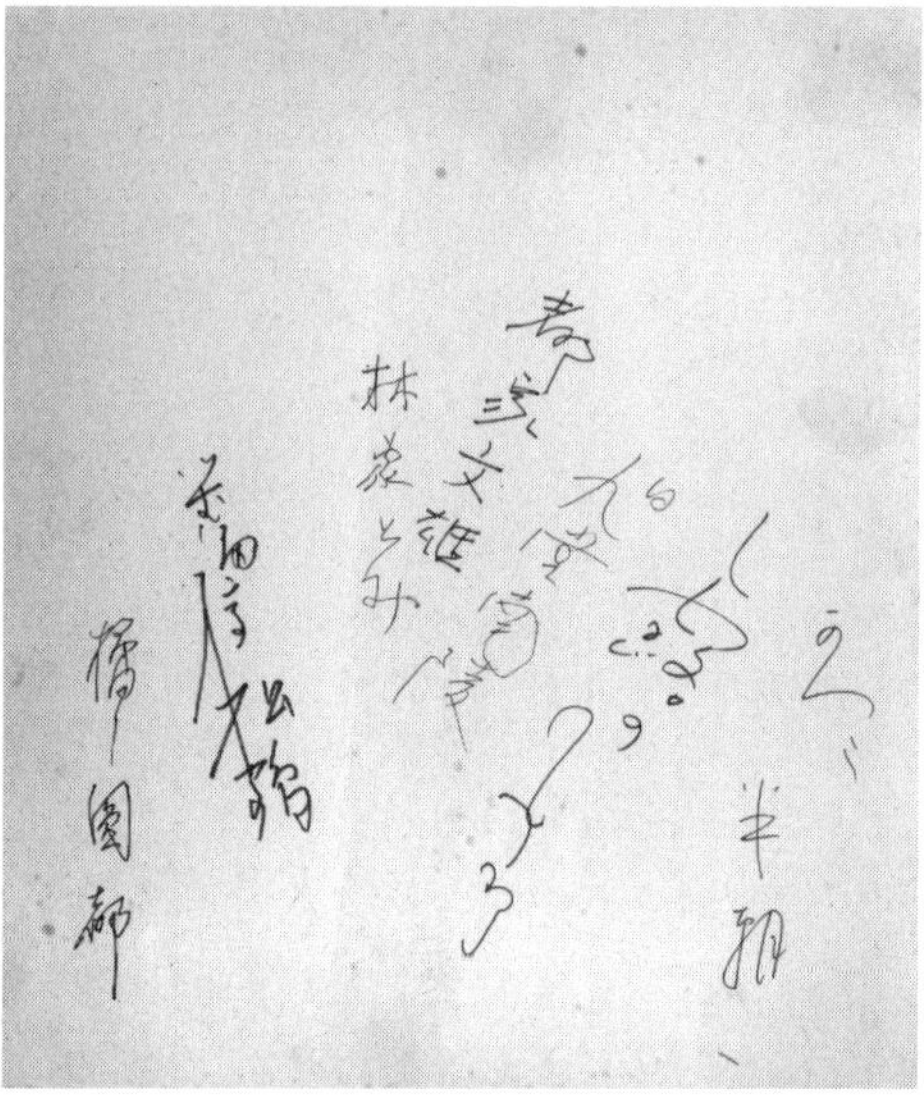

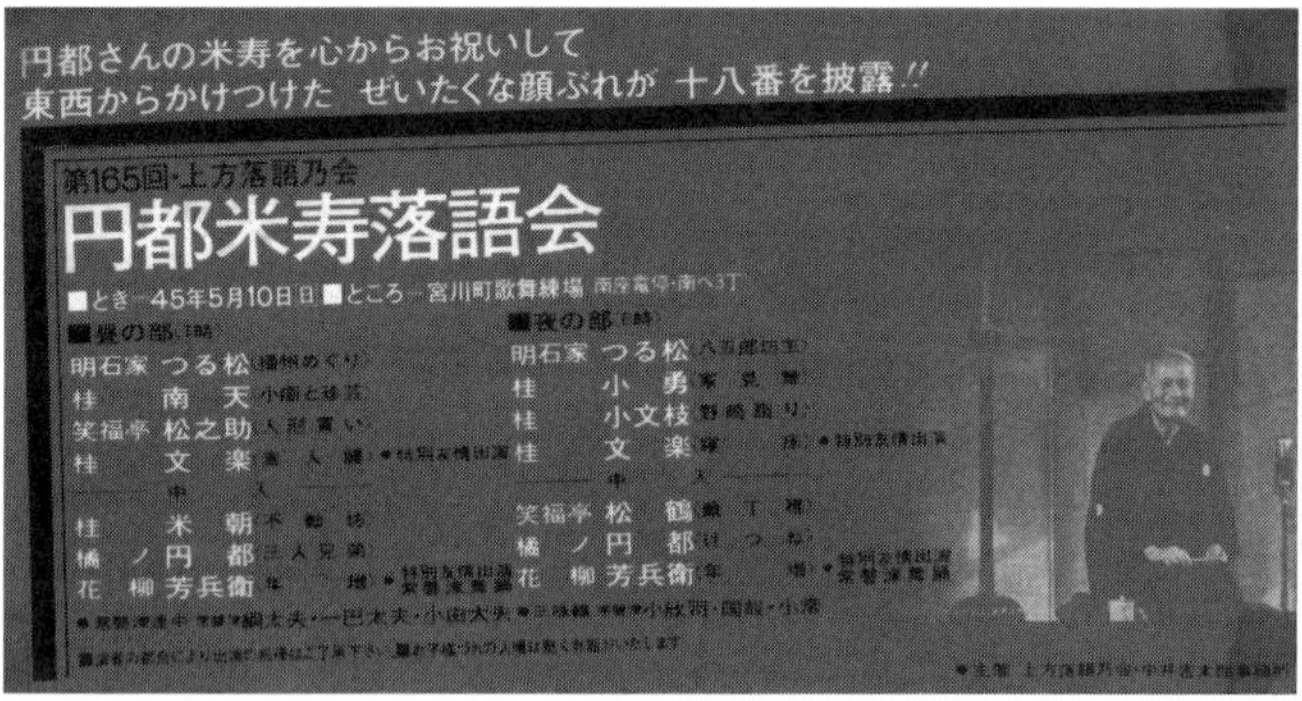

橘ノ圓都・六代目笑福亭松鶴・三代目桂米朝・二代目露の五郎・二代目旭堂南陵・都家文雄の寄せ書きと、「円都米寿落語会」のチケット。

です。

ギャグのみが先行するのではなく、人間の困りから生ずる面白さで、より深く、爽《さわ》やかに、人間の心理が描き出せれば、自然な笑いと納得が得られるでしょう。

原話は、安楽庵策伝がまとめた「醒睡笑《せいすいしょう》」（寛永五年刊）や、「和漢咄会」（安永四年刊）などに見られますが、いろんな小咄からギャグを拾い、義太夫の本場・大阪で熟成しました。

古くから、東京落語でも上演されており、東西を通して、ポピュラーなネタでありながら、演じるには難しいと言えましょう。

師匠・桂枝雀は、昭和四十七年、九十歳で没した、橘ノ圓都師に教わったそうですが、圓都師が誰から教わったかは、定かではありません。

上方落語の古い速記本で、『寝床』が載っているものは少ないですが、初代桂春團治のSPレコードに『素人浄瑠璃』という演題で吹き込まれているのは、初代春團治の師匠・二代目桂文團治（後の七代目桂文治）から伝えられたように思います。

平成十一年、私の門弟・桂まん我が入門志願の際、「ワッハ上方の、〔桂文我落語百席〕の『寝床』を見て、入門を決めました」と言ったとき、改めて、『寝床』との縁の深さを感じました。

未だに、少しでも師匠の面白さに近付きたいと思いますし、『寝床』を高座に掛けるとき、「京都市民寄席」の師匠の姿が、目に浮かびます。

外科本道

げかほんどう

番「コレ、定吉。旦さんは、お戻りやないか？」
定「まだ、お帰りやございません」
番「お仲間の家で、碁が弾んでなさる。朝から降ってる雪は、どれぐらい積もった？」
定「二、三寸、積もったと思います。横幅は、わかりません」
番「当たり前じゃ。この大雪では、お泊まりになって、お帰りにならんと思う。店を片付けて、表を閉めなはれ。早々に閉めなんだら、藪医者の元伯が来るわ。あの話好きに話し込まれたら、難儀なことになるさかい、店を閉めなはれ」
元「(戸を叩いて) こんばんは。元伯でござりますが、お開け下さりませ」
定「藪医者が来た！」
番「喜びなはんな！」

定「『噂をすれば、影』と言いますけど、影どころか、ほんま物が来ました」
番「『旦さんは、留守』と言うて、断りなはれ」
定「もし、元伯さん。折角、来てもらいましたけど、旦さんは留守でございます」
元「ご不在とは、残念！　雪の中を参りまして、手爪先《てづまさき》が冷えております。お店で、手を温《ぬく》めとうございまして」
番「ほな、開けん訳にいかん。皆、知らん顔をしなはれ。相手をせなんだら、直《じき》に帰る。丁稚は知らん顔をして、手習いをするように。定吉、表を開けなはれ」
定「ヘェ。(戸を開けて)どうぞ、お入り」
番「どうぞ、お構い無く。火鉢で、手爪先を温めるだけで。(手を炙《あぶ》って)お店の御方は、ご精が出ますな。ご番頭から手代衆、丁稚さんに至るまで、蔭日向《かげひなた》無《の》う、ご奉公しなさる。丁稚さんの手習いも、見事な筆跡ですな」
定「何を吐《ぬ》かす、藪医者！」
元「藪医者？」
定「いえ、何にも言うてない」
元「いや、隠さんでも宜《よろ》しい。藪医者と言われるのは、嬉しゅうございます」
定「藪医者が、嬉しいとは？」

番「相手になりなはんな！」
元「まァ、お聞き下され。未熟な医者を『藪医者』と言うのは、訳がある。藪の竹や笹は、風が無い時は動かん。風が吹くと、ザワザワ動き出す。未熟な医者は、見舞い先が無《の》うて、家に居って動かん。風邪が流行《はや》ると、未熟な医者まで動き出す。それで、未熟な医者を『藪医者』と申しますが、これは間違い。昔、但馬《たじま》の国に、藪井という名医が居られた。その名は、隣国は疎《おろ》か、遠くの国へも知れ渡って、藪井を名乗らんと、医者やないように思われたぐらいじゃ。つまり、良《え》え医者を『藪医者』と言うのが、ほんまでな。藪井先生が、盗人の性根を、薬で治したという話もありますわ」
定「へェ――ッ！　盗人の性根を、薬で？」
番「相手になりなはんな！」
定「皆、聞いた方が良えわ。一体、どういう訳で？」
常「定吉《さだき》っとんが、釣り込まれた。この調子で話し込まれたら、夜明かしになるわ」
友「何とか、帰す工夫は無いか？　金盥《かなだらい》を叩いて、『火事や！』と言うたろ」
常「そんなことをしたら、近所迷惑や」
友「箒《ほうき》を逆様に立てて、ヤイト（※お灸《きゅう》）を下駄へ据《す》えたら、効くかも知れん」
常「それは、あかんわ。昨日、旦さんと話し込んで、帰りそうもないさかい、箒を逆様に立てて、大きいヤイトを下駄へ据えたら、いきなり話を止めて、『長居しました』と言うて、立ち上がった。箒とヤイトは効き目があると思たら、足を下駄へ乗せて、ジィーーッと考えて、『ハテナ？　大分、下駄に温みがある。話し出してから、そんなに時が経ってないような』と言うて、また、上がってきた」

友「ほんまに、難儀な医者や」

元「まァ、お聞き下され。藪井先生が、盗人の性根を薬で治したという話。ある老婆の脈を取った時、何の病気か、わからん。『心配が、病いの種のような』と言うと、老婆が涙を零《こぼ》して、『夜になると、倅《せがれ》が出て行って、夜明けに帰って参ります。どうやら盗みを働いてるようで。それが苦になりまして』『倅の性根を治すには、この薬を、わからんように呑ませるのじゃ』。老婆は薬を飯に混ぜた。そんなことを知らん倅は、飯を食べて、盗人に出掛ける。戸締りを開けようと、下腹へ力を入れたら、息が込み上げて、思わず、咳が出た。その家の者が目を覚まして、盗みを働くことが出来ん。次の晩も、戸締りを開けようとすると、咳が出る。これが十日も続くと、『これは、お天道様の教えに違いない。今日から盗みを止めて、真人間になろう』と、改心した。藪井先生が渡した薬は、下腹へ力を入れると、咳が出る薬やったそうな。今まで、医者も仰山居りましたが、薬で盗人の性根を治したのは、藪井先生だけじゃ」

定「心暖《あたた》まる、良《え》え話ですわ」
元「その通り！　一口に医者と言うても、外科と本道があって」
常「えらいことになった！　定吉っとんが釣り込まれたさかい、外科と本道の講釈が始まったわ。ご番頭、どうしたら宜《よろ》しぃ？」
番「ほな、任しなはれ。元伯さん、お越しやす」
元「あァ、ご番頭。帳合いの邪魔をせんように、ご挨拶は控えました」
番「雪降りの中、お越し下さいましたのに、主が不在。誠に、申し訳無いことで」
元「いや、お構い下さるな。今の話は、外科と本道があって」
番「話の相手は、見境無しじゃ。元伯さん、夜が更けました。手前は宜しいが、夜が更けると、近頃は物騒で。相模屋の土蔵の前で、パッと出たかと思うと、スゥ━━ッと浮かんで、ピュ━━ッと、火の玉が出るそうで」
元「火の玉は、煙草《たばこ》の火を点《つ》けるのに、丁度、宜しい」
番「火の玉は、怖いことはございませんか？」
元「恐らく、狐・狸の仕業で」
番「その後、怪しげな人影が出てきて、身ぐるみを剥《は》がれてしまいます。夕べも、追剥《おいはぎ》に遭《お》うた者がございました」

元「それは、物騒な！　ほな、お暇《いとま》を頂戴します」
番「気を付けて、お帰り下さいませ。さァ、戸を閉めなはれ。この上、外科と本道の話を聞かされたら、夜が明けてしまうわ」
元「(戸を叩いて)　こんばんは。元伯でござりますが、お開け下さりませ」
定「また、元伯さんが来た。いっそのこと、寝たフリをしますか？」
番「仕方が無いさかい、開けなはれ」
定「ヘェ。(戸を開けて)　どうぞ、お入り」
元「おォ、寒い！」
番「定吉、火鉢を持ってきなはれ。元伯さんの背中へ、布団を掛けて。雪降りの中、襦袢一枚では、寒いのも無理は無い。もっと早う、お帰りになったら、こんな目に遭わんのに。やっぱり、追剥が出ましたか？」
元「左様な者は、出て参りません」
番「先生が着ておられた、お召し物は？」
元「拙宅へ、脱いで参った」
番「雪降りの中、襦袢一枚。何の御用で、お越しになりました？」
元「やっと、身軽になりました所で、ゆっくり、外科と本道の話を致しましょう」

解説「外科本道」

医者が登場する落語は数多くあり、『犬の目』『夏の医者』『代脈』『ちしゃ医者』『死神』『紺屋高尾』などが、落語会や寄席で頻繁《ひんぱん》に上演されます。落語の世界では、頼りにならず滑稽な雰囲気を醸《かも》し出している医者が大活躍するだけに、名医が出てこないのも当然でしょう。

現在、寄席や落語会で『外科本道』が上演されることはほとんどありませんが、戦前のプログラム・番付ではそこそこ見られるだけに、当時は珍品扱いではなかったと思います。

私が上演する『外科本道』は、初代柳家小せんの『藪医』の速記に、上方落語らしい味付けを施したものですが、全国各地の落語会で上演すると、興味深く聞いていただけました。

医者の元伯、話に釣り込まれる者、それを制する者、番頭の采配の様子など、楽しみながら演じることが出来ます。

毎回、高座で少しずつ変化させながら、独演会用のネタにもなりました。

原話は、江戸版「楽牽頭《がくだいこ》」後編「坐笑産《ざしょうみやげ》」（安永二年正月）の『貝焼《かいやき》』と、京都版「軽口《かるくち》五色帋《ごしきがみ》」（安永三年）下の巻の『噺数奇《はなしずき》』に見られるので、その内容を記しておきましょう。

「坐笑産」の『貝焼』は、「貝焼をもよふし、なんと、つんぼうの長兵衛に喰せても、割

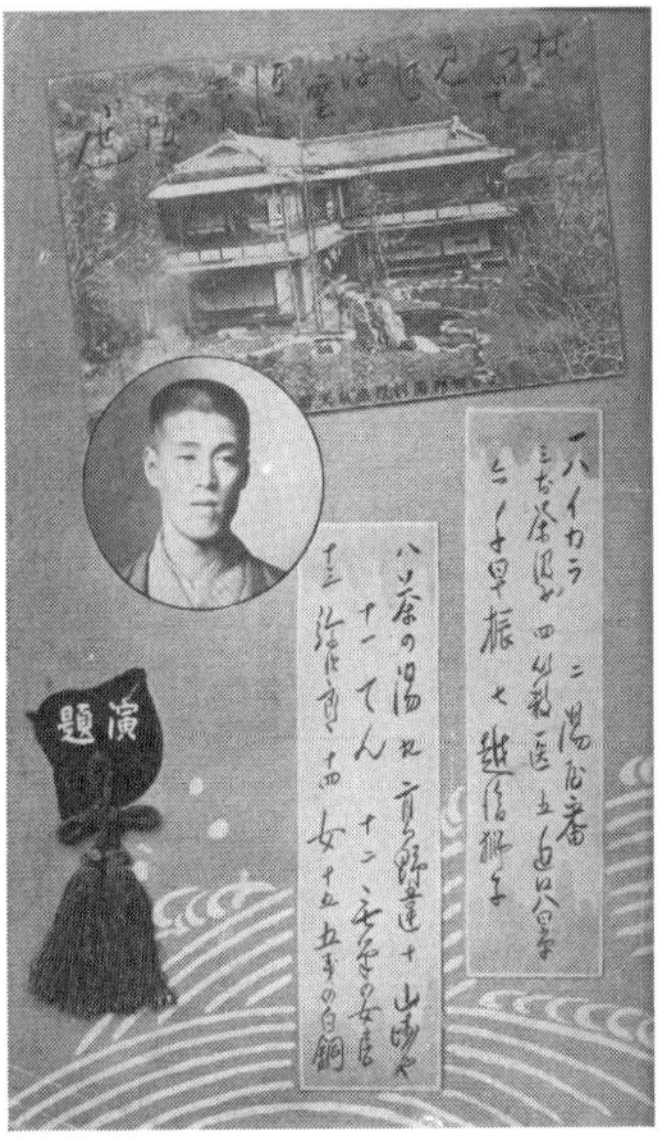

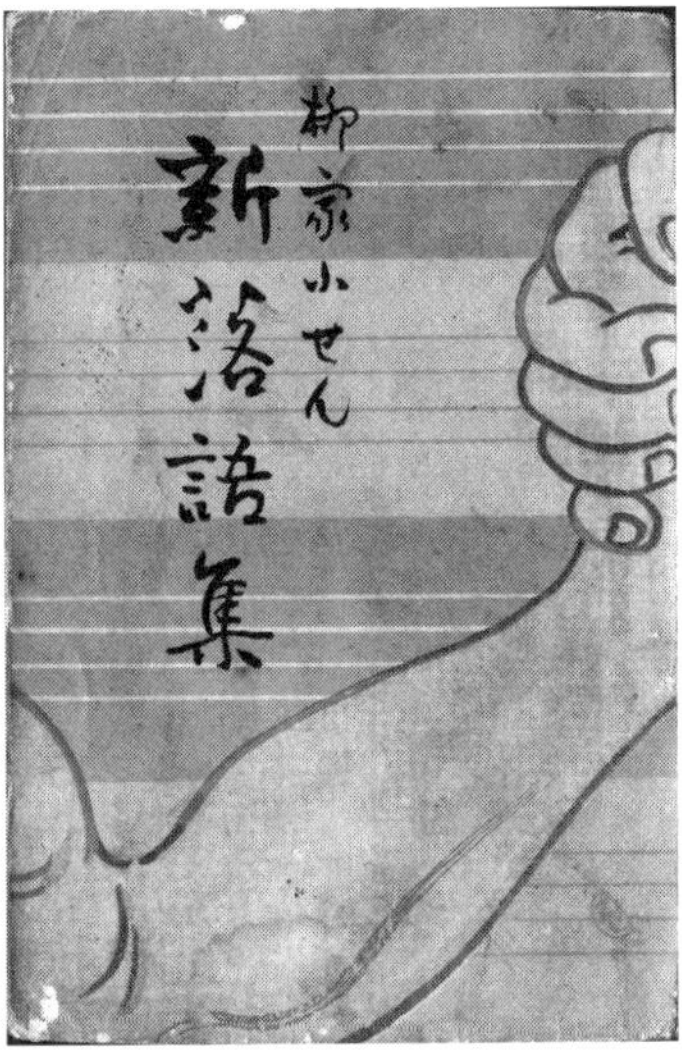

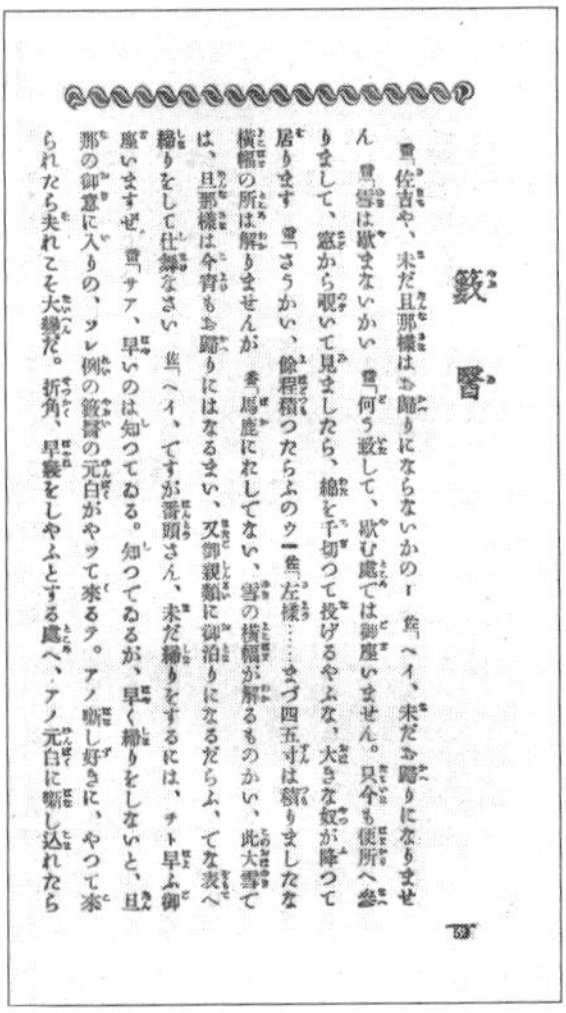

籔醫

「佐吉や、未だ旦那様はお歸りにならないかの」「ヘイ、未だお歸りになりません」「雪は歇まないかい」「何う致して、歇む處では御座いません。只今も便所へ參りまして、窓から覗いて見ましたら、綿を千切つて投げるやうな、大きな奴が降つて居ります」「さうかい、餘程積つたらふのう」「左樣……先づ四五寸は積りましたな、横幅の所は解りませんが」「馬鹿にれしてない、雪の横幅が解るものかい、此大雪では、旦那様は今宵もお歸りにはなるまい、又御親類に御泊りになるだらふ、てな表へ締りをして仕舞なさい」「ヘイ、ですが番頭さん、未だ締りをするには、チト早ふ御座いますぜ」「サア、早いのは知つてゐる。知つてゐるが、早く締りをしないと、旦那の御意に入りの、ソレ例の籔醫の元白がやツて來るテ。アノ噺し好きに、やつて來られたら夫れこそ大變だ。折角、早寝をしやふとする處へ、アノ元白に噺し込れたら

53

右上：「柳家小せん新落語集」〔明治44年刊〕の表紙。
上：初代柳家小せんの写真。
右下：『藪医』の速記。

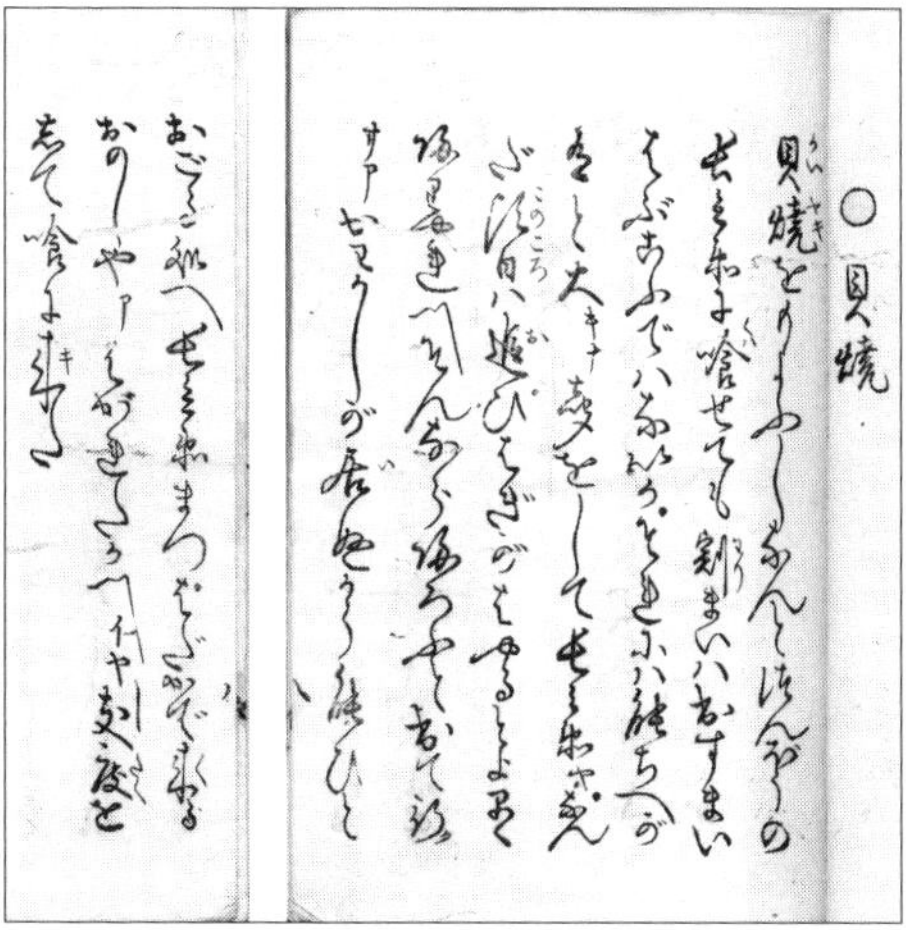

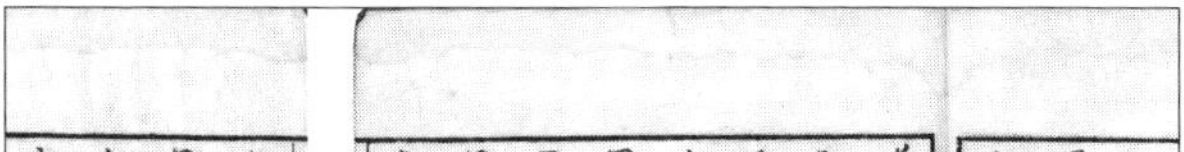

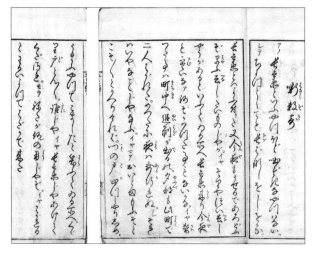

上：江戸版「楽牽頭」後編「坐笑産」〔安永２年正月〕に載る『貝焼』。
下：京都版「軽口五色帋・下の巻」〔安永３年〕に載る『嘶数奇』。

まいハ出すまい。はぶこふでハないか。それにハ能ちへが有と、大キナ声をして、長兵衛ヤ。なんだ。頃日ハ追ひはぎがはやるとよ。早く帰りやれ。そんなら帰ろふと、出て行ク。サアかわかしが居ぬから能ひとおごる処へ、長兵衛、まつぱだかで来る。おのしやァはがれたか。イヤ、支度をして喰に来た」。

そして、「軽口五色帋」の『噺数奇』は、「アノ長兵衛といふやつほど咄ずきなやつハない。シテ、ちよつとしても長ばなしをしをる。長兵衛とハよふ付ケた。又今夜もうせるであろ。どふぞ早ふ去したいものじやが。イヤ、そりやつい去しやうがあるといふてゐる所へ、長兵衛来り、今夜も寒いなア。何ぞかハつた事もないかな。イヤ替つた事ハ町中へ追剥が出るの。夕部も此町で二人はがれた。めつたに夜ハ歩行れぬ。フン、それハいやなことじやなふ。イヤマア、おいとまもふそと、こそこそとかへりければ、門の戸ぴつしやりしめ、うまふやつてこましたと笑ふてゐる所へ、くぐり戸とんとん。誰じゃ。イヤ、長兵衛じや。あけてくだされ。モウねたが、何ンの用じやぞ。イヤ、はがれるとわるいよつて、はだかで来た」。

これらは、『そってん芝居』（※東京落語の『蔵前駕籠』）の原話とも言えます。

元来、原話の美味《おい》しい部分を膨らませたネタが、現在も上演されているだけに、同じような落語が複数あるのは、もっともなことだと思います。

米揚げ笊

こめあげいかき

○「こんにちは」
甚「さァ、此方《こっち》へ入り。今、ウチの奴を呼びにやったが、まだ、戻ってこん。ウチの奴は、行ったか？」
○「あァ、ウチの奴。最前、ウチの奴が来ましたけど、まだ、戻りませんか、ウチの奴」
甚「そう言うたら、何方《どっち》の嫁はんか、わからん」
○「まァ、宜《よろ》しい。一緒に使おか、ウチの奴」
甚「阿呆なことを言いなはんな。ウチの奴を、一緒に使われてたまるか。呼びにやったのは、他でもない。また、遊んでると聞いたさかい、小遣い儲けを世話しょうと思て」
○「ほゥ、結構ですな。一体、何です？」
甚「わしの知り合いが、天満の源蔵町で、笊屋《いかき》をしてる。『笊の売り子を世話してくれ』と頼まれたが、やってみる気は無いか？」

○「面白そうやさかい、やりますわ」
甚「いつから行く？」
○「今から行きます」
甚「今からとは、えらい急じゃが、『思い立ったが吉日《きちにち》』と言うさかい、行きなはれ。紹介状というか、手紙が一本書いてある。これを持って行って、向こうで見せたら、万事、わかるようになってるわ」
○「(手紙を、懐へ入れて) おおきに」
甚「向こうへ行っても、ゴジャゴジャと要らんことを言いなはんな。男は、ベラベラしゃべるものやない。三言しゃべれば、氏素性《うじすじょう》が現れる。言葉多きは、品少なし。口開いて、五臓の見える欠伸《あくび》かな。男のしゃべりは、みっともない。『委細は、お手紙にございます』と言うたら、わかるようになってるわ」
○「ほな、行ってきます」
甚「一寸、待った！ 天満の源蔵町へ行く道は、わかってるか？」
○「今から難波《なんば》へ出て、南海電車へ乗って、堺の大浜で降りて」
甚「蛤《はまぐり》掘りに行くのやないわ。一体、どこへ行く？ 堺から、天満へ行けるかえ？」
○「行けんか？」

甚「行けるかいな」
○「ほな、堺の人は、生涯、天満へ行けんか？」
甚「団子理屈を言いなはんな。行けんことはないが、この丼池《どぶいけ》から天満へ行くのに、何で一遍、堺を廻らんならん。わからなんだら、尋ねなはれ。問うは当座の恥。問わぬは末代の恥。ほな、教えるわ。ウチを表へ出ると、丼池筋じゃ。これを北へ、ドォーーンと突き当たる」
○「わッ、デボチン（※額）打つわ」
甚「別に、デホチンを打たんでも宜しい。行ける所まで行くことを、突き当たると言う。丼池の北浜には、橋が無いわ」
○「左様、左様。昔から無い、未だに無い。コレ、一つの不思議」
甚「別に、不思議なことは無い。『橋無い川は、渡れん』と言うわ」
○「渡るに、渡れんことは無ぃ」
甚「ほゥ、偉いな。どないして、渡る？」
○「船で渡るか、泳いで渡るか」
甚「それでは、事が大胆な」
○「ほたら、どないしょう？」

甚「一寸、黙ってなはれ。右へ曲がって、一寸行くと、栴檀《せんだん》ノ木橋という橋がある」
○「その橋を、渡りますな？」
甚「いや、これは渡らん。もう少々行くとあるのが、難波橋《なにわ》」
○「これも、渡りませんな？」
甚「今度は、渡るわ」
○「せえだい、逆らえ！」
甚「誰が、逆らうか。この橋を渡ると、その辺り一帯が、天満の源蔵町。笊屋重兵衛と書いた、大きい看板が出てるわ。その辺りで聞いたら、直《じき》にわかる。わからんことがあったら、尋ねながら行きなはれ」
○「ほな、行ってきます！（表へ出て）あァ、親切な人や。遊んでると聞いたら、仕事を世話してくれる。世話の好きな人やけど、後でボヤくのが難儀や。ボヤくぐらいやったら、世話をせなんだらええのに。根が、阿呆やさかい」
甚「誰が、阿呆じゃ！」
○「あァ、甚兵衛はん！　何で、そんな所に居てなはる？」
甚「表へ出て、クルッと向こうを向いて、立ったまま、物を言うてるわ」
○「歩くのを、コロッと忘れてる。慌《あわ》て者！」

甚「お前が、慌て者じゃ。早《はよ》う、行ってきなはれ！」
○「行ってきます。（歩いて）皆、聞かれてしもた。さァ、天満の源蔵町へ行こか。甚兵衛はんも、『わからなんだら、尋ねなはれ』と言うてた。唯《ただ》、落ち着いた者に尋ねたら、ゆっくり教えるさかい、暇が掛かって、どんならん。急《せ》いてる者に尋ねたら、パッと教えてくれる。どこかに、急いてる者は居らんか？　あいつが、えらい急いてるわ。（△の袖を掴《つか》んで）一寸、お尋ねします！」
△「何です？」
○「お宅は、えらい急いてなはるな」
△「一寸、心急《こころぜ》きです」
○「何が、心急きで？」
△「ウチの家内に、気《け》が付き掛けてます」
○「お宅の嫁に、ケツネが？」
△「ケツネやのうて、気が付き掛けてますわ」
○「何の気です？」
△「わからん人やな。産気ですわ」
○「どこへ参詣しなはる？」

△「そうやのうて、子どもが生まれ掛かってます」
○「子どもが生まれ掛かってるという一大事に、どこに行こうとなさる？」
△「わからん人や。産婆はんを呼びに行きますわ」
○「産婆はん！　それは、急かなあかん。産婆はんを呼びに行ってる内に、オギャッと生まれたら、騒動や。それは、急かなあかん。一寸、物を尋ねます」
△「ケッタイな人や。早う、尋ねなはれ」
○「お宅は、丼池の甚兵衛はんを知ってなはるか？」
△「そんな人は知らん」
○「こないだ、うどんをよばれた」
△「知らんがな」
○「向こうの家を表へ出ると、丼池筋。これを北へ、ドォーーンと突き当たると、デボチンを打つと思てるやろ？」
△「そんなことは、思てない」
○「私も思たよって、ここは思う所や。丼池の北浜には、橋が無いわ。昔から無い、未だに無い。これ、一つの不思議。何の不思議なことがあろか。橋無い川は、渡れん。渡るに渡れんことはない、どないして渡る？　船で渡ろか、泳いで渡ろか。それでは、事が

大胆な。ほたら、どないしょう！」
△「何を言うてる！」
○「右へ曲がって、一寸行くと、梅檀ノ木橋という橋がある。この橋を、私が渡ると思うか、渡らんと思うか？」
△「そんなことは、わからん」
○「人間には、推量ということがある。間違《まちご》てもええさかい、言いなはれ」
△「橋があったら、渡るやろ」
○「それが、渡らんわ。もう少々行くとあるのが、難波橋。この橋を、私が渡ると思うか、渡らんと思うか？」
△「またかいな！　今度も、渡らんやろ」
○「今度は、渡るわ。せえだい、逆らえ！」
△「お宅が、逆ろてる」
○「この橋を渡ると、その辺り一帯が、天満の源蔵町。笊屋重兵衛と書いた、大きい看板が上がってるさかい、直にわかる。そこへ行くには、どう行ったら宜しい？」
△「どう行ったらええて、今、言うた通りに行ったらええわ」
○「やっぱり」

△「何を言うてる！」
○「あァ、行ってしもた。一寸でも『違う』と言うたら、甚兵衛はんの所へ引っ張って行ったろと思てた。念には念を入れて、もう一人、誰かに尋ねたろ。あいつも、えらい急いてる。（△の袖を掴んで）一寸、お尋ねします！」
△「何や、チョイチョイと！」
○「チョイチョイ？　あァ、同じ奴や」
△「馬鹿にするな！」
○「慌てて、同じ人に尋ねてるわ」

彼方《あっち》で尋ね、此方で尋ね、やって参りましたのが、天満の源蔵町。
笊屋重兵衛と書いた、立派な看板の下へ立って、

○「こんにちは」
重「はい」
○「一寸、お尋ねしますけど、天満の源蔵町は、どの辺りで？」
重「天満の源蔵町やったら、この辺りですわ」

○「笊屋重兵衛さんの家は、どこです？」
重「笊屋重兵衛やったら、手前ですわ」
○「あァ、拍子の悪い。何軒ほど、手前？」
重「何を言うてる。ウチが、重兵衛です」
○「あァ、己所《おのれとこ》か」
重「口の悪い人や。一体、何の用事で来なはった？」
○「それは言えん！　呉々も、甚兵衛はんから言われてる。男は、ベラベラしゃべるものやない。三言しゃべれば、氏素性が現れる。言葉多きは、品少なし。口開いて、五臓の見える欠伸かな。男のしゃべりは、みっともない。『向こうへ行ったら、何にもしゃべるな』と言われてるさかい、何にも言えん！」
重「それでは、用件がわからんわ」
○「委細は、お手紙です」
重「その手紙は？」
○「それを出すのを、コロッと忘れてた。慌て者！」
重「あんたが、慌て者や。（手紙を受け取って）あァ、甚兵衛はんの所から来なはったか。それを、先に言いなはれ。まァ、お掛けやす」

○「お尻《いど》へデンボ（※腫れ物）が出来てて、掛けにくい」
重「ほな、お茶でも淹れますわ」
○「デンボの薬を呑んでるさかい、お茶も呑めん」
重「ほな、煙草《たばこ》を喫《す》いなはれ」
○「煙草は、嫌いです」
重「それでは、愛想が無いわ」
○「すき焼きを、よばれます」
重「厚かましいな。ほな、そこで立ってなはれ。（手紙を読んで）あァ、なるほど。こないだ、甚兵衛はんに会うた時、『笊の売り子があったら、世話してもらいたい』と頼んどいた。どうやら、あったそうですな？」
○「へェ、あったそうです」
重「いつからでも宜しいさかい、来てもろとおくなはれ」
○「もう、来てもろてます」
重「表に立ってたら、気の毒な。どうぞ、中へ入ってもろとおくなはれ」
○「もう、入ってもろてます」
重「気色の悪い人や。一体、どこに居てはります？」

○「あんたの前で、ニコニコ笑《わろ》てる、機嫌の良え男」
重「あんたか？」
○「あんたや」
重「大分、変わってるな。笊の売り子は、少々、面白い人の方が宜しい。ほな、いつから行きなはる？」
○「今から、行かしてもらいます」
重「今からとは急やが、いつからでも行ってもらえるように、荷は拵《こしら》えてある。初めから品数が多かったら、ややこしい。大豆《おおまめ》・中豆《ちゅうまめ》・小豆《こまめ》に米揚げ笊と、四通りにしてありますわ。何で表へ売りに行ってもらうかと言うと、二八《にっぱち》と言うて、二月と八月に切った竹は宜しいが、間に切った竹は、虫が付いて、粉を吹きます。使い込んでもろたら、どういうことはないが、買う時、嫌がりなはる。店で売る訳にいかんさかい、外へ売りに行ってもらいます。売る時、一寸したコツがある。笊を二つ、三つ重ねて、上からポンポンと叩いてもらいます。『叩いても潰《つぶ》れるような品物と、品物が違います！』。丈夫な笊と思わせてるようですが、叩いて、粉を下へ落としてしまう。強い、丈夫な笊と思わすようにして売るのが、商いのコツ。荷の中に貼ってある値段で売ってもろたら、口銭《こうせん》は後で、別に差し上げます。尻からげして、行ってきなはれ」

○「ほな、行かしてもらいます。えェ、笊！」

重「店の中で、怒鳴《どな》って、どうする。そんな所で言うても、誰も買わんわ」

○「ウチで笊を売ってるのに、何で買わんならん」

重「何で買わん？」

○「笊！」

重「買わんと言うてるわ」

○「誰が、買うてくれと言うた！」

重「怒ってるわ。近所も買わん」

○「そこを安う売って、この老舗《しにせ》を潰す！」

重「阿呆なことを言いなはんな！　早う、行きなはれ！」

こう言うてても、至って、気のあかん男で、表へ出ると、声が出んようになった。

○「(売り声を出そうとして)　あァ、聞こえんやろな。自分にも聞こえん。今まで何とも思わなんだけど、物売りの建前(※売り声)は、上手に言うてるわ。笊！　笊！　何やら、笊をぶつけてるような。一寸、引っ張った方が良さそうや。笊やァ━━ッ、笊！」

女「一寸、鰯屋《いわし》はん！」

○「何を吐かす！　こんな物が、おかずになるか。笊屋の主が、何やら言うてた。大豆・中豆・小豆に、米揚げ笊。あァ、アレを言うたろ。大豆・中豆・小豆に、米揚げ笊！　大豆・中豆・小豆に、米揚げ笊は、どうでおます！『どうでおます』やなんて、段々、上手になってきた。大豆・中豆・小豆に、米揚げ笊！」

大きい声を出して、やって参りましたのが、堂島。

昔、堂島は米相場の立った所で、「堂島の朝の一声は、天から降る」と申しまして、朝の一声《ひとこえ》を、強気の人も、弱気の人も、その日の辻占・見徳ということになさる。

強気の人は「上がる、昇る」という言葉を喜んで、弱気の人は「下がる、下る」を喜ぶ。強気も強気、カンカンの強気の店の前へ立って、

○「米を揚げる、米揚げ笊！」

この声が耳へ入ったさかい、たまらん。

主「コレ、番頭。藤兵衛！」
藤「（お辞儀をして）ヘェ━ッ！」
お辞儀をすると、頭が下がるのが、気に入らん。
主「藤兵衛！」
藤「（そっくり返って）ヘェ━ッ！」
そっくり返ってる。
主「今、『米を揚げる』と言うてた。アレは、何じゃ？」
藤「笊屋が、米揚げ笊を売りに来ております」
主「米揚げ笊とは、縁起が宜しい。呼んで、買うてやりなはれ」
藤「承知しました。オォ━イ、笊屋。戻っといで、戻っといで！」
こう招くと、手先が下がるさかい、気に入らん。

藤「コレ、笊屋。（手先で、掬《すく》い上げて）戻っといで、戻っといで！」

掬い上げるのは、堂島の掬い上げという奴。

○「米を揚げる！」
藤「それが気に入ったさかい、此方へ入り。暖簾《のれん》が邪魔になったら、外したろか？」
○「暖簾は頭で、撥《は》ね上げる」
主「上げて、入りよった！　あァ、嬉しい奴じゃ。皆、買うたわ」
○「買うてもろたら、お家へ放り上げる」
主「放り上げよった！　ほんまに、嬉しい奴じゃ。コレ、財布を貸しなはれ。さァ、小遣いじゃ。一枚、取っときなはれ」
○「小遣いをもろたら、浮かび上がります」
主「浮かび上がる！　もう一枚やるわ」
○「二枚ももろたら、飛び上がるほど嬉しい」
主「飛び上がる！　財布ごとやる。気に入ったが、金は大事にせなあかんぞ」

○「神棚へ上げて、拝み上げます」
主「拝み上げる！　米を二、三俵、運んでやりなはれ。お前に、兄弟はあるか？」
○「上ばっかり」
主「上ばっかり！　借家を、二、三軒やりなはれ。兄か、姉か？」
○「姉と兄がございます」
主「姉は、どうしてる？」
○「上町の上汐町の上田屋宇右衛門という、紙屋の上の女中を勤めてます」
主「須磨の別荘をやれ！　兄貴は、どこに居る？」
○「淀川の上の、京都に居ります」
主「淀川の上！　娘をやる！　京都は、どこじゃ？」
○「高瀬の、ズゥーーッと上です」
主「高瀬の上！　わしの家内をやる！　兄貴は、どんな男じゃ？」
○「高田屋高助と申しまして、背の高い、鼻の高い、威高い、気高い男でございます」
主「大阪のお城を、やりなはれ！　兄から、便りはあるか？」
○「商いの手を広げたいさかい、場所替えをしたい。居る所が、上過ぎる。タタタラと、二、三町下がった所へ」

主「今、何を言うた？　今、やった物を返せ！」
○「何か、お気に障りましたか？　この通り、頭を下げて」
主「下げなはんな！　それが、気に入らん！」
藤「旦さん、待っとおくなはれ」
主「番頭、何じゃ？」
藤「相場という物は、頂上の知れん物でございます」
主「当たり前じゃ。頂上が知れたら、皆、儲けてしまうわ」
藤「あれが頂上かと知れた所で、タラタラッと下がって、そこで初めて手が合うて、ドォーンと、お儲けになります。旦さんのように、上がる・昇るの一点張りでは、高潰れに潰れてしまいますわ。なァ、笊屋？」
○「阿呆らしい。叩いても潰れるような品物と、品物が違います」

解説「米揚げ笊」

明治十九年、大阪で蔓延《まんえん》し、一万三千人も亡くなったコレラに罹《かか》り、四十四歳で没した初代桂文團治が、桂塩鯛を名乗っていた頃、創作したネタです。

大阪近辺では、笊を「いかき」を呼びましたが、『大阪の民具・民俗志』（小谷方明著、文化出版局）によると、「イッカキ」・「イッカケ」とも言い、イカキは「湯カケ」が転じたようで、カケは「ザル」のことだけに、「湯をかけるザル」という意味。

竹を筏《いかだ》編みにして、行商人が売りにきた笊を買い求めることが多かったそうです。

洗った米を入れ、水を切るために使ったのが、米揚げ笊。

口が付いて、笊と漏斗《じょうご》を兼ねているので、米を釜へ移すのに便利なだけでなく、ご飯を炊く前の、米の研ぎ汁に含まれている糠などを取り去ることも出来るのです。

きれいな水で炊くと、ご飯が美味《おい》しくなり、腐りにくくなるという利点がありました。

笊が出てくる落語は少なく、米を研ぐ場面はないに等しいと言えましょう。

これは余談ですが、私が幼い頃、祖母は井戸端で米を研ぐとき、ふんだんに井戸の水を汲み上げて、惜しげもなく米の研ぎ汁を捨てていました。それを見てもったいなく思い「何で捨てるの？」と聞くと、「この水は何にも使えん」という返事でした。しかしその後、畑に撒いていたことから考えると、二次使用がなかったわけでもないようで、天然の洗浄剤、化粧水、野菜の下ゆで、油汚れ取り、ワックスの代用にもなるそうです。

このネタの後半の舞台になる堂島は、昔、米相場が立った所で、全国の米相場を左右していました。

「ゲンを担《かつ》ぐ」という言葉の「ゲン」は、「縁起」を引っ繰り返した言葉で、上方落語で頻繁《ひんぱん》に使われています。

昭和五十五年、二代目桂枝雀の内弟子だった私は、このネタを師匠から口移し（※ネタをいくつかに切り、師匠が語るネタを、弟子が目の前で覚える稽古）で教わりました。

私が入門した、昭和五十四年頃、師匠は『米揚げ笊』を演じていなかったので、「『米揚げ笊』を教える」と言われたとき、意外だったことを覚えています。

このネタを習い、随分経った頃、オチの直前が演りにくかったので、ネタの構成を替えることにしました。

主人公の笊売りが、強気の米相場師の旦那の前で、「上がる」という言葉を次々に述べることで気に入られますが、急に「下がる」と言ってしまったため、しくじってしまい、その後、番頭が米相場の常識を述べますが、最後が理屈っぽくなり、とても演りにくかった

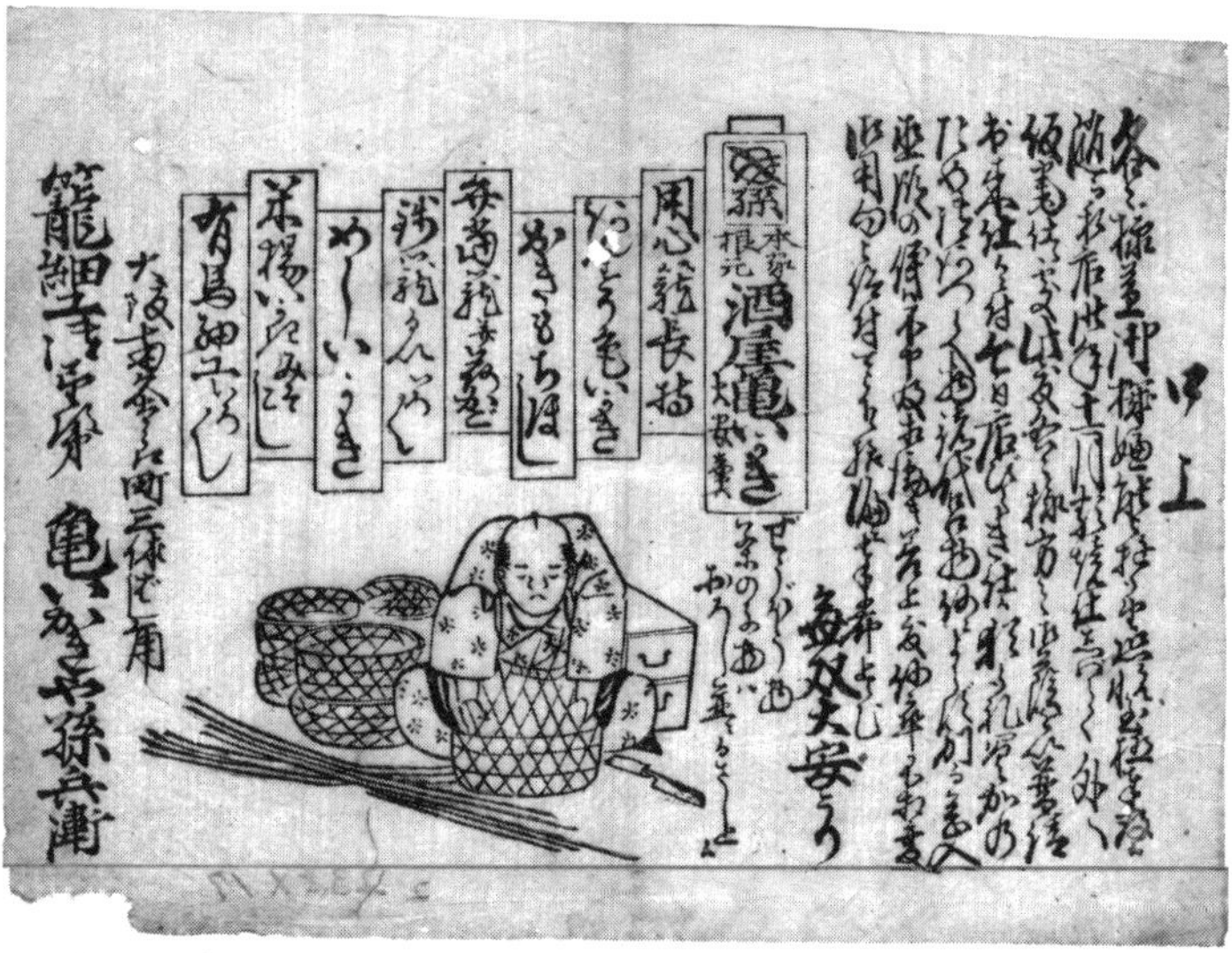
いかきや孫兵衛の刷物。

のです。

そこで、笊売りが「上がる」という言葉ばかりを続け、旦那が嬉しさの余り、「大阪のお城もやる！」と言ったのを、番頭が「そんなに、やったら、ウチの身代が潰れてしまいますがな。なァ。笊屋」「いえ、潰れるような品物と、品物が違います」と、改めました。

とても演りやすくなったので、そのことを師匠に報告すると、「なるほど、良え工夫や」と言い、傍に居た弟子・桂む雀に「これは、雀司（※文我の前名）の工夫や。暫く、誰も演らんように」と言ったのですが、それから数日後、ある落語会の高座で、師匠が『米揚げ笊』を演じたとき、このオチを使ったのです。

高座から下りるなり、私の顔を見て、ニッコリ笑い、「ごめん、ごめん。あの演出で、演りとうなった」。

その後、改めて、『米揚げ笊』のオチの検討となり、番頭が述べる米相場の道理は、理屈っぽくなるが、米相場師の料簡も出るし、ネタにも説得力が加わるので、「その場の雰囲気に合わせ、どちらの演出にするかを決めた方が良い」ということになりました。

このネタに関するエピソードは、数多くあります。

昭和五十八年十月三日から六日まで、大阪桜橋・サンケイホールで催された「桂枝雀独演会」で、師匠が上演したとき、その中の一日だけ、「『叩いても潰れるような品物と、品物が違います』と言うて、売りなはれ」と教わる所が抜けてしまいました。

この部分が、オチの仕込みになっているだけに、どこかで大ウケとなった所で、「『米揚げ笊』でございます」と言って、高座を下りる算段かと思いましたが、とうとうオチまで行ってしまい、「叩いても潰れるような品物と、品物が違います」と言った後、『こう言うて終わりますけど、オチの仕込みを忘れてました。さよなら！」と言って、高座を下りたのです。

客席は大ウケで、舞台の袖にいた者も大爆笑となりましたが、師匠の言では、「オチの直

がまの油　桂　九雀
米揚げ笊　桂　枝雀
鬼の面　桂　雀三郎
宿屋仇　桂　枝雀
《中入》
住吉駕籠　桂　枝雀

桂枝雀独演会演目一覧表　サンケイホール

① 昭和51年10月1日　青菜
口入屋
風邪うどん

② 昭和52年10月1日　くっしゃみ講釈
4日　舟弁慶
鴻池の犬

③ 昭和53年10月2日　つぼ算
3日　高津の富
夏の医者

④ 昭和54年10月1日　宿替え
2日　こぶ弁慶
3日　八五郎坊主

⑤ 昭和55年10月1日　延陽伯
2日　愛宕山
3日　一人酒盛
7日

⑥ 昭和56年10月1日→7日
（六日間連続独演会）
枝雀十八番　1日　宿替え
寝床
蛇含草
2日　代書屋
天神山
くっしゃみ講釈

3日　延陽伯
高津の富
鴻池の犬
5日　壺算
仔猫
夏の医者
6日　鷺とり
口入屋
八五郎坊主
7日　くやみ
愛宕山
親子酒

⑦ （サンケイホール開館30周年記念）
昭和57年10月4日　地獄八景亡者戯
5日　植木屋娘
6日
7日

⑧ 昭和58年10月3日　米揚げ笊
4日　宿屋仇
5日　住吉駕籠
6日

昭和58年10月３～６日まで、大阪桜橋・サンケイホールで開催された、第７回・桂枝雀独演会のプログラム。

前で、仕込みを忘れてることに、気が付いた」。

また、KBS京都のオールナイト落語会のとき、師匠は夜明け前の出番。

その前日は、兵庫魚崎の笑民寄席の出番で、帰宅後、京都へ向かい、楽屋で仮眠を取り、トリで高座へ上がり、『米揚げ笊』を演り出したのですが、途中で様子が奇怪《おか》しくなり、「とにかく眠たいので、このネタは止めて、SR（※ショート落語）を演ります」と言ったときも、驚きました。

師匠の『米揚げ笊』には、さまざまな思い出があるのです。

ここで、上方落語の特色が、『米揚げ笊』は濃厚に含まれていることにも触れておきましょう。

半ばまで頼りなかった主人公が、後半は機転の利く者に変わってしまいます。

このネタのように、前半と後半で、同一人物の様子が一変するネタがあるのも、上方落語の特色と言えましょう。

リズムとテンポが良ければ、バランスの悪さに気が付きませんが、不思議な展開になっていることは否めません。

ただ、この不条理が味になるのが、上方落語ならではとも言えるのではないでしょうか。

大正から昭和初期までの上方落語界の風雲児・初代桂春團治も、SPレコードに何種類も吹き込んでいます。

古臭い内容のように思いますが、どの時代も上演されていることから考えると、時代を超えて、楽しめる要素が濃厚なのでしょう。

米朝師の兄弟子・桂米之助師の『米揚げ笊』は、古風な演じ方ながら、説得力は抜群でしたし、東京落語では『ざる屋』という演題になり、十代目金原亭馬生師の十八番でした。

『米揚げ笊』は、師匠から口移しで教えてもらったネタだけに、生涯、大切にしたいと思っています。

不動坊

ふどうぼう

家「利吉っつぁん、居てるか？」

利「あァ、家主さん。御用があったら、此方《こっち》から行きますのに。寒い中、こんな汚い家へ来てもろて。ほんまに、汚い家」

家「汚いと言うてるけど、わしの家じゃ。しかし、あんたは感心な。いつ来ても、手を遊ばせてることが無い。この長屋には、あんたを入れて、ヤモメが四人居《お》る。他の三人は、ロクな奴が居らん。一寸働いて、金が入ったら、遊ぶ算段、呑む段取り。あんたはコツコツ働いて、貯めた金を彼方此方《あちらこちら》へ融通してる。高い利子を取る訳やなし、助かってる者が仰山、居るそうな。唯《ただ》、金が出来たら良《え》えという訳やない。男は持つもんを持たんだら、世間が信用せん。嫁を、もらう気は無いか？」

利「それは、堪忍してもらいます。死んだ親父が、『嬶《かか》と、お仏壇だけは、持ち急ぎするな。

気に入らなんでも、直《じき》に取り替える訳にいかん』と言いました。女子《おなご》は、口が軽い。此方の悪口を、向こうへ持って行く。向こうの噂を、彼方《あっち》で広める。親戚付き合いや、友達付き合いが、ワヤになることがありますわ」
家「わしが世話をする女子は、至って、物言わず。あんたも知ってる、長屋の者じゃ」
利「この長屋で物言わずと言うたら、奥の端の糊屋のお婆ンで、今年七十五や」
家「阿呆なことを言いなはんな。わしが世話をするのは、長屋の奥から三軒目、不動坊火焔の女房・お滝さんじゃ」
利「寝言やったら、寝てから言いなはれ。お滝さんは、不動坊火焔という亭主が居る！」
家「大きい声を出しなはんな。話をせんと、わからん。不動坊の先生が、九州へ巡業に行った。九州は大入りやったが、帰りに山陽路を細こう打って廻ったら、連日の不入り。座員が一人減り、二人減り、岡山の宿へ着いた時は、先生だけになった。弱り目に祟《たた》り目で、流行病《はやりやまい》を患《わずろ》て、ゴロッと死んだそうな」
利「えッ！　不動坊の先生が？」
家「流行病だけに、放っとく訳にいかん。宿屋の方で弔いをして、お骨にした後、お滝さんの許へ、『お骨を取りに来い』という手紙と、溜めてた宿代・葬式代の三十五円の払いも来て。ウチへ相談に来たさかい、取り敢えず、金を貸して、お滝さんは岡山の宿屋へ行って、借金払いをして、お骨を持って帰ってきた。それはそれで済んだが、お滝さんという後家と、ウチへ三十五円という借金が残ったことになるわ」
利「へェへェ」
家「お滝さんが、『ウチは、腐っても芸人。着物や道具を売ったら、三十や五十のお金は出来ますけど、それを売ったら、明日から裸で暮らさんならん。私も、老い朽《く》ちた齢《とし》やなし。三十五円を結納代わりに出して下さる御方があったら、今ある荷物を嫁入り道具にして、その家へ縁付いてもええ』と言うのじゃ。女子の一人住まいは心配で、どこかへ納まってくれたらと思う。頭へ浮かんだのが、あんたじゃ。三十五円さえ出してくれたら、お滝さんを嫁にもらえるが、どうじゃ？」
利「どうぞ、お座布を当てとおくなはれ。直に、お茶を淹れます。あんな良え女子は、この界隈に居らん。別嬪で、賢いし、仕事が早い。お滝さんやったら、前々から惚れてました」
家「人の嫁に惚れたらあかんが、得心か？」
利「お滝さんが嫁に来てくれたら、三十五円が、四十円が、五十円でも出しますわ」
家「ほな、向こうも困ってるさかい、五十円出してくれるか？」
利「やっぱり、三十五円」

家「初めから、三十五円でええと言うてるわ。ほな、この話は進めてもええか？」
利「悠長なことを言うてたら、どんならん。三十五円は、直に持って行きます。お滝さんは、今晩から来てもらいたい」
家「犬の子や、猫の子をもらう訳やなし。あんたも、相談する人があるやろ？」
利「親無し、兄弟は無し、親戚付き合いも無し。誰も、相談する人は無い」
家「ほんまに、気楽な身じゃ。最前、暦《こよみ》を見た。今日は、日が良え。お滝さんが得心したら、連れてくることにする。わしが仲人代わりになるが、そうと決まったら、風呂へ行って、身綺麗《みぎれい》にして、尾頭《おかしら》付きの支度もしなはれ。盃事の真似をしたいさかい、酸《す》い酒の五合も買うて。ほな、日が暮れに連れてくるわ」
利「お茶も出さんと、愛想の無いことで。家へ帰って、ゆっくり、お上がり」
家「何を言うのじゃ。ほな、支度をしなはれ」
利「おおきに！　やっぱり、人間は真面目にせなあかん。嫁をもらうことは、考えたことも無かった。お滝さんは、有難い。風呂へ行って、男前を上げてきたろ。（鉄瓶を持って）風呂へ行くのに、何で鉄瓶をブラ下げてる？　嬉しゅうなったら、何をするかわからん。戸締りをして、（閂《かんぬき》を入れて）内らから閂を入れて、どこから出る？　さァ、風呂へ行こか。（隣りへ向かって）風呂へ行くさかい、お頼み申します。（歩いて）あァ、適《かな》わん。ヤモメは風呂へ行くのも、近所へ声を掛けなあかんわ。嫁をもろたら、『風呂へ行ってくる』『お早《はよ》う、お帰り』『フン』で終《しま》いや。あァ、寒い！　今晩は、雪降りになりそうや。しかし、めでたい。（節を付けて）めでたいな、めでたいな。（風呂屋へ来て）御免！」
風「お越しやす」
利「めでたいな」
風「何か、めでたいことでもありますか？」
利「今晩、ウチへ嫁が来る」
風「それは、お宅がめでたい。ウチは、めでとうないことで」
利「薄情なことを言うな。（着物を脱いで）この着物は、今晩の花婿の祝言衣装になる。ひょっと盗まれたら、風の吹く日に、この家へ油を掛けて、火を点《つ》けるわ。さァ、風呂へ入ろか。仰山、入ってるわ。今日は彼方此方で、婚礼があると見える。（掛け湯をして）さァ、湯船へ入ろか。（湯へ浸《つ》かって）身体が冷え切ってるさかい、熱い湯が、尻へ食い付きよる。えェ、こんにちは」
○「こんにちは」
利「良えお湯ですな」

○「結構なお湯ですわ」
利「めでたいですな」
○「何か、めでたいことでもありますか？」
利「いえ、此方のことで。つかんことをお尋ねしますけど、嫁はありますか？」
○「風呂の中で、何を聞きなはる。この齢やさかい、嫁も子どももありますわ」
利「生意気な！」
○「何の生意気なことがあるかいな」
利「嫁をもらう時、仲人を入れてもらいましたか？　それとも、ドレ合い？」
○「ドレ合いやのうて、ちゃんと仲人を入れました」
利「仲の良え時は宜しいけど、何かで揉《も》めた時、仲人が居らなんだら、片付かんわ。今晩、ウチへ嫁が来るという日の昼間は、どんな気持ちでした？」
○「ケッタイな人やな。そんなことは、二十五年も前の話や。今晩、嫁が来るという日の昼間は、嬉しいような、恥ずかしいような、何とも言えん気持ちでした」
利「やっぱり、風呂へ行く時、鉄瓶を下げたか？」
○「そんなことをするかいな」
利「内らから、閂を入れて、どこから出る？」

○「知らんがな!」
利「上がって、身体を洗おか。(流しへ上がって) あァ、お滝さんが来た時の挨拶が難しいわ。一体、どう言うたらええ? 『お滝さん』と言うと、『自分の女房になったのに、〔お滝さん〕やなんて、水臭い人』と思うかも知れん。ほな、『お滝!』。これが、あかん。『今まで〔お滝さん〕と言うてたのに、三十五円を払《はろ》て、自分の嫁になったら、〔お滝〕やなんて、こんな薄情な人やとは思わなんだ』となる。やっぱり、『お滝さん』でええわ。『もし、お滝さん。縁あって、ウチへ嫁に来てもらいましたけど、不動坊の先生が生きてて、三十五円という借金が無かったら、こんなことにはならなんだ。そうなると、金のために、嫌な男に身を任さんならん。〔金が仇の世の中〕と思うかも知れんけど、そう思たら、あんたも惨《みじ》め、私も惨め。足したら、ムジメになる! そうやないか、お滝さん! おい、お滝! 何とか、言うたらどうや!」
△「(隣りの客に向かって) 一寸、替わってもらえませんか? 私の顔を見て、怒ってます。心当たりは無いし、危うて、髭《ひげ》を剃ってられん」
利「ポォ━━ンと言うたら、何と言うても、相手は女子。先立つ物は、唯、涙。(泣いて) エッ! エッ! エッ! エェ━━ン!」
△「風呂屋のオッさん! 色ボケが入ってるさかい、放り出せ」

利「（女形の声を出して）　ソラ、私じゃとて」

△「今度は、女形や！」

利「不動坊火焔という講釈師を亭主に持つと、上辺は派手に見えても、夏は夏枯れ、冬は冬枯れ。芸人の息をする間は、僅《わず》かしかございません。同じ苦労をするのやったら、堅気の御方と所帯の苦労がしてみたい。この長屋には、ヤモメが四人居てはりますけど、利吉っつぁんを退けた三人は、ロクな御方やない。漉《す》き直し屋の徳さんは、鰐皮《わにがわ》の瓢箪《ひょうたん》みたいな顔でございます。髢《かもじ》・鹿子《かのこ》・活《い》け洗いのユウさんは、鹿子の裏みたいな顔で。東西屋の新さんは、商売柄とは言いながら、大きい太鼓をお腹へ掛けて、ドンガンドンガン鳴らして歩いてはりますけど、家の中はヒーフルヒーフル、節季の払いもサッパリ泥貝チャンポンでございます。それに引き替え、利吉っつぁんは、程が良うて、親切で、お金があって、男前。ほんに女子と生まれたからは、こんな殿御と添い臥《ぶ》しの。（浄瑠璃を語って）　身は姫御前《ひめごぜ》の！」

△「浄瑠璃を語り出した！」

利「日頃念じた甲斐あって、今宵、こうして来たからは、あんたに任せた身体じゃもの。どうなと信濃の善光寺さんは、こないだ阿弥陀池で、ご開帳があったやないかいな。（湯へ沈んで）　ドボォ━ン！」

△「沈んでしもた！　沈みながら、ニヤニヤ笑《わろ》てるわ。引き上げて、頭から水を浴びせたれ。コレ、しっかりせえ！」
利「ご厄介を、お掛けしまして」
徳「もし、利吉っつぁんと違いますか？　一体、何を言うてなはる？」
利「あァ、徳さん。今晩、不動坊の嫁のお滝さんが、ウチへ嫁入りしてきます」
徳「そんなことらしいけど、今、言うてたのは？」
利「お滝さんが来たら、これも言おうか、アレも言おうか、夫婦喧嘩の下稽古」
徳「しょうもないことをしなはんな。お滝さんが来たら、今のことを言うつもりで？」
利「左様、左様」
徳「ほな、聞かんならんことがある。今、聞き捨てならんことを言うた。『この長屋は、ヤモメが四人居るけど、あんたを退けた他の三人は、ロクな奴が居らん。漉き直し屋の徳の顔は、鰐皮の瓢箪』と言うたわ。誰の顔が、鰐皮の瓢箪や？　誰の顔が、鰐皮の！」
利「あァ、徳さん。辛《つら》い！」
徳「辛《つろ》のうてか！　誰の顔が、鰐皮の瓢箪や！」
利「いや、あんたのことを言うた訳やない。お滝さんの家へ、雪駄《せった》なんかを直す、直し屋の徳さんという人が来ますけど、近頃、顔を見せん。『好きな直し屋の徳さんは、どうしてる？　好きな直し屋の徳さん、好き直し屋の徳さん』となっただけで、あんたのことを言うた訳やない。婚礼の支度があるさかい、お先に御免！」

利吉が逃げるように帰った後、徳さんが怒ったの怒らんの！
身体を拭くのもそこそこに、家へ飛んで帰ると、ヤモメ連中を呼び集めた。

ユ「徳さん、何の用事や？」
徳「さァ、此方へ入ってくれ。お前らは知ってるか知らんか知らんけど、金貸しの利吉の家へ、不動坊火焔の女房のお滝が嫁入りすることを聞いてるか？」
ユ「今、新さんと『三人で、祝いをせなあかん』と言うてた」
徳「何が祝いじゃ！」
新「怒ってるな？」
徳「怒らいでか！　最前、風呂へ行った。風呂の中で、泣いたり笑たり、浄瑠璃を語ったり、訳のわからん奴が居る。誰やと思たら、利吉や。『この長屋は、ヤモメが四人居るけど、利吉を退けた他の三人は、ロクな奴が居らん。漉き直し屋の徳の顔は、鰐皮の瓢箪』と、こんなことを吐《ぬ》かしやがった」

ユ「(吹き出して) プッ！　わしらの言えんことを、よう言うた」
徳「阿呆！　わしだけやのうて、お前らのことも言うてた。『髭・鹿子・活け洗いのユウさんは、鹿子の裏みたいな顔で。東西屋の新さんは、大きい太鼓をお腹へ掛けて、ドンガンドンガン鳴らして歩いてるけど、家の中はヒーフルヒーフル、節季の払いもサッパリ泥貝チャンポン』と、こんなことを吐かしてたわ」
ユ「それは言うやろ」
徳「応《こた》えんな。何でじゃ？」
ユ「利吉に二円借りて、五十銭ずつ払うのを、二遍だけ払《はろ》て、知らん顔をしてる」
徳「そんなことをするさかい、ボロカス言われるわ。ムカつかんと居られんさかい、胸をスッとさせたい。何か、仕返しする手は無いか？」
ユ「それやったら、良え手があるわ。皆で利吉の家の前へ行って、横一列に並んで、手を繋《つな》いで、ガラッと戸を開けて、利吉の顔を見て、『阿呆！』と言おか」
徳「一人で言うてこい！　そんなことで、スッとするか！　実は、わしに思惑《おもわく》がある。不動坊の四十九日も済まん内、嫁入りするのは、もらう方も、行く方も、気持ち良うない。今晩、利吉の家へ、不動坊の幽霊を出そうと思う。利吉の家の屋根の上へ上がって、幽霊に化けた奴を、天窓から紐で吊るすわ。『わしが死んで、直に嫁入りとは、胴欲な。

それが恨めしゅうて、よう浮かばん。二人共、髪を下ろして坊主になれ』と言うたら、ビックリすると思う。明日の朝、頭を丸めた二人の顔を見て、皆で笑おか」
ユ「面白い！　ツルツルの頭を見て、皆で手を繋《つな》いで、『阿呆！』と言おか」
徳「何で、そんなに『阿呆！』が言いたい。わしらは顔も知れてるし、声に覚えがあるさかい、幽霊になれん。隣り裏に、軽田道斎という講釈師が住んでる。不動坊の留守中に、お滝さんを口説いて、断られたムカツキがあるさかい、引き受けるわ。商売道具を使てすまんけど、新さんは太鼓を持ってきて。幽霊が出る時、太鼓をドロドロと鳴らしたら、気分が出るわ。幽霊火・火の玉も出したいさかい、ボロを丸めて、紐で吊るす。ユウさんは、ボロへ染《しゅ》ませるアルコールを、瓶《びん》に一杯買うてきて。日が暮れになったら、集まってくれ！」

しょうもない相談は、直に纏《まと》まります。
日が暮れになると、皆が集まってきた。
徳「さァ、呑もか。直に、先生も来てくれるわ」
軽「こんばんは！」

徳「あァ、先生ですか？　表の戸は、閂も下ろしてないさかい、お入りを」
軽「(戸を開けて)　こんばんは！」
徳「肩に白い物が付いてますけど、降ってきましたか？」
軽「最前から、チラチラと」
徳「ケッタイなことをお願いして、申し訳ございません」
軽「こんなことは、ホンに好きで」
徳「あァ、良かった。此方へ座って、熱いのを呑んどおくなはれ」
軽「冬は、熱燗が何よりで。(酒を呑み、指を湯呑みから外そうとして)　よいしょ！」
徳「どうしました？」
軽「指がかじかんで、指が湯呑みから離れません。これを離すために、もう一杯」
徳「面白い先生や。幽霊の台詞《せりふ》は、大丈夫で？」
軽「『わしが死んで、直に嫁入りとは、胴欲な。それが恨めしゅうて、よう浮かばん。二人共、髪を下ろして、坊主になれ』と」
徳「あァ、それで結構。幽霊の衣装は、妹の長襦袢。丈がタップリあるさかい、紐で吊るしたら、足許まで隠れますわ。早速、着替えとおくなはれ。皆、支度は出来てるか？　さァ、表へ出なはれ。あァ、寒ゥ！　〔ハメモノ／雪の合方。三味線・大太鼓・銅鑼《どら》で演奏〕

外は冷えてるさかい、綿入れを着てきたら良かった」
軽「お宅らは、着物を着てなさるさかい、宜《よろ》しい。私は長襦袢一枚で、身が凍《こご》えて」
徳「帰ってから、熱燗を呑んでもらいます。さァ、利吉の家の裏へ来た。そこに梯子《はしご》があるさかい、此方へ持ってきて。（梯子を据《す》えて）わしが、先に上がる。（梯子を使い、屋根へ上がって）新さんの顔が見えんけど、どうした？　太鼓の撥《ばち》を忘れたさかい、取りに帰ってる？　あァ、帰ってきた。先に、太鼓を上げるわ。（紐を下ろして）紐の先へ、太鼓を括《くく》ってくれ」
新「ヘッ？」
徳「大きい声を出すな！　紐の先へ、太鼓を括ってくれ」
新「この紐を、太鼓へ？（紐で、太鼓の胴を括ろうとして）アレ？」
徳「阿呆！　太鼓を胴のまま、丸う括る阿呆があるか。紐は、環《かん》へ通せ！」
新「環？（太鼓の胴を触って）環は、どこにも無い」
徳「環の付いてない太鼓は無いわ。探したら、ちゃんと付いてる」
新「無いさかい、仕方が無いわ。（胴を触り、握った環に、気が付いて）環、手の中！」
徳「静かにせえ！　紐を環へ通して、括れ。何ッ、先生の唇《くちびる》の色が変わってきた？　後で熱燗を呑んでもらうさかい、ご辛抱を。上がる時、梯子の下から三段目が腐ってるさかい、気を付けて。ほな、手を取りますわ。さァ、皆も上がれ。一体、何を揉めてる？
新さんの頭の上で、ユウさんが一発やった？　しょうもないことをするな！　早う、上がれ。先生、雪が積もってるさかい、滑り落ちんように。これが利吉の家の天窓で、ここから先生を吊るします。晒《さらし》を繋ぎ合わせた紐で、先生の腰を括りますわ。早い話が褌《ふんどし》です」
軽「褌が、切れるようなことは？」
徳「丈夫な晒やさかい、大丈夫！　天窓の真下が、利吉の家の井戸になってます」
軽「ヘッ！　（天窓を覗《のぞ》いて）褌が、切れるようなことは？」
徳「ほんまに、大丈夫！　天窓へ、身体を入れてもらいたい。新さん、替わって。今から、幽霊火の支度をするわ。手を離すと、先生が井戸へ落ちるさかい、気を付けて。さァ、ユウさん。幽霊火の支度をするけど、アルコールは？」
ユ「えらいことをした！　忘れ物をしたわ」
徳「アルコールの瓶を忘れてきたか？」
ユ「小便するのを忘れた」
徳「下で、してこい」
新「下では、しとうなかった。屋根へ上がって、ピュ━━ッと風が吹いてきて、ブルブルと震えたら、しとうなって」
徳「屋根の隅の、端の方でせえ。立ってせんと、しゃがめ！」
ユ「ミミズも蛙も、御免」
徳「子どもみたいなことを言うな！」
ユ「(小便をして) ジャーーッ！　ジャジャジャァジャァ、ジョンジョロリン！」
徳「静かにせえ！　同じ所へするさかい、音がする。散らばらせ！」
ユ「なるほど。(小便をして) サァサァサァサァサァ！　パラパラパラパラ！」
徳「ケッタイな音をさせるな！」
ユ「小便が、樋《とゆ》へ掛かった」
徳「阿呆なことをするな！　此方へ来て、アルコールの支度をせえ」
ユ「(瓶を渡して) これや」
徳「やっぱり、あんたは抜けてるな。瓶の詰めをせなんだら、気が抜けるわ。(アルコールを出そうとして) 一寸も出んのは、どういう訳や？」
ユ「一杯、詰まってる」
徳「舐《な》めたら、甘いわ」
ユ「一番、上等や」

徳「一体、どこで買うてきた？」
ユ「表の餅屋」
徳「餅屋で、アルコールを売ってるか？」
ユ「売ってるわ。皿へ並べて、一つ五厘」
徳「何が？」
ユ「アンコロ！」
徳「アンコロ？　アルコールと、アンコロを間違える奴があるか！　幽霊火を焚《た》く時、アンコロを使う奴が、どこに居る？　また、どこの世界に、瓶を持って、アンコロを買いに行く阿呆があるか！」
ユ「餅屋のオッさんも言うてた。『詰めにくうございます』と」
徳「当たり前じゃ！　こんな阿呆とは思わなんだ。阿呆！　ボケ！　カス！　ラッパ！」
ユ「(泣いて) わしは、阿呆や！　阿呆なりゃこそ、雪の降る晩に、人の家の屋根へ上がって、足をツルツル滑らせて、こんなことをしてる。これは、お前が考えたことや。わしは、『三人が手を繫いで、〈阿呆〉と言おか』と言うた。わしは阿呆やけど、お前も阿呆や。わしが阿呆か、お前が阿呆か、下の利吉に聞いてもらう！」
徳「わかった！　大きい声を出すな」

軽「(褌で吊られて) 上で揉《も》め事が始まったようですが、私の身体を上げるか下げるかしてもらわんと、褌が腹へ食い込んで!」
徳「先生、すまんことで。紐を持つのを替わるさかい、新さんは太鼓を打ってくれ。ソレ、行けェ――ッ!」〔ハメモノ/音取り。三味線・大太鼓・能管・銅鑼で演奏〕
軽「恨めしい、迷うた!」
利「お滝さん、怖がらんでも宜しい。何やら、ケッタイな者が出てきた。お前は、誰や?」
軽「不動坊火焔の幽霊! わしが死んで、直に嫁入りとは、胴欲な。それが恨めしゅうて、よう浮かばん。二人共、髪を下ろして、坊主になれ」
利「不動坊の幽霊とは、ケッタイや。先生が生きてる時分から、お滝さんと怪しい仲やったら、恨まれても、仕方が無い。先生が死んだ後、仲人を入れて、嫁にもろたのに、何が気に入らん。それに、先生が残した三十五円という借金は、誰が払たと思う!」
軽「そういうことは、聞いてない。とにかく、恨めしい!」
利「難儀な幽霊や。先生も、十万億土という、遠い所から来た。満更《まんざら》、素手でも帰れん。『地獄の沙汰も、金次第』と言うさかい、金で話を付けるわ。ここに、十円がある。これで迷わず、成仏しなはれ」
軽「十円を四人で割ると、一人が二円五十銭。十円では、恨めしい!」

利「幽霊が、駆け引きしなはんな。もう一枚出すさかい、二十円で帰りなはれ」
軽「二十円を四人で割ったら、一人が五円。それで、手を打ちましょう！」
利「ケッタイな幽霊や」
軽「ほな、頂戴します。中々、お似合いの夫婦ですな。それでは末永く、お睦《むつ》まじゅうに。（謡の調子になって）四海《しかい》、波静かにて」〔ハメモノ／大ドロ。大太鼓で演奏〕
徳「面白い幽霊や！　二十円を持って、上がってくるわ。よし、引き上げたれ！」

下りる時は、ソロソロ下ろしましたが、上がる時は、無茶に引っ張った。
褌の結び目が、天窓の角へ食い込んで、プツッと切れると、屋根の上の三人は、下へ転《こ》ろんで落ちて、先生は井戸の中へ、ドブゥーン！〔ハメモノ／水音。大太鼓で演奏〕
徳「痛い！　ド阿呆！　太鼓を抱えて、落ちてこんでもええわ。幽霊は、どうした？」
ユ「『助けてくれ。溺《おぼ》れる！』と言うてるけど、どうしょう？」
徳「放っとけ、放っとけ」

ええ加減な連中で、ワァーッと、逃げてしもた。

利「お滝さん、怖がらんでも宜しい。どこの世界に、井戸へ落ちる幽霊が居る？　井戸から出る幽霊は聞いたことがあるけど、井戸へ落ちる幽霊は聞いたことが無い。一寸、灯《あか》りを持ってきなはれ。（灯りを受け取り、井戸を覗《のぞ》いて）あんたは、誰や？」

軽「（泳いで）軽田道斎という講釈師で、婚礼の晩の余興に」

利「何が、余興じゃ！　長屋のヤモメ連中に唆《そそのか》されて、しょうもないことを頼まれたみたいや。あんたも、しっかりした人やないわ」

軽「ヘェ、この通り。足が、地に着いておりません」

解説「不動坊」

幕末から明治初期まで、『猿廻し』『後家馬子』『吉野狐』などの長屋を舞台にした落語を、数多く創作した、二代目林家菊丸の作と言われています。

菊丸は、『大津絵』も数多く拵え、絵入りの刷物も残しました。

明治時代、三代目柳家小さんが、『不動坊』を東京落語に移植しましたが、いつ頃からか、「幽霊が出るから」という理由で、ネタの季節が夏になったようです。

私の好みでは、雪の降る寒い晩、雪が積もった屋根の上で、ガタガタ震える四人の男が、幽霊の出る段取りをする、上方落語の構成の方が面白いと思うのですが、如何《いかが》でしょう?

ただ、江戸ッ子の悪戯だったら、東京落語の構成の方が似合うとも考えられるだけに、双方に相応しい構成・演出で伝えられたということになりましょうか。

従来のオチは、講釈師の軽田道斎が、金貸しの利吉に「何が、講釈師じゃ。お前らは、横着師と言うわ」と言われ、「いえ、幽霊稼ぎ人でございます」と述べるのですが、それは芸人が鑑札を持っていた時代に、遊芸稼ぎ人と呼ばれていたことの洒落になっていました。

登場人物の名前の付け方もユニークで、金貸しの利吉は、金を貸せば、利が生じることから、利吉。

漉き直しの徳さんは、漉き直した徳用の紙で、徳さんとなり、東西屋の新さんは、昔の構成では、祓《はら》い給え屋（※下級神職。お祓い屋）のシンさんで演っていたことで、神さんから新《しん》さんとなり、道斎カルタという遊び道具に因《ちな》み、軽田道斎。

髢《かもじ》・鹿子・活け洗いのゆうさんは、湯を使うから、ゆうさんとなり、不動坊火焔は、お不動さんは火焔を背負っており、嫁のお滝さんは、お不動様が祀《まつ》ってある所には、滝があることが多いから、お滝。

このネタには、ハメモノが効果的に使われており、三人のヤモメと、軽田道斎が表へ出た所で、銅鑼を打ち、『雪の合方』が入ります。

『雪の合方』は、地唄『雪』の「さなきだに、心も遠き夜半《よわ》の鐘」の後の合方が有名になり、元来、夜半の鐘の音を感じさせる曲でしたが、しんしんと降り積もる雪の雰囲気が感じられるため、雪降りの場面で使用されるようになりました。

実際の雪降りに音はしませんが、バイ（※銅鑼の撥）で大太鼓を打つことで、音がボヤけ、寒い屋外で、雪が降るような音に感じさせる工夫をしています。

天窓から、軽田道斎が幽霊に化けて出る場面で入る『ねとり』は、幽霊・人魂・生霊《いきりょう》などが現れる場面で使用される曲で、御存知の方も多いでしょう。

江戸歌舞伎では『幽霊三重』ともいわれ、漢字で書くと、『音取／寝鳥』になり、その語源は「雅楽を演奏する前の、楽器の調子合わせを『音取』と呼ぶ」とか、「寝ている鶏《にわとり》の、クゥクゥという声に準《なぞら》えた」という説があります。

『不動坊』で、ゆうさんがアルコールとアンコロを間違える所は、上方落語のナンセンスの極致で、以前、「落語の登場人物で、誰が一番、阿呆か？」という題で論議したとき、『不動坊』のゆうさんが、一番に輝きました。

昭和五十六年三月十三日、大阪桜橋・サンケイホールで催された、初の「桂朝丸（※二代目桂ざこば）独演会」で、朝丸師が『不動坊』を出したことで、私の師匠（※桂枝雀）が、「アンコロ餅を瓶へ詰めて、楽屋見舞いに持っていったら、面白い！」と言い出し、私と弟弟子・桂む雀が、一生懸命、赤福餅を瓶へ詰めたのです。

当日、楽屋へ持っていくと、大ウケ。

いつも師匠は「食べ物で遊んではいけない」と言っていましたが、このときだけは「赤福餅には悪いけど、堪忍してもろおか」と言いながら、私たちの作業を見ていた姿が、忘れられません。

このネタの風呂場の場面は、『延陽伯』にも似た演出が出てきますが、師匠の言では「『不動坊』の風呂場の場面には、結婚する日の嬉しさが、生活感として、滲《にじ》み出なければなら

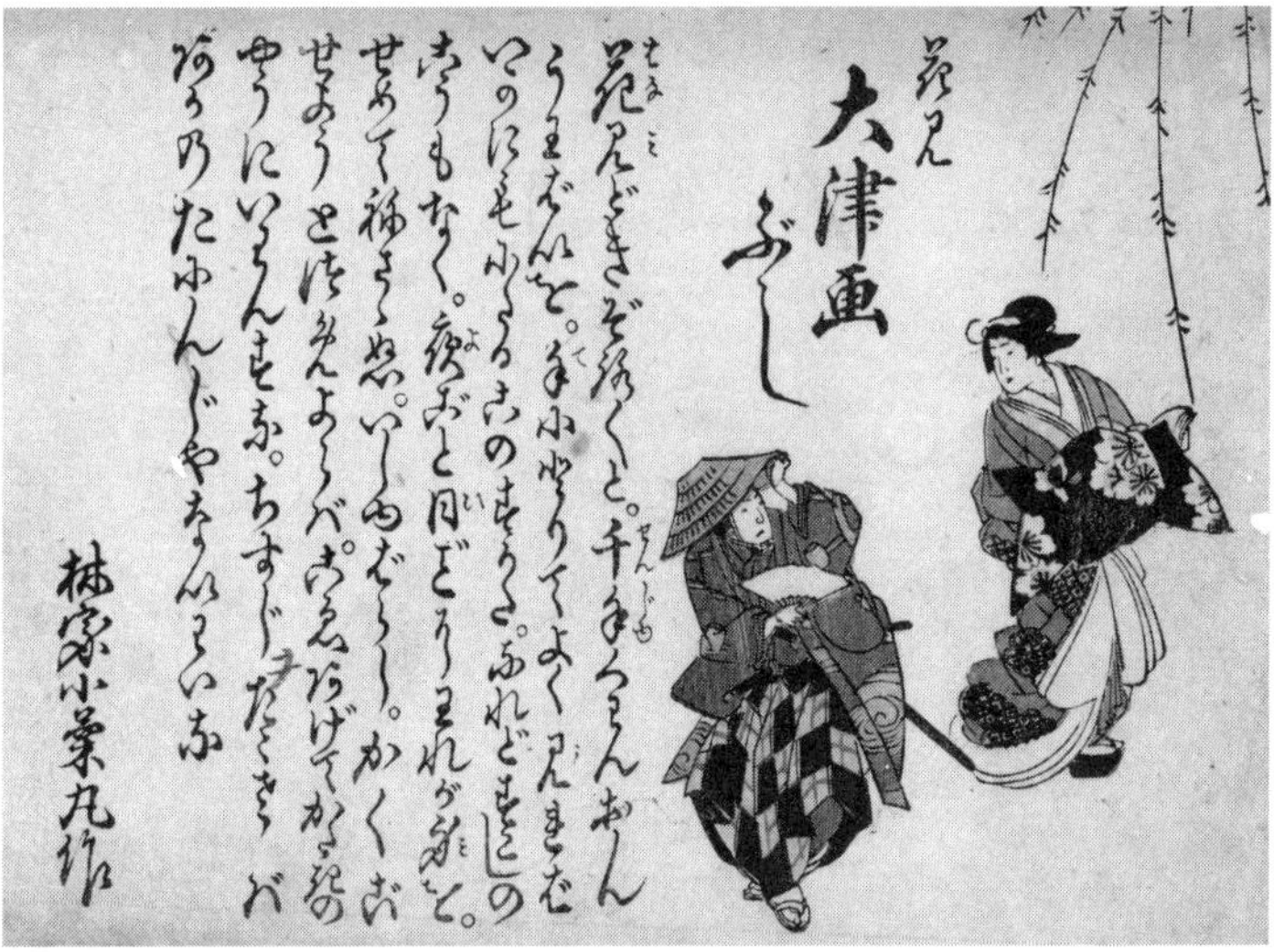

林家小菊丸の「大津画ぶし」の刷物。

ない」とのことでした。

確かに、湯に浸《つ》かっている場面の描写は、『延陽伯』より濃厚です。

また、利吉の住んでいる家は長屋ですが、家の中に井戸があるのは不自然で、長屋の真ん中辺りにあるのが自然でしょう。

ただ、その不自然さを消すために、軽田道斎が紐で吊るされる下で、井戸の代わりに、カンテキ（※七輪）で、湯を沸かしている演出で演じたこともありましたが、やはり、下に井戸がある面白さとは比べ物になりませんでした。

そして、長屋の屋根の上へ、四人の男が乗って歩いたら、かなり音がするでしょうし、ひょっとしたら、屋根を踏み抜いてしまうかも知れません。

私が生まれ育った三重県松阪市には、一軒家に近い広さの長屋があったので、それをイメージして、家の中に井戸がある、頑丈な屋根の長屋を想像しながら、演じています。

また、あれほど風呂場で馬鹿騒ぎをした、愉快な男の利吉が、オチ前の幽霊の出では、落ち着いた、しっかりした人間に描かれているのも不自然ですが、多面性のある人間と考え、それなりの人物で演じることにしました。

理屈に縛られると、楽しく演れないので、無邪気な場面は無邪気に、落ち着く所は落ち着いて、各場面を的確に演じるほうがよいと思っています。

現在、このネタを演じる噺家は多いのですが、ＳＰレコードの時代に吹き込まれることがなかったのは、なぜでしょうか？

上演時間が長いから？　見せる要素が強いから？　わかりやすいネタを吹き込んだだから？

明治以降の速記本では、そこそこ見掛けるだけに、不思議です。

オチや骨組みも、独自の構成でまとめ直し、語り継がれているのが現状と言えましょう。

尿瓶の花括け

しびんのはないけ

松「ところで、吉っつぁん。商いは、どんな塩梅や？」
吉「客は来るけど、値だけ聞いて、買わんと帰る客ばっかりや。そんな客を、『小便』と言うわ。今日は小便だらけやさかい、『ウチは、便所やないわ！』と言いたい」
松「そんな日もあるさかい、ヤケにならんと、気長に稼げ。ほな、帰るわ」
吉「また、遊びに来て。ほんまに、儲からん日や」
武「許せよ」
吉「あァ、お侍や。へェ、お越しやす」
侍「当家は、花括《い》けが並んでおるな」
吉「お手に取って、御覧下さいませ」
侍「これは有田で、此方《こちら》は九谷か？」

吉「お武家様は、お目が高うございます。その隣りが、清水《きよみず》で。同じ藍《あい》でも、九谷と清水では、藍の出方が違いまして」
侍「誠、その通りじゃ。店の隅に、面白き形の花括けがあるな」
吉「お手が汚れますよって、お触りになりませんように」
侍「手が汚れたのであらば、洗えば済む。面白き形の花括けじゃが、何と申す？」
吉「それは、尿瓶《しびん》で」
侍「ほゥ、尿瓶と申す者の作か？」
吉「えッ？　へェ、尿瓶でございます」
侍「面白き形の花括けである故、買い求めたい」
吉「それは、どうも」
侍「そのように、売り惜しみを致すな。身共《みども》は、因州鳥取の藩士。二十日余り大坂に逗留致し、近々、帰国致す故、土産《みやげ》を探しておった。是非、身共に譲ってくれ」
吉「お国表へ、お帰りで？　大坂へ、お越しになることはございませんか？　ほな、お買い上げ願わんこともございません」
侍「それは、有難い。値は、如何程《いかほど》じゃ？」
吉「ン両、いただきとうございます」

侍「ハッキリ申せ。五両とでも申すか？」
吉「へェ、左様で！」
侍「五両とは、安価じゃ。（金を出して）　さァ、受け取るがよい」
吉「おおきに、有難うございます。直《じき》に、お包み致しますよって」
侍「いや、このままでよい。身共が、提げて帰る！」

黒の五ツ所紋付、仙台平の袴、細身の大小を腰へたばさんだ立派なお侍が、使い古した汚い尿瓶を提げて、白昼堂々、道頓堀を大手を振って、お歩きになる。
周りの者がビックリする顔を見て、「羨ましがっておる」と、勝手に良え方へ考えて、鼻高々で、宿屋へ帰ってきた。

侍「今、帰った」
主「お帰りなさいませ」
侍「留守中、誰も来なんだか？」
主「花屋さんが、花を持って参りまして、お部屋へ入れてございます」
侍「あァ、ご苦労。本屋が参らば、二階へ通すがよい」

主「ヘェ、承知致しました。コレ、番頭。旦さんが提げて帰りはったのは、尿瓶と違うか？」
喜「確かに、尿瓶でございます。お手水へ行くのが邪魔臭いさかい、部屋でなさろうと」
主「尿瓶やったら、もっと綺麗《きれい》な物を買いなさる。あんな汚い尿瓶を提げて帰りはるとは、不思議じゃ」
本「えェ、本屋でございます」
主「お待ち兼ねやさかい、二階へ上がりなはれ」
本「ほな、御免。（二階へ上がって）旦那様、本屋でございます」
侍「おォ、此方へ入れ。今、花を括けておる。頼んでおった本は、皆、揃うたか？」
本「五冊は揃いましたが、後の二冊が足りません。お立ちは、いつでございます？」
侍「明後日、早朝に立つ」
本「ほな、明日の内に揃えて参ります。旦那様は、遠州でございますな」
侍「ほゥ、その方も括けるか？」
本「私は括けませんが、お得意様で拝見致しております。（尿瓶を見て）えッ？　私の見間違いでございましたら、御免被ります。今、旦那様が括けておられますのは、尿瓶ではございませんか？」
侍「おォ、目が高い！　如何にも、尿瓶じゃ」

本「尿瓶へ、お花をお括けになるとは！　その尿瓶は、新《さら》でございますか？」
侍「新しゅうては、面白うない。極《ご》く、古じゃ」
本「古ッ！　それを、どうなさいます？」
侍「国許へ持ち帰り、床の間へ飾ろうと思う。皆、驚くであろう」
本「それは、驚かはりますわ。どちらで、お買い求めになられました？」
侍「日本橋の道具屋で見付けた」
本「何ぼで、お求めになりました？」
侍「実に、安価であったぞ。僅《わず》か、五両じゃ」
本「五両！　失礼ながら、尿瓶という物を御存知でございますか？」
侍「いや、存ぜん」
本「本屋風情が、斯様《かよう》なことを申しますと、『釈迦に説法』と、お叱りを受けるかも知れませんが、商売柄、いろんな書物へ目を通しておりますよって、敢《あ》えて、申し上げます。尿瓶（＝虎）とは、口偏《くちへん》に虎と書きますので。日本から遠く離れた天竺《てんじく》という所に、鼻の長い象や、虎という獰猛《どうもう》な獣が居ります。虎が象にじゃれ掛かっても、大人しい象は相手にしませんが、しつこい時、大きい足で、虎を踏み付ける。その時、悪賢い虎は死んだフリをします。虎が死んだかどうかを確かめるために、長い鼻へ、己の尿を仕込んで、虎の口の中へ、勢い良う、サァ━━ッと流し込みます。そんなことから、立ち居振る舞いの難儀な病人が、小便をする時に使う道具で、花を活ける物ではございません。お買い求めになりましても、高が二文か三文。五両もする、値打ち物ではございません」

侍「何ッ、小用に使用する道具じゃ？　嘘、偽りはなかろうな！」

本「決して、嘘は申しません」

侍「憎《に》っくき、道具屋！　然《しか》らば、手討ちに致す！」

本「暫《しばら》く、お待ち下さいませ。お腹立ちは、ご尤《もっと》もでございますが、そのような者をお手討ちになさいましても、刀の汚《けが》れにしかなりません。どうか、お止《とど》まりを！」

侍「ええい、放せ！」

本屋を突き飛ばすと、ダァ━━ッと、表へ飛んで出る。

一方、道具屋は、「死んだ親父が使てた尿瓶が、五両で売れた。これやさかい、道具屋は止められん」と、ニコニコ顔で煙草《たばこ》を喫《す》うてる所へ、血相を変えて、鬼のような顔の侍が、

「道具屋ァ━━ッ！」と、飛び込んできた。

侍「道具屋、それへ直れ！　立ち居振る舞いの難儀な病人が、用を足す折に使用致す道具

を、花括けと偽ったな。手討ちに致す故、それへ直れ！」

吉「お腹立ちはご尤《もっと》もながら、お手討ちになる前、一つだけ聞いていただきたいことがございます。私には、年老いた一人の母がございまして。長の患いで、医者も匙《さじ》を投げました。『苦労を掛けた母を助けたい』と申しますと、『人参という高薬を盛ると、治らんことはない』と仰《おっしゃ》る。薬代が、大枚五両。御覧の通りの道具屋で、何から何まで売り払《はろ》ても、五両にはなりません。五両が欲しいと思いました所へ、旦那様がお越しになられました。『お手が汚れます』と申しますと、『洗えば、済む』と仰います。『あァ、なるほど。洗えば済む。御存知無いのを幸いに、五両をお借りして、母の病いが治った後、五両を調え、此方から名乗って出て、お手討ちになればよい』と思い、心にも無いことを申しまして。これを申さず、お手討ちになりましたら、『あいつは金が欲しさに、お手討ちになった』と言われますが、『親孝行で、お手討ちになった』と言われたら、闇魔の庁へ、大手を振って行くことが出来ます。これで、心残りはございません。どうぞ、お手討ちになさって下さいませ！」

侍「左様なことで、親孝心になると思いよるか！　身共にも、一人の母がある。常々、母が『その方は短気である。刀の柄《つか》へ手を掛けるようなことがあらば、〔母、母、母〕と、母の名を三度呼べ。その内、良い智慧《ちえ》が湧くであろう』と申された。母の教えが無くば、その方に一言も言わせず、手討ちに致したであろう。憎き奴なれど、親孝心に免じ、命は助けてやる。以後は、慎め！」
吉「(土下座して)　有難うございます。あァ、助かった！」
松「吉っつぁん！」
吉「あァ、松っつぁんか」
松「向こうで見てたけど、生きた心地がせなんだ。ズバッと、斬られると思た」
吉「首が繋がってるのが、不思議なぐらいや」
松「しかし、お前は偉い男や。『母親が、長の患い』と言うてたけど、お前の母親は、十年前に死んでるわ。あの場で、ようそんな嘘が言えたな」
吉「我ながら、感心してる」
松「自慢する奴があるか。それより感心したのは、あの侍や。わしやったら、『五両は返せ。尿瓶は要らん』と言うけど、尿瓶の、しの字も言わんと帰って行った」
吉「あァ、小便は出来ん。尿瓶は、向こうにある」

解説「尿瓶の花括け」

平成十七年三月九日、七十二歳で没した、四代目桂文紅師に教わりました。

文紅師が亡くなる前の三年間で、『島巡り』『鬼薊《あざみ》』『怪談お紺殺し』『胴取り』『天王寺詣《まい》り』など、数多くのネタを教わりましたが、稽古時間は一時間で、雑談が四時間。昔の思い出話を聞かせていただくことが、落語の稽古以上に有難かったのです。

文紅師が亡くなった後、奥様から蔵書や衣装まで頂戴し、昭和三十年代前半の上方落語界の様子が克明に綴《つづ》られた日記も見せていただきました。

それを「若き飢エーテルの悩み」（青蛙房）という題で、一冊の本にまとめることが出来たのも、懐かしい思い出です。

文紅師の『尿瓶の花括け』は、昭和四十八年、九十歳で没した、橘ノ圓都師から教わったそうで、頻繁《ひんぱん》に上演するネタではありませんでしたが、実に丁寧な演じ方でした。

尿瓶は、溲瓶とも表記しますが、尿を入れる瓶だけに、尿瓶と書いた方が具体的という理由で、この表記を落語の演題に使用する場合も多いのです。

上方落語は、大便・小便・屁が登場するネタが多く、『相撲場風景』『有馬小便』『勘定板』

『地獄八景亡者戯《ばっけいもうじゃのたわむれ》』などが、代表的と言えましょう。

このようなネタを嫌う方もありますが、人間の生理的なことを題材にすること自体、決して、悪くないと思いますが、如何《いかが》でしょうか？

このネタの原話は、「正直咄大鑑」（元禄七年）、「軽口福徳利」（宝暦三年）、「軽口太平楽」（宝暦十三年）に、カケラのように存在しています。

平成十四年一月二日、五十四歳で没した、二代目桂歌之助兄が頻繁に上演していましたが、やはり、橘ノ圓都師が出所です。

圓都師は、明治時代に上演されていた上方落語を、次の時代へ的確に伝えた功労者で、米朝師には『けんげしゃ茶屋』『胴乱の幸助』『三枚起請』『近江八景』を、私の師匠・桂枝雀にも『寝床』『ふたなり』『夏の医者』などを伝えました。

笑福亭仁鶴師も『石返し』を教わったそうですが、「上演する機会は少なかった」と、圓都師の追悼会で語っています。

東京落語界で、昭和の名人と言われた、八代目桂文楽は、このネタを放送に出すとき、観客に不浄を感じさせないため、演題を『花瓶』としていました。

文楽は、三代目三遊亭圓馬から教わった後、しばらくの間、高座で演じることはなかったようですが、立花家扇遊（※尺八を磨きながら、世間話をするだけの芸や、座布団を使い、蠅《はえ》が

噺本「軽口太平楽」〔宝暦13年〕に載る『志びんの花生』。

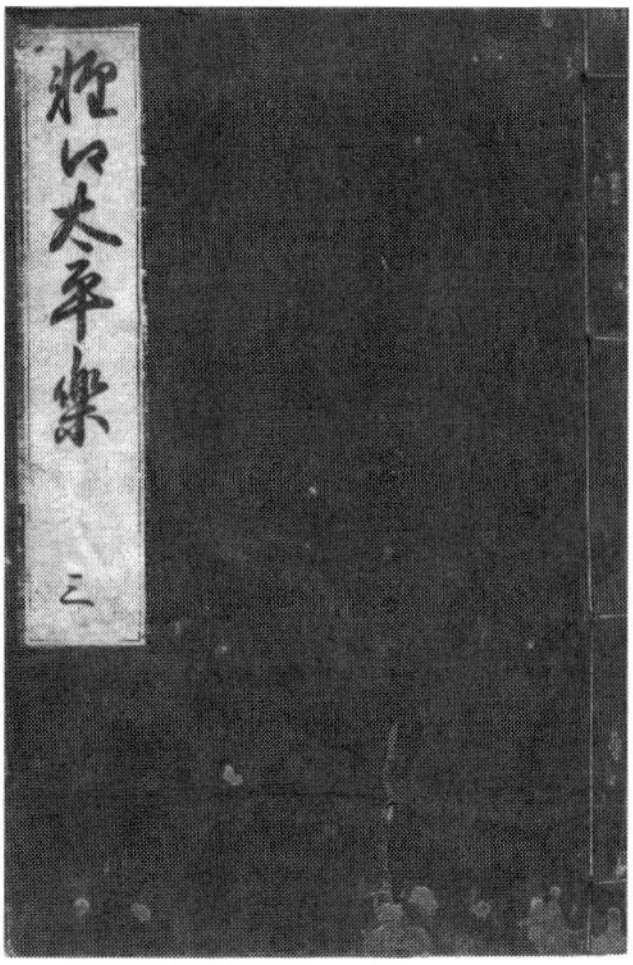

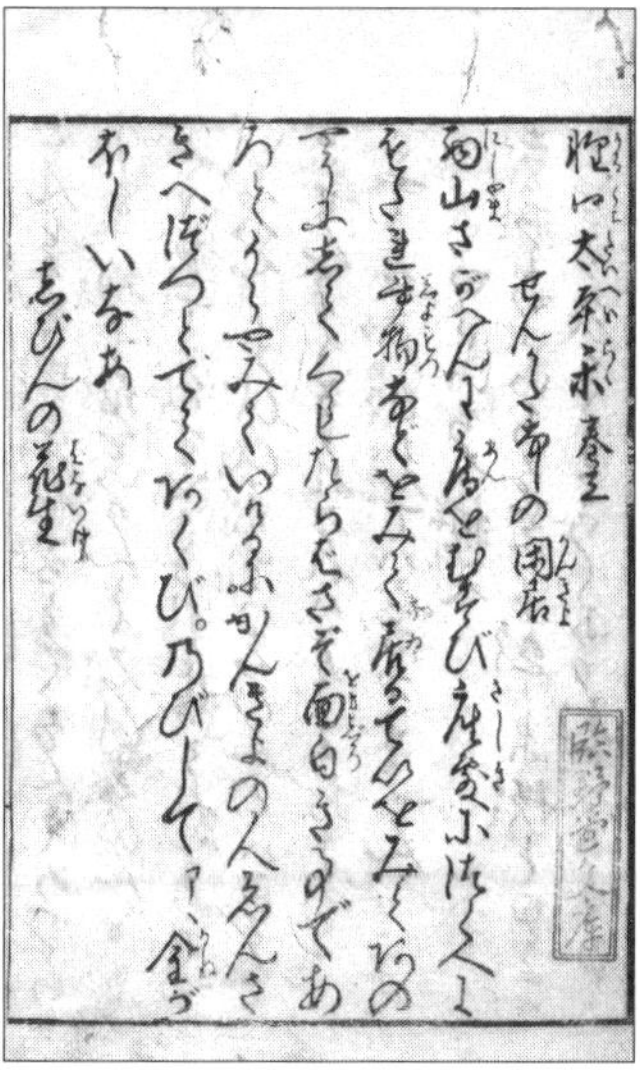

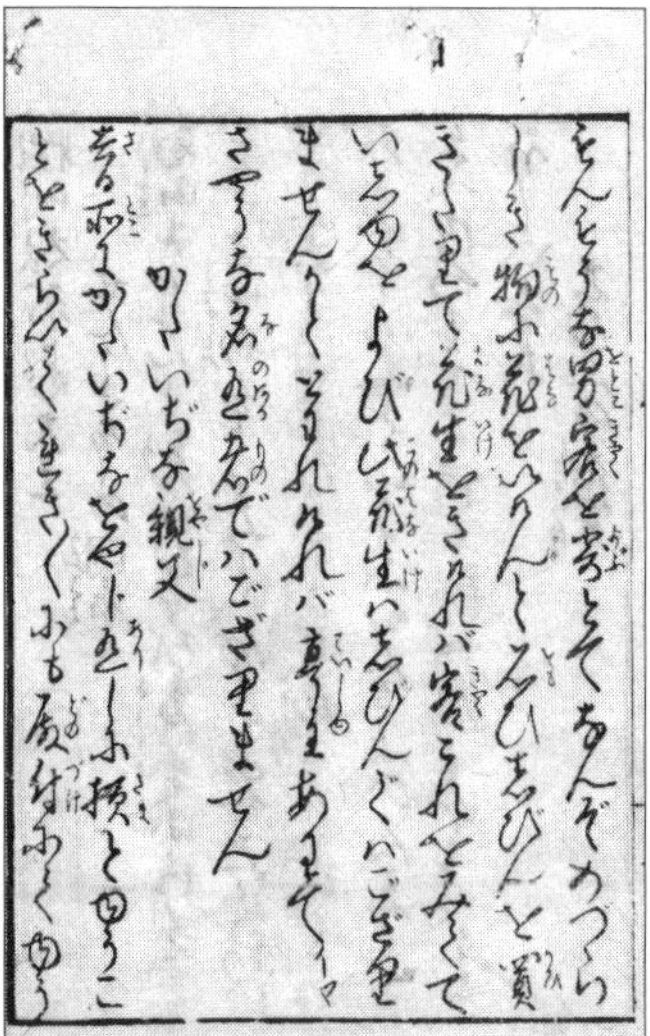

蠅取紙へ引っ付く珍芸を演じていた）から、花を括ける手順を習ったり、地方の旧家で古い尿瓶を見付けた所から、再び、演《や》り始めたそうです。

花括けも、一般的には「花生け」と表記するでしょうが、「括」の字を使う方が、雰囲気が伝わるように思うことから、この表記にすることも多いのです。

このようなネタは、出来るだけ、爽《さわ》やかに、品良く演じるほうがよいでしょう。

紀元前の尿瓶が、中国などで発掘されることも多いと聞きますが、詳しいことは知りません。

尿瓶の起源や、最も古い尿瓶の存在を御存知の方は、ご教授下されば、幸いです。

辻八卦

つじばっけ

昔から、「者《しゃ》の字の付く商売は、難しい」と申します。

医者・役者・易者・芸者・学者は、自分に値打ちを付けることも肝心なようで。

有名な易者は、三日間の特別鑑定や、出張鑑定で、「紹介状が無かったら、見てやらん」という塩梅ですが、祭の境内・夜店に出てる大道の易者は、口の上手《うま》さに頼るしかないだけに、口上に工夫を凝らさんならん。

大道易者の店出しは手軽で、細長い木を三本だけ、紐で括《くく》って広げると、三脚になって、その上へ板を一枚載せて、大きい布を被《かぶ》せて、机にする。

割箸を削ったような細長い竹の筮竹《ぜいちく》を、仰山、筆立てのような物の中へ突っ込んで、算木という、小さい木切れを六つ並べますが、「六本あって、算木（※三木）とは、これ如何《いか》に？」という問答が出来るという代物で。

天眼鏡《てんがんきょう》という、ポッペンのへちゃげたような、虫眼鏡《むしめがね》の親分のような物を手にして、そっくり返って、偉そうに言うてる。

易「一つ、見てやろう！　心斎橋筋を西へ入り、大観堂と尋ねれば、その辺りで知らん者は居《お》らん！　そこへ参らば、五十銭や一円の見料。今日は師匠の十三回忌である故、見料は半額で、手の筋は無料じゃ。さァ、手を出せ！」

△「この先生は、下手《へた》や」

易「コレ、胡乱《うろん》なことを申すな。見もせん内から、下手か上手《じょうず》かわかるか！」

△「いや、わかる。去年のお彼岸に、天王寺の西門へ出てた。その時も、『今日は、師匠の十三回忌！』と言うてたわ。いつも、十三回忌を提げて歩いてるか？　年中、そんなことを言うてる易者に、上手い奴は居らん」

易「それは、わしではない。また、別の者じゃ」

△「隠しても、あかんわ。顔色が黒うて、鼻が低うて、目が大きゅうて。目尻の所に、黒子《ほくろ》がある」

易「其方《そっち》から、人相を見るな！　こうなれば、大観堂。一歩も、後へ寄らんぞ！」

△「確かに、後へ寄れん。後ろは、ドブや」

易「要らんことを申すな！　信用せんとあらば、お前の生まれ故郷と商売を当ててみせる。
お前のスコタン・ドタマを、此方《こっち》へ持ってこい！」
×「人の顔をスコタン・ドタマと、ボロカスに言いよる」
易「大阪より、三里南。泉州堺の人間と見たが、どうじゃ？」
×「当たった！」
易「ついでに、商売も当ててやろう。包丁屋の職人と見たが、どうじゃ？」
×「この先生は、名人や。何で、泉州堺ということがわかった？」
易「泉州堺は、昔から、軒の深い所じゃ。デボチン（※おでこ）が出てるよって、堺じゃ」
×「阿呆なことを言うな。包丁屋の職人は、何でわかった？」
易「口許で、わかる。上が出歯で、下が薄歯じゃ」
×「馬鹿にするな！」
易「此方の男は、堂島の米相場師と見たが、どうじゃ？」
☆「当たった！　何で、わしが相場師とわかる？」
易「眉毛が上がったり下がったりで、相場カス（※そばかす）がある」
☆「大概にせえ！」
易「其方の男は、東成郡《ひがしなりごおり》大今里村で、久太郎の倅《せがれ》・久助じゃ」

□「何で、そんなことがわかる？」
易「笠に書いてあるわ」
□「ええ加減にせえ！」
易「（笑って）わッはッはッは！　皆、見てやろう」
甲「一寸、退いて！　次は、わしが見てもらう」
乙「いや、止めときなはれ。笠に書いてある名前を読むような八卦見は、ロクな者やない」
甲「いや、見てもらう。何でも、わかるか？」
易「黙って立てば、ピタリと当たる大観堂。当たらなんだら、見料は要らんぞ。その代わり、見料を十銭置け。運気・縁談・待ち人・走り人の、どれじゃ？」
甲「いや、そんなことと違う。最前、道頓堀・角座の前へ行ったら、『忠臣蔵』の通しを演ってた。裏方に、『役者に友達が居るさかい、入れて』と言うて。タダ・青田（※無料入場）で入ったら、一杯の人や」
易「財布でも、盗まれたか？」
甲「座る所を探してたら、別嬪の女子が、ズラッ――と、桟敷《さじき》に並んでた」
易「見染めた女子があって、その女子との縁談か？」
甲「此方《こっち》を見たら、平場も出孫（※桟敷）も一杯。割り込んで座ったら、銭が要る。仕方が無いさかい、程の良え所で、立って見てた」
易「そんなことは、どうでもよい！　一体、何を見る？」
甲「これから言わんと、わからん。舞台は『仮名手本忠臣蔵五段目・山崎街道の場』で、幕が開くと、後ろ一面は、黒い幕。掛け稲が真ん中に設《しつら》えてあるわ。『またも降りくる、雨の足。人の足音、トボトボと。道は闇路に迷わねど、子故の闇に突く杖も』というチョボで、花道から与市兵衛が出てくると、花道の付け際で、揚げ幕の方を見て、思い入れをして、舞台へ掛かって、掛け稲の前で、一服する。サッサと行ったらええのに、懐から縞《しま》の財布を出して、五十両のことで台詞《せりふ》を言うて、財布を押し戴く。後ろの掛け稲から、手が出てきて、財布を掴《つか》んで、盗んでしまう。ビックリして、立ち上がる。後ろから、一抉《えぐ》り。与市兵衛を刺し殺して、財布をくわえて、顔を出すのが、定九郎。顔を上げると、客が『松島屋ァーーッ！』」
易「大声を出してはいかん！　一体、何を見るのじゃ？」
甲「財布の金を確かめると、ニヤッと笑《わろ》て、懐へ納める。花道の揚げ幕が開いて、猪が飛び出してくると、太鼓の音が、（算木で、机を叩いて）テレツクテレツクテンテレツクテレツクテレツクテンテレツクテンテレツク！」
易「コレコレ！　算木で、台を叩いてはいかん。この台は、板を載せてあるだけじゃ。手《て》荒《あろ》うされると、潰《つぶ》れるわ。一体、何を見る?」
甲「ダァーーンという鉄砲の音で、定九郎は引っ繰り返るわ。『猪《しし》撃ち止めしと、勘平が』というチョボで、花道から勘平が出てくる。勘平も慌て者で、暗闇でも人間と猪ぐらい、わかりそうな。定九郎の足へ紐を結んで、グッと引っ張る。手で探ると人間やさかい、ビックリして、『薬は無きか』と懐を探ると、五十両の入った財布が出てきた。悪いことは知りながら、背に腹は代えられん。財布を懐へ捻《ね》じ込むと、花道へ走り込んでしまう。チョーーンと柝《き》が入って、『五段目』は終わるわ」
易「芝居は、もうよい! 一体、何を見る?」
甲「定九郎は、鉄砲玉に当たって死ぬけど、何に生まれ変わってるか、見てもらいたい」
易「それを聞くのに、『五段目』を一幕語らなんだら、言えんか?」
甲「最前、『何でもわかる』と言うた。一体、何に生まれ変わってる?」
易「そんなことぐらい、何でもない。定九郎は、牛に生まれ変わっておる」
甲「悪い奴やさかい、人間には生まれ変わってないと思たけど、牛とは思わなんだ」
易「大津の車牛に、生まれ変わっておる」
甲「重たい車を引かされる牛に生まれ変わってるとは、何で?」
易「未だに、シィシィ(※猪)に追われておる」

甲「(吹き出して) プッ! いよいよ、洒落《しゃれ》を言い出した。シィシィに追われてるやなんて、面白い洒落や。勘平は、何に生まれ変わってる?」
易「勘平は、フグを捌《さば》く板前に生まれ変わっておるわ。未《いま》だ、鉄砲と縁が切れん」
甲「なるほど。フグのことを、鉄砲と言うわ」
乙「次は、塩屋《えんや》判官を聞いてみなはれ」
易「横から、要らん智慧《ちえ》を付けるな!」
甲「今、聞こうと思てた。『五段目』には出てこんけど、松の廊下で、高師直《こうのもろのお》を斬り付けた塩屋判官は、何に生まれ変わってる?」
易「塩屋判官は、語りが上手な噺家じゃ」
甲「塩屋判官が、噺家にならんでもええわ。一体、何で?」
易「人情で迫って、涙を絞った」
甲「とうとう、謎掛けみたいになってきたわ」
武「退け、退け!」
甲「後ろから、お侍が出てきはった」
武「最前より、人混みの後ろで承っておったが、見事なご判断で、感服仕《つかまつ》った。身共は中国筋の、さる藩で禄を食《は》む者でござるが、『忠臣蔵』の大星由良之助殿は、武士の鑑《かがみ》とでも申すべき御仁と、心服仕っておる。大星殿が生まれ変わっておられれば、対面致し、ご教示賜りたい。何に生まれ変わっておられるか、お教え願いたい！」
易「いや、その儀は」
武「大星殿のような御方が、生まれ変わっておられぬことはあるまい！　由良之助殿は、何に生まれ変わっておられる？」
易「いや、ハァ」
武「コリャ、易者！　易者、易者！　由良之助は？」
易「ハハハッ！　未だ、誕生（※参上）仕りませぬ」

解説「辻八卦」

このネタは、先代（三代目・桂文我）から、「こんなネタもある」と言って、教わりました。

先代は、桂米朝師から習ったようですが、米朝師も高座で上演することは少なかっただけに、珍品の一つになっています。

現在でも、夜になると、繁華街の片隅で、小さい机の前へ座り、手相・顔相と書いた小型の行灯《あんどん》を机の上に置き、占っている方を見掛けますが、どれぐらい当たるものか……。

「当たるも八卦、当たらぬも八卦」という言葉もあるだけに、諦め半分で、気が紛れる程度と考える方も多かったと思います。

二十五年前、私も見てもらったことがありました。

全国で催された、「桂枝雀独演会」で高松へ行ったとき、無事に公演は終了し、打ち上げで居酒屋へ行った帰り道、繁華街に出ていた占い師に、師匠・桂枝雀が「洒落で、あんたの手相を見てもらおう」と言い出したのです。

右手を確かめながら、過去・現在の様子・今後の展望を、丁寧に述べてくれましたが、その都度、師匠が「それは、確かです」「いや、違うと思う」と、横から意見を言うのを、占い師も楽しんでいたようで、鑑定した後、「いや、私が楽しみました。私から、お礼を払いたいぐらいです」と、笑いながら言いました。

話は『辻八卦』に戻りますが、この落語の原話は『落噺駅路の馬士唄』（文化十一年）に載っているようですが、目を通していません。

現在では、寄席や落語会で上演されることが稀《まれ》な珍品になりましたが、『仮名手本忠臣蔵』が題材になっているだけに、芝居の内容を誰でも知っていた時代は、もっと興味深く、聴衆に受け入れられたように思います。

明治以降に刊行された速記本でも、時折、見掛けることがあるだけに、当時は珍品扱いではなかったのでしょう。

明治から戦後まで、大阪で人気があった二代目立花家花橘が、ＳＰレコードに吹き込みました。

東京落語界では、九代目桂文治、先代（初代）金原亭馬の助の音源が残っています。

九代目文治は、倹約家でも有名で、それを噺家仲間も面白がり、高座も『映画の穴』『大蔵次官』などの世相風刺のネタから、上方で仕入れた『口入屋』『不動坊』『皿屋敷』など、同じ内容の東京落語とは色合いの異なる演出で、観客の支持を得ていました。

九代目桂文治のLPレコード（中央大学落語研究会。日本グラモホン）のジャケット。

昭和四十年代に流行《はや》った、大ホールで催される落語会に出演することは少なかったのですが、寄席では絶大な人気を得ていたのです。

昭和五十年頃、東京の寄席へ行き、生の九代目文治を見ました。

ネタは『映画の穴』で、邦画・洋画の風刺をするだけの内容でしたが、爆笑の連続だったことを覚えています。

生で見る九代目文治は初めてでしたが、顔が長く、鷲鼻で、顔中がシミだらけ。

くぐもった声で、ボソボソ語り出したので、生意気にも「面白くないのではないか」と思いましたが、あにはからんや、次第に観客の笑いは大きくなり、この日一番のウケとなりました。

その日は、九代目文治のほか、七代目橘家圓蔵、五代目蝶花楼馬楽という、明治生まれの重鎮も登場しましたが、その師匠連の風貌も強烈で、七代目圓蔵は骸骨で、五代目馬楽は映画『E・T』にソックリだっただけに、失礼ながら、心の底から『何を食べたら、こんな顔になるのだろう?』と思ったものです。

先日、九代目文治の『辻八卦』を収録しているLPレコード（中央大学落語研究会。日本グラモホン）を、ネットオークションで購入しましたが、表紙に使用されている九代目文治の似顔絵を描いた林家木久扇師の原画も入っており、驚きました。

長年、演芸資料を集めていると、このような余禄もあるようです。

今までで、ウルトラ級のオマケだったのは、東京の古書店で安価で購入した明治期の演芸雑誌に、三遊亭圓朝の署名が入っていたことでした。

貴重な演芸資料は、手元になくても困りませんが、所有していれば、関連した催しのとき、何かの役に立つと思うだけに、大切に保管しています。

船弁慶

ふなべんけえ

清「喜ィ公、暑いやないか！　精を出して、仕事してるのは偉いわ」
喜「清やん、お越し。仕事をしても、ジッとしてても、汗が流れる。同じ汗を掻《か》くのやったら、銭儲けをした方が良《え》えと思て」
清「偉い！　そこに気が付くのは、感心や。それはそうと、家の中が静かやけど、口から先へ生まれてきたような、口喧しい嬶《かか》は、どこへ行った？」
喜「上町の叔父《おっ》さんが病気で、見舞いへ行ったきり、帰ってこん」
清「それは、幸いや。暑うなったさかい、船《ふな》遊びをしょうという話が出てたやろ。その話が纏《まと》まって、今日の日が暮れに、難波《なにわ》橋から船を出すことになったさかい、誘いに来た」
喜「結構な話やけど、誰が行く？」
清「旦那衆が居《お》ると、呑む酒が美味《うも》ない。旦那衆は抜きで、ワレか俺かの連中ばっかりや。

牛屋の丑公《うし》に、風呂屋の湯公《ゆう》。金物屋の鉄に、米屋の米。饅頭屋の餡《あん》さんに、饂飩《うどん》屋の玉やん。煙草《たばこ》屋の杢《もく》さんに、植木屋の枝吉。花屋の梅に、お前と俺や。男だけでは、コツつく。ミナミから、芸妓《げいこ》が報《しら》せてある。大松に小松、唐松に荒神松、オチョネにコチョネや」

喜「コチョネも行くか！」

清「嬉しそうな顔をするな。船の中へ薦被《こもかぶ》りを据《す》えて、板場も乗せた。雑魚場《ざこば》から、イキの良《え》え魚を仕入れて、船の上で造りにして、呑み次第・食い次第という塩梅や」

喜「ほな、行かせてもらう。誰の奢りか知らんけど、清やんから礼を言うといて」

清「人の言うてることを聞いてるか？　今日は旦那衆は抜きで、頭割りや」

喜「頭割り？」

清「出し合いや」

喜「出し合いとは？」

清「わからん奴やな。割前や」

喜「割前！」

清「声の調子が変わったな」

喜「(震えて)　ほな、何ぼや？」

清「震えるな。そんな贅沢をして、三円や」
喜「（卒倒して）三円！」
清「大丈夫か？　後ろへ、引っ繰り返るわ」
喜「それは、無茶や。汗水垂らして働いても、日に四十八銭にしかならん。一晩で三円も遣うことが嬶に知れたら、どんな目に遭《あ》わされるか、わからんわ」
清「働くのは毎日、遣うのはタマや。涼しい川風に吹かれて、冷たい酒を呑んで、別嬪の芸妓に背中の一つも叩いてもろたら、三年は寿命が延びるわ」
喜「それでも、三円は辛い。三円分、塩を買うてねぶったら、何年、ねぶれるかわからん」
清「お前と話をしてると、嫌になる。わしらは船に乗って、極楽気分を味わうわ。お前は塩を山のように積んで、汗をダラダラ掻きながら、ベロベロ塩をねぶって、汗と塩で、ゴジャゴジャになってしまえ。塩辛男！　ほな、船遊びに行ってくるわ」
喜「オイ、清やん。気を短こうせんと、一寸、お戻り。如何様《いかよう》にも、ご相談に応じます」
清「壺を買いに来てるように言うな。一体、何や？」
喜「皆が散財をしてるかと思たら、阿呆らしゅうて、仕事が出来ん」
清「ほな、行ったらええ」
喜「三円の割前が」

清「まだ、言うてるわ。今、辻を曲がり掛けてた。行くか行かんか、ハッキリしてくれ！」
喜「わしも男や！　清水の舞台から、ポォーーンと、飛んだつもりで」
清「偉い！　行くか？」
喜「止めて、塩辛になる」
清「止めるのに、舞台から飛ぶな！　僅《わず》かな銭で、ビクビクしやがって。そんなに、嬶が怖いか？　お前のような男は、暦《こよみ》を見て、良え日があったら、目を噛《か》んで、死んでしまえ！」
喜「一寸、間違わんといて。嬶が怖い訳やのうて、生きた金が遣いたいだけや」
清「ケッタイなことを言うな。今まで、死に金を遣わせたことがあるか？」
喜「今までは無《の》うても、今日は死に金になるかも知れん。お供で馴染みになったさかい、コチョネや皆、『喜ィさん』とは言わん。九郎判官義経のお供が弁慶やさかい、『弁慶はん』。この頃、弁慶も言い飽きたと見えて、弁慶を引っ繰り返して、『ケベンさん』や。三円の割前を出して、（泣いて）弁慶や、ケベンと言われとうない」
清「面白い顔をして、泣くな！　相手は、玄人《くろうと》や。今日は自前で来てるか、弁慶で来てるかぐらい、わかるわ。お前のことを、誰かが『弁慶』『ケベン』と言うたら、今日は割前を取らんと、わしが払《はろ》たる」
喜「ほな、死に金にならんわ。支度をするさかい、待ってて！」

喜六が着替えに掛かると、拍子の悪い所へ帰ってきたのが、この家の嬶。

雀のお松・雷のお松と、近所で二ツ名も三ツ名もいただいてる女子。

帰ってくるなり、「(大声を出して)　おォ、暑やのォ――ッ!」。

この声を聞くなり、清八は「えらい所へ帰ってきた」と、段梯子《だんばしご》の後ろへ隠れる。

喜六は、雷が落ちた蛙のように、ヘタヘタと、ヘタばってしもた。

松「お徳さん、おおきに、憚《はばか》りさん。上町の叔父さんが病気と聞いて、行ってみたら、阿呆らしい、ホンの風邪引き。大層に、ウンウン唸《うな》って。私の顔を見たら、飛び起きて、『あァ、よう来てくれた。お前に、会いたかったわ。西瓜《すいか》の冷えたのがあるさかい、食べんか?　わしも一切れ、付き合うで』と、こんなことを言いますの。腹が立ったさかい、帰ろかと思たら、叔母はんが『久し振りに来て、逃げるように帰らんでもええ。話の一つもしていきなはれ』。『それも、そうや』と思て、しゃべってたら、向こうの夫婦は、ベラベラベラベラ、ようしゃべるの。私は、しゃべりが大嫌い!　負けんようにしゃべってたら、日が暮れてしもて。晩ご飯をよばれて、箸を置くなり帰れんよって、話をしてたら、いつもの叔母はんの息子自慢が始まった。嫌な顔も出来んさかい、フンフンと聞いてる内に、夜が更《ふ》けてしもて。『ほな、帰る』と言うたら、叔父さんが『女子の夜の一人歩きは、危ない。況《ま》して、お前のような別嬪は危ないよって、今晩は泊まっていけ。訳を言うたら、喜ィさんも怒りはせん』と言うさかい、泊めてもろた。朝起きて、朝ご飯をよばれて、帰ろうと思たら、『叔父さんの薬をもろてくるさかい、店番をしといとう』。あんな小さい店でも、取っ替え引っ替え、お客さんが来ますの。バタバタしてる内に、お昼になってしもて。お昼ご飯をよばれて、帰ろうと思たら、叔父さんが『日が、カンカン照ってる。片蔭になるまで、昼寝でもしていきなはれ』『この年になるまで、昼寝なんかしたことないわ』と言うてる内に、ウツウツとして。目が覚めたら、三時やないか。帰ろと思たら、『お前が起きたら食べさそと思て、素麺《そうめん》が湯掻《ゆが》いてある』。私も卑《いや》しゅうて、こんな大きいお茶碗で、三杯もお替わりして。『ゆっくりしていけ』と言うのを、振り切って帰ってきました。ウチの人は、仕事してますか。さよか、おおきに。おォ、暑やのォ━━ッ！　日が暮れになったら、難波橋へ夕涼みに行きまひょか。（家へ入って）ただいま！　表の話は、聞こえてたやろ？　あんたに聞こえるように、大きい声で言うてた。一遍、仕事の手を止めなはれ。（目を擦《こす》って）家の中が暗いさかい、目が慣れるのに、暇が掛かった。仕事をしてると思たら、良え着物に着替えてるやないか。着物を着替えて、どこへ行く？　着物を着替えて、どこへ行く！　ガラガラガラガラ！」

喜「あァ、雷が鳴り出した。（臍《へそ》を隠して）クワバラ、クワバラ！」
松「そんなことを言うさかい、近所の人が、雷の何のと言うわ。自分の女房が、雷の何のと言われて、嬉しいか？　着物を着替えて、どこへ行く！」
喜「アノ、浄瑠璃の会」
松「浄瑠璃？　あれで、浄瑠璃を語ってると思てるか？　豚が喘息《ぜんそく》を患《わずろ》たような声を出して、ホガホガホガホガ！　浴衣会《ゆかたかい》を見に行った時も、前へ御簾《みす》を吊られて、顔も出してもらえん。御簾の内から、ホガホガホガホガ。前に座ってた人が笑《わろ》て、『こんなケッタイな浄瑠璃を語ってる奴の顔が見たい』と言うたら、御簾を捲《めく》り上げて、『こんな顔です』。『浄瑠璃と揃いで、ケッタイな顔や。お前のような男に、嫁はんはあるか？』と聞いたら、言わんでもええのに、節まで付けて、『（浄瑠璃を語って）私の嫁はんは、あんたの隣りに座ってる女！』。顔から、火が出たわ。路地口の前田はん、あんたの浄瑠璃で、松が枯れると言うて、宿替えしはった！」
喜「わしは行きとないけど、清やんが『行こか』と言うて」
松「清やん？　まだ、あんな者と付き合てるか。あァ、汚な！　あんな、いやらしい男は無いわ。これという用事も無いのに、大きい風呂敷を肩へ掛けて、彼方《あっち》をウロウロ、此方《こっち》をウロウロ。あんな男に限って、ド盗人しよる」

喜「えげつないことを言うな」
松「言うたが、何やの。大人しゅう仕事してる者を、掻い出しに来やがって。もう一寸、早う帰ってきて、清八が居やがったら、向こう脛《ずね》をカブり付いてやったのに」
喜「ほな、カブり付いてやるか。お前の後ろに、立ってはるわ」
松「（横目で、清八を見て）阿呆！　何で、それを先に言わん。（清八を扇いで）まァ、清やん、暑いやないか！　キチンと着物を着て、脱いでやったらどうや。清やんは、甲斐性者。ウチは年中貧乏、貧乏暇無し。井戸水で、手拭いを絞ろか？　冷や奴で、柳蔭《やなぎかげ》でも呑みなはれ。清やん、暑いやないか！」
清「えらい変わりようや。大抵のことはええけど、ド盗人するというのだけ、堪忍して」
松「そう言わんと、ウチの人が仕事をせん」
清「亭主が仕事をせんというて、人をド盗人扱いしたらあかんわ。喜ィ公の言うた浄瑠璃の会は、嘘や。こないだ、米屋の米公と、牛屋の丑公が喧嘩して。わしと喜ィ公が仲裁に入って、今日の日が暮れに、ミナミの小料理屋で手打ちをすることになったさかい、喜ィ公の顔を借りにきたという訳や。二時間ぐらい、喜ィ公を貸してもらいたい」
松「行ったらあかんという訳やのうて、ウチの人は出て行ったら鉄砲玉で、帰ってくるのを忘れるの。今日は清やんに預けるさかい、連れて帰ってきとおくなはれ」

清「ほな、借りていくわ」
松「空いたら、返しとおくなはれ」
清「まるで、釘抜きや。喜ィ公、いつまで震えてる？」
喜「やっと、ご許可が下りた？」
清「何を言うてる。早う、嬶に断っとけ」
喜「ほな、嬶。一寸、行かしてもらうわ」
松「早う、帰ってきなはれ！」
喜「へェーーイ！」
清「丁稚か！　早う、表へ出てこい」
喜「(笑って)　わッはッはッは！　あァ、怖かった」
清「何を喜んでる。(扇子で、西日を遮《さえぎ》って)　お前の嬶は、怖いな」
喜「今日は清やんが居《お》ったさかい、あれぐらいで済んだ。いつもやったら、どんな目に遭《あ》わされたかわからん。こないだのことを思い出すだけで、血の凍《こお》る思いがするわ」
清「余程、怖かったような。一体、何があった？」
喜「暑いさかい、ボォーーッとしてたら、嬶が笊《いかき》へ二銭放り込んで、『晩ご飯のおかずにするさかい、焼き豆腐を買《こ》うてきとう』。笊を持って、表へ出たら、ウチの表へ猿廻しが来て、テテンテンテンと太鼓を打って、猿がクルクル飛び廻りよる。喜んで見てる内に、猿廻しの芸が終わると、どこかへ行ってしもた。町内の者も帰って、わし一人が笊を抱えて、ボォ━━ッと立ってる。笊に、二銭入ってるわ。晩ご飯のおかずを買いに行くのを思い出して、コンニャクを買うて帰ってきた」
清「買い物は、焼き豆腐や」
喜「間違《まちご》て、コンニャクを買うて帰って。嬶が笊の中を見て、サッと、顔色が変わった。わしは、嬶の顔色を見るのが上手や。間違たと思たさかい、『買い替えてくる』と言うて、ダァ━━ッと走って、ネギを買うて帰ってきて」
清「今度は、行く店も間違てるわ。嬶は、怒ったやろ？」
喜「ところが、怒らんわ。ネギを見るなり、ニタッと笑て、『おおきに、憚《はばか》りさん。買物は、あんたに限るわ。一寸、此方へおいなはれ』『間違たら、買い替えてくる』『間違たのと違うの。一寸、此方へおいなはれ。ニャア、ニャア！』と、化け猫のような声を出してる。ウチの嬶が優しい声を出したら、怖い。嬶の方へ行ったらあかんと思ても、足が勝手に前へ出て、（直立不動になって）こんな形になる。『此方へ来いと言うたら、此方へ来さらせ！』と言うて、わしの胸倉を掴《つか》んで、ズルズルと奥の間へ引きずって行った。『なァ、なァ言うてりゃええかと思て、ウカウカしてるさかい、こんなことになる。今日は、ド性骨の入るようにしてこましたるわ』と言うて、着物を脱がして。いつの間に用意したか、火の点《つ》いた線香と艾《もぐさ》を持ってきて、わしの背中へパッパパッと据《す》えて、火をチョイチョイ、モクモクモク。背中で、焚《た》き火をしてるような。『熄、熱い！』と言うたら、『生意気に、背中へ神経が通ってるような。ほな、熱ないようにしてこましたる！』。ズルズルズルと井戸端へ引きずって行って、頭から井戸水を、ザブゥ――ッ！　夏の井戸水は、冷たい。『熄、冷たいわ！』『何ッ、冷たい？　ほな、冷とうないようにしてこましたる』。奥の間へ、ズルズルズル。艾を、パッパパッ。火を、チョイチョイチョイ。『熄、熱い！』。井戸端へ、ズルズルズル。水を、ザブゥ――ッ！『冷たい！』。ズルズルズル、モクモクモクモク。『熱い！』。ズルズルズル、ザブゥ――ッ！　焼いたり冷やしたり、焼いたり冷やしたり。そこで、フッと焼き豆腐を思い出した」

清「日本一の阿呆や！　そこまで行かなんだら、焼き豆腐を思い出さんか」

喜「ワァワァ泣いてたら、隣りのお咲さんが入ってきて、『まァ、お松っつぁん。腹も立つやろけど、私に免じて、堪忍して。コレ、喜ィさん。これからは、気を付けなはれ』と言うて、涙を拭いて、洟《はな》かんで、煎餅《せんべい》二枚くれはった」

清「もらうな！　日頃から熄にヘコヘコしてるさかい、そんな目に遭《あ》うわ。熄というものは、間は撫《な》で摩《さす》りしても、こことういう時は、畳へ鼻を擦《す》り付けて、『糞仕《ふんし》は、ここでするのや！』

と、躾《しつ》けとけ。嬶を、ドツいたことは無いやろ？」
喜「一遍だけある」
清「嬉しそうな顔をするな。いつのことや？」
喜「こないだ、友達と言い合い喧嘩して帰ったら、『今時分まで、どこをノタクリ歩いてけつかる。アンケラソ』『洒落たことを吐《ぬ》かすな！』と言うて、金槌《かなづち》を振り上げた」
清「それは、あかん。嬶を傷付けるのは、己《おのれ》を傷付けるのも同じことや。医者じゃ、薬じゃと、お前が貧乏せなあかん」
喜「何の、ドツかせるかいな。わしの手にしがみ付いて、『今のは、私が言い過ぎた。言い過ぎたと思たら、キュッと口を捻《ひね》っといたら、済むやないか。今は憎いと思ても、また、可愛いと思う時もあるやないかいな』と言われたら、ドツけんわ！」
清「溝へ、はまる！　目を開けて、真っ直ぐ歩け」
氷「夫婦喧嘩は、面白いものですな」
清「しょうもないことを言うさかい、氷屋が後を随《つ》いて歩いてるわ。其方《そっち》へ行け！」
喜「いきなり、嬶が抱き付いてきた。嬶は大きい、わしは小さい。仰向《あおむ》けに、ゴロッと引っ繰り返ったら、わしの顔の上で、ポロポロ涙を零《こぼ》してる。『何も、泣かんでもええがな』『泣いてないわ』『お前の涙が、ツルツルと口へ入って、舐《な》めたら、塩辛かった』『あれは、涙と違う。あれは、私の水洟です』」
氷「水洟は、塩辛おますか？」
清「まだ、随いてきてる！　そんなことをしてたら、氷が溶けてしまうわ」
氷「早うに、溶けてしまいました。今日は仕事を休んで、話の続きを聞く」
清「阿呆なことを言うな！　しょうもないことを言うてる内に、難波橋へ着いたわ。皆が居る船まで、通い船で渡してもらおか。そんな所で、犬と遊んでるのやないわ。早う、此方へ下りてこい。通い船のォーーッ！」〔ハメモノ／水音。大太鼓で演奏〕
船「ヘェーーイ！」
清「すまんけど、川市丸と書いてある船まで、やってくれ」
船「お履物は、直ってますか？　ほな、出しますわ。うんとしょう！〔ハメモノ／縁かいな。三味線・大太鼓・当たり鉦《がね》で演奏〕　さァ、着きました」
清「ご苦労さん。（金を渡して）少ないけど、取っといて」
船「仰山、頂戴しまして、有難うさんで」
喜「清やん、何を渡してる？」
清「岸から渡してもろた船賃を、一円渡した」
喜「懐を傷《いた》まして、すまんな」

清「これも皆、割前から出てるわ」
喜「手荒い遣い方をせんといて！　そうと知ってたら、清やんを背負《せお》て、泳いできた」
清「情け無いことを言うな。おい、皆。遅なって、すまなんだ。喜ィ公の嬶がゴテついたさかい、遅なって。チョネやん、喧嘩相手を連れてきた」
コ「まァ、喜ィさんの弁」
清「(制して)シィ──ッ！」
コ「ケベ」
清「(制して)シィ──ッ！」
コ「まァ、さよか。喜ィさんのモッつぁん、モッつぁん！」
喜「清やん、聞いてくれた？　今日は、『モッつぁん』と言うてくれてる」
清「喜んでるけど、何のことか、わかってるか？」
喜「サッパリ、わからん」
清「わからんのに、喜ぶな。人の後をベタベタ随《つ》いて歩くさかい、トリモチと言うた」
喜「コラ、チョネ公！　わしのことを、トリモチと言うたな」
コ「まァ、清やんの惑乱《わくらん》やわ。あんたと私は、どんな仲や？　なァ、こちの人」
喜「おゥ、女房ども！」

清「納まって、ケッタイな声を出すな」
喜「これも皆、割前の内や」
清「一々、割前と言うな。皆、呑み始めてるわ」
喜「皆、赤い顔をしてる。呑むな、食うな、呑むな、食うな！　わしが追い付くまで、呑むな、食うな、呑むな、食うな！　湯呑みへ、酒を注いで。(酒を呑んで)今日は、割前や。追い付くまで、呑むな、食うな、呑むな、食うな！　両手で湯呑みを持つさかい、これへ注いで。(酒を呑んで)ン、ン、ン！」
清「鳩か！」
喜「御馳走も、此方へ廻して、刺身も、焼物も、吸物も。割前やさかい、しっかり食べるわ。鯛の頭を、ポーンと落として、船頭へ持って行って」
清「船頭は、酒と肴《さかな》を当てごうてるわ」
喜「いや、そうやない。鯛の頭を預けて、帰りに持って帰る。明日、焼き豆腐と煮《た》いて、おかずにするわ」
清「意地ましいことを言うな」
喜「今日は、割前や！」

喜六が「割前、割前」と汚いことを言うさかい、気の良《え》え友達も、「あァ、割前や。此方の盃も受けて」と、ドンドン呑ませる内に、へべのレケレケに酔うてしもた。
喜「（酔って）ヒャ、ファ、ヘッ、ヒィ、ホゥ」
清「誰が、こんなに酔わせた？　勝手に呑んで、酔うてるわ。着物を脱いで、風に当たって、酔いを醒《さ》ませ。何の呪《まじな》いになるか知らんけど、赤い褌《ふんどし》をさせてもらうな。お前の褌が赤い、わしのが白い。艫《とも》の方へ出て、二人で紅白の源平踊りをしょう」
喜「ほな、賑やかに行こか。チョネやん、三味線を弾いて。やったやった、コラコラ！」
〔ハメモノ／負けない節。三味線・〆太鼓・大太鼓・篠笛・当たり鉦で演奏〕
一方、雷のお松っつぁんは、近所の嫁さん連中を誘て、難波橋へ、夕涼みに出てきた。
松「一寸、若い娘の浴衣《ゆかた》の柄を見なはれ。私らが若い時分、あんな派手な柄は、よう着なんだ。仰山、大川へ船を浮かべて、賑やかなこと。あんな遊びをしたら、仰山、お金が掛かるやろな？」
咲「一寸、お松っつぁん。あの船で裸踊りをしてるのは、お宅の喜ィさんと違うか？」

松「いえ、あんたの見間違い。頼り無い親父でも、役に立つことがあるみたいで、今日の日が暮れから、ミナミの小料理屋で、喧嘩の手打ちの会へ、顔を出してるの」
咲「そやけど、よう似てるわ。その横で、同じように裸踊りをしてるのは、あんたの家へ遊びに来る、清八という人と違うか？　川市丸と書いてある船で、二人で踊ってるわ」
松「一体、どの船？　まァ！　ウチの親父と、清八やないか。喧嘩の手打ちと言うて、こんな所で遊んでるやなんて、腹が立つ！　（お咲の胸倉を掴んで）エイ！　手が向こうまで届かんさかい、あんたの胸倉を借りた！」
咲「阿呆なことをしなはんな」
松「あの船は、どないしたら行ける？」
咲「小さい船で渡してくれるさかい、川縁へ下りてきなはれ」
船「通い船のォ━━ッ！」〔ハメモノ／水音。大太鼓で演奏〕
松「船を漕《こ》いでるやなんて、遅いわ。船を担《かた》げて、走っといで！」
咲「そんなことが出来るかいな」
船「どうぞ、お乗りを。へェ、川市丸へ。ほな、出しますわ。うんとしょう！」〔ハメモノ／水音。大太鼓で演奏〕
喜「（踊って）コラコラコラコラコラ！」

松「（喜六の顔を、掻《か》きむしって）オヤっさん！」

喜六が前を見ると、居らんはずの嬶が、阿修羅《あしゅら》のような顔で立ってる。

「嫁はんや！」と思ても、皆の手前があるさかい、「何をする！」と胸元を突くと、お松っつぁん、船縁から仰向《あおむ》けに、川の中へ、ドブゥーン！〔ハメモノ／水音。大太鼓で演奏〕

幸い、川は浅瀬で、立ち上がっても、水は腰切りより無い。

白地の浴衣が身に張り付くと、元結《もっとい》が切れて、髪はサンバラ。

顔は真っ青、唇《くちびる》は紫色。

上手から流れてきた竹を掴むと、川の真中《まなか》へ、スックと立って！

喜「（能掛かりになって）〔ハメモノ／早笛。〆太鼓で演奏〕そもそも我は、桓武《かんむ》天皇九代の後胤《こういん》・平知盛《たいらのとももり》、亡霊なり！」

清「おい、喜ィ公。お前の嬶が、奇怪《おか》しゅうなった」

喜「大丈夫！　チョネやん、シゴキを貸して」

シゴキを輪にすると、数珠《じゅず》の代わりにして、

喜「（能掛かりになって）〔ハメモノ／早笛。〆太鼓で演奏〕その時、喜六は少しも騒がず。数珠サラサラと、押し揉《も》んで。東方に降三世《こうさんぜ》、南方軍荼利夜叉明王《ぐんだりやしゃみょうおう》。西方に、大威徳《だいいとく》夜叉明王。北方に、金剛《こんごう》夜叉明王！〔ハメモノ／薄ドロ。大太鼓で演奏〕中央に、大《だい》日大聖《にちだいしょう》不動明王！」

□「一寸、見てみなはれ。川と船で、派手な夫婦喧嘩をしてますわ」

△「あれを夫婦喧嘩と見たら、殺生や。あれは趣向で、男は幇間《たいこもち》、女は仲居。夫婦喧嘩と見せ掛けて、川と船で、弁慶と知盛の祈りを演ってる。これを誉めなんだら、誉める物が無いさかい、私が誉めますわ。秀逸、秀逸、秀逸と申します！　川の中の知盛も良えけど、船の中の弁慶はん、弁慶はん！」

喜「言うた！　おい、清やん。今日の割前、払といて」

解説「船弁慶」

上方落語の夏の傑作といわれる『船弁慶』では、源義経の家来・武蔵坊弁慶の名前が、大切なキーワードになっています。

主人公の喜六が、周りの者に「弁慶」と言われるのが嫌ということが、事の始まりですが、「弁慶」という言葉の裏側にはさまざまな意味がありました。

金持ちの供をして、御馳走になる者を「弁慶」と呼んだようで、このことは、随筆家・演芸研究家の宇井無愁氏が、「江戸時代の享保頃、大坂では金持ちを『大尽』、幇間を『弁慶』と呼び、後に取り巻き連も『弁慶』と言い、近松門左衛門作『凱陣八島』『吉野忠信』『曾我虎が石』などで、義経を『大尽』、弁慶を『幇間』として扱ったことから、幇間を『弁慶』と呼ぶようになった。難波橋の夕涼みは、大坂の景物として賑わい、享保頃から涼み俄《にわか》が始まって、町内の好事家《こうずか》の三、四人が組んで出掛け、涼み客の『所望』に応じて、趣向を競った」と綴《つづ》りました。

また、「五代目笑福亭松鶴集」（※二代目露の五郎編。青蛙房）の演目解説で、五代目松鶴の子息・六代目松鶴師が「幕末に近い嘉永・安政の頃、西暦一八五〇年前後と言われてるが、上方の遊里で、大尽客を『判官』と言うた。つまり、金持ちを『宝《ほう》』という洒落で、九郎判官義経に当てはめて、『義経に忠義を尽くす者』ということで、幇間を『弁慶』と言うてたのが、幇間が廃《すた》れて、取り巻き連や、お供の者を『弁慶』と言うようになった」と述べています。

このネタの主人公は、上方落語でお馴染みの喜六・清八ですが、喜六の嫁・お松が強烈な存在で登場し、絶大な効果を上げているだけに、お松のキャラクターを楽しむネタとも言えましょう。

『船弁慶』の前半だけで高座を下りると、演題を『恐妻』『強妻』とすることからも、そのキャラクターの強烈さが知れます。

『船弁慶』は、大阪の夏の暑さ・涼み船の風情・夫婦の力関係など、さまざまな角度から楽しめる上、上方落語の特色のハメモノ（※落語の中へ入る囃子）が、効果的に入る工夫が施されました。

喜六・清八が難波橋へ着き、小舟で大きい屋形船へ渡してもらうとき、『縁かいな』という上方唄が、舞台の袖で控えている囃子方から演奏されます。

『縁かいな』は、天保頃の芸妓の騒ぎ唄『四季の縁』が、明治六年頃に流行し、明治二十二、三年頃、上方から上京した生田流の箏曲家・徳永徳寿が、徳永里朝という芸名で、寄席の高座へ上がり、箏・三味線の曲弾きなどで人気を博し、『四季の縁』を『縁かいな』と替えて上演したのが評判になり、巷《ちまた》で流行しました。

歌詞は、〔1〕春の夕べの手枕《たまくら》に、しっぽりと降る軒の雨。濡れて綻《ほころ》ぶ、山桜。花が取り持つ、縁かいな。〔2〕夏の涼みは両国の、出船入船、屋形船。上がる流星、星下り。玉屋が取り持つ、縁かいな。〔3〕秋は夜長の長々と、痴話が嵩《こう》じて、背《せな》と背。晴れて差し込む、ガラス窓。月が取り持つ、縁かいな。〔4〕冬の寒さに、置き炬燵《ごたつ》。屏風が恋の仲立ちで、積もる話は寝て解ける。雪が取り持つ、縁かいな。

替え唄も数多くあり、「夏の暑さに、涼み船。簾《すだれ》かかげて、爪弾《つまび》きの。粋な二上り、三下り。風が取り持つ、縁かいな」という洒落《しゃれ》た歌詞まで作られ、現在でも『大津絵節』を採り入れた『両国』の上演を楽しむこともあります。

上方落語のハメモノの歌詞は、「夏の遊びは、難波橋。対の浴衣に、涼み船。簾下ろして、忍び逢い。酒《ささ》が取り持つ、縁かいな」となり、『鯉船』『さくらん坊』などで、船を河岸から漕ぎ出す場面に使用されるようになりました。

そして、宴会の場面で入るのが、ハメモノの代表曲『負けない節』で、この曲ほど、ネタの雰囲気を高め、その場面を陽気にする曲はありません。

原曲は、座敷唄と思われますが、どの曲から採り入れたかは不詳で、寄席囃子独自の曲

「上方はなし・第26集」〔五代目笑福亭松鶴編。昭和13年６月刊〕の表紙と、「浪速橋夕涼みの圖」。

と言われています。

歌詞は「踊り踊るなら、品良く踊れ。品の良いのを、サァサ、嫁に取る」ですが、ほかの民謡にも見られる文句だけに、嫁入りに唄われる『長持唄』が、座敷唄へ流れたのではないでしょうか。

『船弁慶』のほか、『宿屋仇』『こぶ弁慶』などで大騒ぎをする、散財の場面に使用されますが、『鼻捻じ』（※別題『隣りの桜』）では、隣りの漢学者を懲《こ》らしめるため、庭で宴会をする場面で、「花はいろいろ、五色に咲けど、主に見返す、サァサ、花はない」という歌詞に替えて使用する場合もあります。

派手に、賑やかに、ハイテンポで演奏しますが、この曲を使用するときは、散財の場と、近くの静かな場の対比が多く、この曲を演奏しながら、二ケ所以上の様子の違いを、音の大小で表現しますが、これを昔から「生け殺し」と呼び、音を大きくすることを「生かす・おやす」、音を小さくすることを「殺す・かすめる」と言いました。

おやす場合は、大きい声で唄い、三味線・太鼓の音も大きくしますが、かすめるときは、唄を止める場合が多く、楽器の音も極力小さくします。

「生け殺し」の演出効果で、ネタの世界が立体的になるだけに、囃子方は細心の注意を払わなければなりません。

宴会の場面の半ばで、喜六の嫁・お松が、小舟で大屋形に乗り込むシーンでは、地唄『八島《やしま》』の中盤の「思いぞ出《い》づる壇の浦の、その船戦《いくさ》、今は早や」の歌詞を唄い切った後、トテチン、トテチンという三味線の手を繰り返しますが、私の師匠・桂枝雀は、場面が大層になり過ぎるのを避け、『負けない節』の生け殺しだけで、ネタを進行させました。

私も師匠の考えに則《のっと》り、その演出を踏襲しています。

長々と寄席囃子のことを述べましたが、上方落語でハメモノの存在は大きく、東京落語との構成・演出の比較にもなるだけに、今後も細かく述べますので、よろしくご理解下さい。

元来は、難波橋の上から見ていた者に、「川の中の知盛も良えけど、船の中の弁慶はん、弁慶はん！」と誉められ、喜六が「弁慶やない。今日は、三分の割前じゃ！」というオチでしたが、これも師匠・桂枝雀が「弁慶はん！　言うた！　清やん、今日の割前、払といて」というオチに改めたため、それを私も使用しています。

元来、『船弁慶』は、五代目笑福亭松鶴の十八番で、前名の笑福亭枝鶴時代から、ＳＰレコードへ数多く吹き込みました。

お松の立弁（※早口で、無駄がなく、間違いなく、澱《よど》みのない弁舌）が見事であり、『天王寺詣《まい》り』で、天王寺の境内の様子を語るのも同様で、快いテンポ・リズムで、観客を落語の世

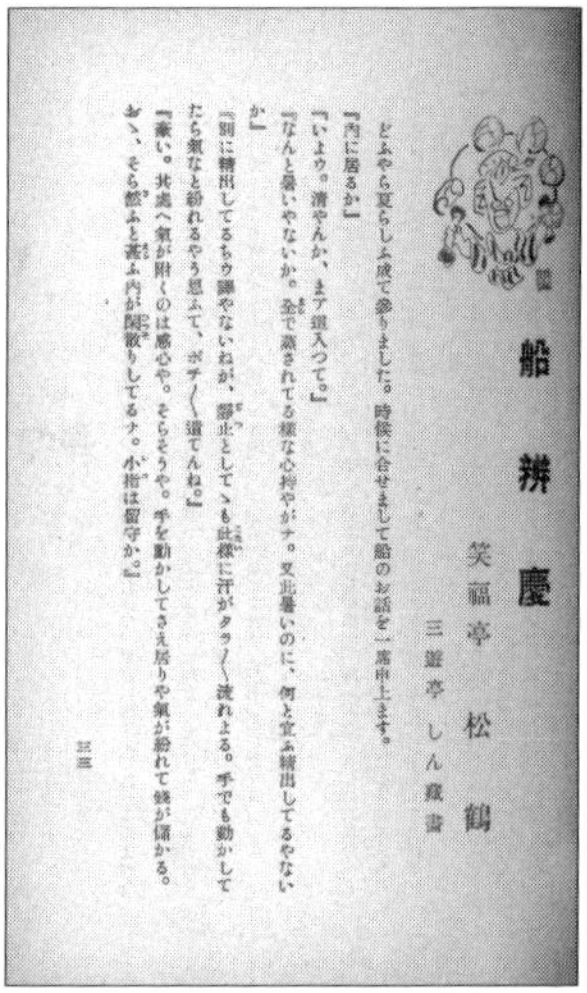

船辨慶

笑福亭松鶴
三遊亭しん蔵書

どふやら夏らしふ成て参りました。時候に合せまして船のお話を一席申上ます。

『内に居るか』

『いよウ。清やんか、まア這入つて。』

『なんと暑いやないか。至で蒸されてる様な心持やがナ。又此暑いのに、何と宜ふ精出してるやないか』

『別に精出してるちウ譯やないねが、膠止として ゝも此様に汗がタラ〳〵流れよる。手でも動かしてたら氣なと紛れるやろ思ふて、ボチ〳〵遣てんね。』

『豪い。其處へ氣が附くのは感心や。そらそうや。手を動かしてさえ居りや氣が紛れて錢が儲かる。おゝ、そら然ふと嘉ふ内が閑散りしてるナ。小指は留守か。』

三三

「上方はなし・第26集」〔五代目笑福亭松鶴編。昭和13年6月刊〕に載る、五代目笑福亭松鶴口演の『船辨慶』の速記。

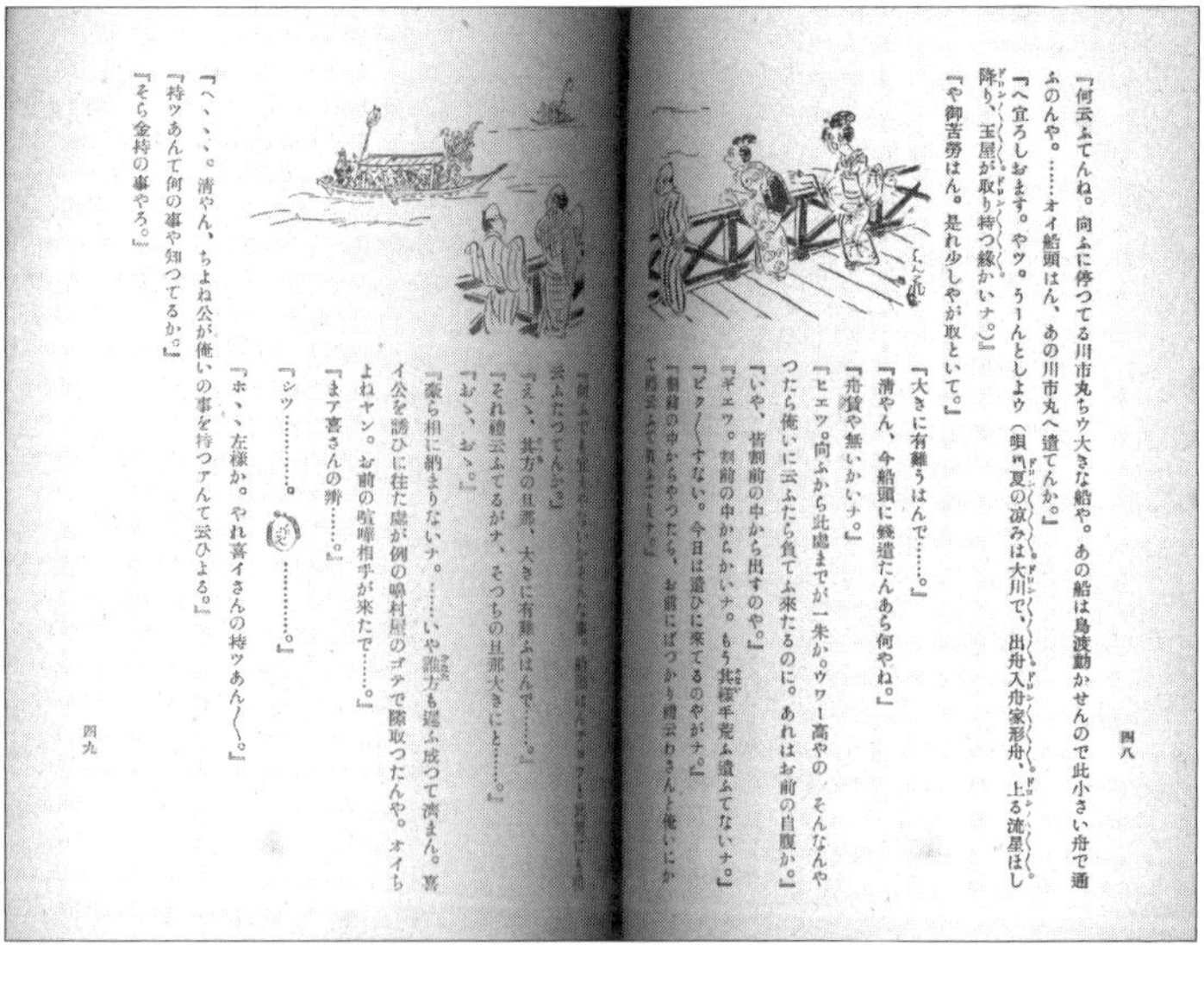

四八

『何云ふてんね。向ふに停つてる川市丸ちウ大きな船や。あの船は鳥渡動かせんので此小さい舟で通ふのんや。……オイ船頭はん、あの川市丸へ遣てんか。』

『へ宜ろしおます。やツ。うーんとしよウ（唄〽夏の涼みは大川で、出舟入舟家形舟、上る流星ほし降り、玉屋が取り持つ縁かいナ。）』

『や御苦勞はん。是れ少しやが取といて。』

『大きに有難うはんで……。』

『清やん、今船頭に錢遣たんあら何やね。』

『舟賃や無いかいナ。』

『ヒエツ。向ふから此處までが一朱か。ウワー高やの、そんなんやつたら俺いに云ふたら負てふ來たるのに。あれはお前の自腹か。』

『いや、皆割前の中から出すのや。』

『ギエツ。割前の中からかいナ。もう其樣千兎ふ遣ふてないナ。』

『ビク〳〵すない。今日は遣ひに來てるのやがナ。』

四九

『ええ、其方の旦那、大きに有難ふはんで……。』

『それ總云ふてるがナ、そつちの旦那大きにと……。』

『おゝ、おゝ。』

『豪ら相に納まりないナ。……いや諸方も遠ふ成つて濟まん。喜イ公を誘ひに往た處が例の鳴村屋のゴテで隙取つたんや。オイちよねヤン。お前の喧嘩相手が來たで……。』

『まア喜さんの辨……。』

『シツ……。』

『……。』

『ホゝ、左樣か。やれ喜イさんの持ツあん〳〵。』

『へゝゝゝ。清やん、ちよね公が俺いの事を持つアんて云ひよる。』

『持ツあんて何の事や知つてるか。』

『そら金持の事やろ。』

界へ誘《いざな》ったようです。

五代目松鶴に教えを受け、昭和三十年代から評判を取ったのが、五代目桂文枝師（三代目桂小文枝）の『船弁慶』でした。

文枝師から、小米時代の桂枝雀が稽古を付けてもらい、得意ネタに仕上げたことから、現在では五代目文枝一門、二代目桂枝雀一門の上演が多いのです。

五代目文枝師も、私の師匠も、喜六の嫁・お松を豪快、かつ、可愛く描き、嫌味のない女性にしたことが、ネタの快さにつながったと言えましょう。

時間的にも長く、山場がいくつもあるので、若手が上演しても、形になりにくいだけに、噺家の修業を怠ってきた者が演じるのは難しいと思います。

『船弁慶』を演じるには、落語のほか、日本舞踊・音曲などの素養も必要でしょう。

それらの稽古が出来ていない者が演じると、ただただ、覚えている噺の筋だけを述べているようになり、ラストの能掛かりになる場面は、形になりません。

元来、能の『船弁慶』のパロディだけに、その雰囲気も伝えなければ、ネタの値打ちが薄らぎます。

能の『船弁慶』は、兄・源頼朝から追われる身となった義経一行が、摂津国（※現在の兵庫県）大物浦《だいもつ》から、船で西国へ落ち延びようとしたとき、突風が吹き、大波が押し寄せ、平家の怨霊《おんりょう》が襲い掛かり、平知盛の怨霊が長刀《なぎなた》を振るい、船を海へ沈めようとしましたが、弁慶の祈りに負け、波の中へ消えていくという物語で、弁慶の祈りの場面を、落語へ採り入れました。

能から歌舞伎・日本舞踊にも移され、有名な題材になっただけに、落語でも形良く演じなければなりません。

しかし、あまりにも能の匂いが効き過ぎると、落語と離れてしまうだけに、心得は十分で、微かな匂いをネタへ反映するのが一番と言えましょう。

とにかく、楽しく、面白いネタの『船弁慶』は、さまざまな角度から考えると、上演するには難易度の高いネタなのです。

コラム・上方演芸の残された資料より

最近、「サンデー毎日」の元編集長・渡辺均氏の自筆原稿を入手することが出来た。

渡辺均氏は、若い頃、江戸の文化・文政時代にのめり込み、新進作家として、祇園小説に才を発揮し、織田作之助にも影響を与えた上、戦前・戦後の噺家と付き合いもあり、落語研究家として、『落語の研究』という本まで著した逸材である。

入手した資料の中に、数人の噺家のエピソードを集めた原稿が入っていた。

それは、昭和二十二年七月から、新大阪新聞で連載した「昭和奇人伝・落語家の巻」と思われるが、渡辺均氏が亡くなってから五十年以上経っており、衆人の目に触れることはないと思われるため、まず、私の大々師匠となる、四代目桂米團治から紹介したいと思う。

なお、句点・読点などの表記は、原文通りであることや、漢字にルビを振らないことを、ご承知願いたい。

桂米團治の巻 ①

大阪落語の傳統を護り續けた五代目松鶴が急に歿くなって、春團治や花橘は別として、あとにこの同じ精神を属目するに足るものは、今のところ桂米團治だけになってしまった。

古い傳統を護るといふことだけについてのいろいろな議論は、ここで述べるべき性質のものでもなし、又それにはさまざまいふべきことも多いのだが、とも角、米團治の存在が貴重なものとしてここに大きく浮かび上ってきたことは事實である。

米團治には既に松鶴生前から、事實、松鶴以上の傳統主義者だったし、又それを強く主張し且つ實行してきた人である。そして欲得を離れた純粋派でもあることは、その頑固さと結びついて、彼自身、何ぼうか損をし續けてゐることにちがひない。

ところがこの米團治の御多分に洩れぬ酒好きは、その方面でも松鶴と並び称されたものだが、その酒好きが彼自身の他愛もない健忘と、稚氣のある疎忽とに結びついた時、そこに途方もない滑稽な失敗ばなしや「よ言わん話」となって現はれる。

つい一ト月ほど前のことである。私のところへ彼からの葉書が届いた。「明後×日×時お宅へ伺ひます」といふやうな簡単な文面である。始終いろいろな場所で顔を合はせるのに、

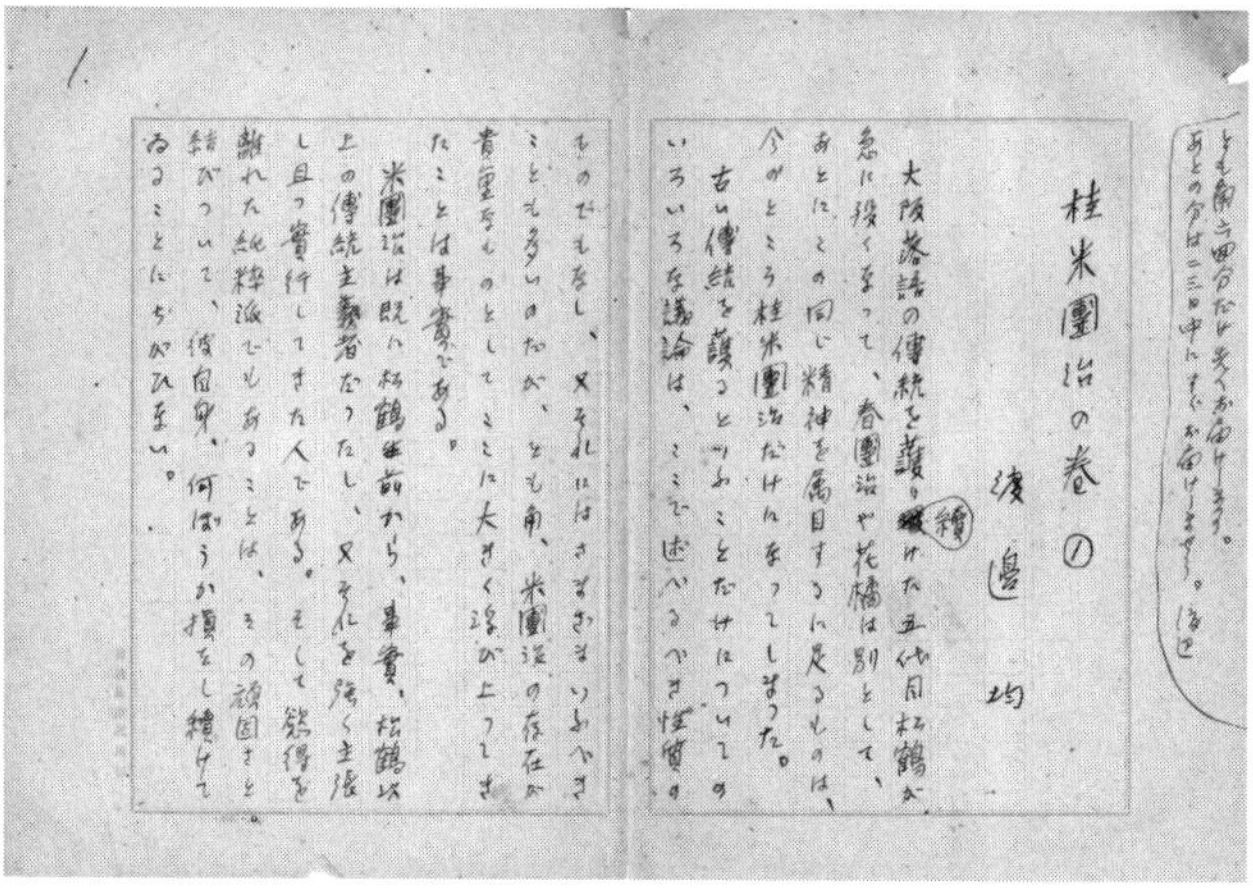

とも角三四分だけ先へお届けします。あとの分は二三日中にお届けします。渡邊

桂米團治の巻 ①

渡邊 均

大阪落語の傳統を護り續けた五代目松鶴が急に歿くなって、春團治や花橘は別として、あとにその同じ精神を屬目するに足るものは、今のところ桂米團治だけになってしまった。古い傳統を護るといふことだけについてのいろいろな議論は、ここで述べるべき性質のものでもなし、又それにはさまざまいふべきことも多いのだが、とも角、米團治の存在が貴重なものとしてここに大きく浮び上ってきたことは事實である。

米團治は既に松鶴生前から、事實、松鶴以上の傳統主義者なったし、又それを強く主張し且つ實行してきた人である。そして鉄傳を離れた純粋派でもあることは、その頑固さと結びついて、彼自身、何ほうか損をし續けてゐることにちがひない。

「桂米團治の巻・１」の渡辺均の自筆原稿。

急に何用だらうかと思ひながら、その日私は他に少々用事のあったのも放って、指定の時間には在宅して待ってゐたのだが遂に来ない。

どうしたのかと思ってゐると、その翌日、又葉書である。そして又しても「×日×時に伺ひます」と書いてあるのだが、その×日×時は前便の日時と同じなので、結局×日といふのは、もう済んでしまった昨日のことである。かうなるともう何が何だかさっぱり譯が分らぬ。

しかし、これが他の人からの葉書なら格別だが、相手が米團治だとなってみると、これはきっと何か又例の酒と疎忽とのコンビだなと、私には寧ろ可笑しくてさへなって来るのだった。そして丁度それから二三日経った後、ある場所で顔を合はせてみると……

桂米團治の巻 ②

それから二三日経った後、ある場所で彼れ米團治と顔を合はせてみると、果して私の豫想通りで、しかも大分に念が入ってゐる。

といふのは、彼がその時自分で一寸心嬉しいことがあって、自祝の意味でしたたか飲んだ或る晩のこと、ふと彼の頭に、ぜひ私に話をしなければならない用件を思ひついたのださうである。そこで早速、忘れないうちにと例の第一信をその場で簡単にしたためて、家人にポストへ入れさせた。

ところで翌る日、家人から彼はその葉書のことを聞かれたのだが、どう考へても彼にはその用件といふのが思い出せない。それどころか、別に用件などありもしなかったやうにさへ思へてくるので、用事もないのに訪ねて行ってもそれは反って邪魔になるだけだと考へ直し、これは電話ででも至急に断はっておかうと思ひながら、いつしかそれもつい忘れたまま、その日は京都へ行く日だったので京都へ行ってしまった。

その晩はまた京都で飲んで、さて丁度前夜と同じやうな状態に酔ひが廻ってきたと思った時、自分でも知らぬ間に、彼は再び何かしら私に用件があるやうな錯覚を起こして来て、そこで又、つい第一信と日時でも同じ文句の第二信をしたため、この時はもう大分夜も更けてゐたので、翌る朝わざわざ早くから自分で投函したのださうだが、文面に書いた×日といふのがその當日であり、しかもその日も引續いて京都に泊まらねばならないことになってゐたにも拘らず、彼自身そんなことさへ一切氣もつかず、その上、二度目の葉書を出したといふことまで、そのまま全然忘れてしまってゐたらしいのである。

随分念の入った話で、さすがの彼にもこんな例は今まで他になかったさうだが、しかし、事によったら、もし有ったとしても忘れてしまってゐるのかもしれない。同じ日に、二ケ所へ行かねばならないやうな場合、例へばAへは二時でBへは四時といふことになってゐるとしたら、それを間違へてBの方へまづ二時に行って大慌てに慌てたといふような疎忽や勘違いを、以前にはしばしば繰返したこともあったし、もっとひどい勘違いの例は……

桂米團治の巻 ③

これはまだ戦争中の話で、慰問演藝多忙なりし頃のことであるが、西宮市内のどことかで、徴用工たちを慰問のため彼れ米團治が一席を辯じた時の話である。

その日は、そこを終わってからすぐ引續いて、今度は大阪へ引返して大手前の軍人會館での一席が豫定されてゐた。しかもこの軍人會館での彼の高座は、ＢＫで中継放送をせられることになってゐたので、丁度その時間の間に合ふやうに自動車が差向けられ、彼が西宮を終ってすぐ阪神電車で梅田へ着けば、梅田からはその迎への自動車に乗せて軍人會館へ運ばれるといふ順序になってゐた。

ところが、西宮での彼の話が少々時間を食ってから終り、しかしそれでも、そのまま順序よく豫定通りに事が運べば勿論何事もなかったのだが、その折西宮へ来合せてゐた他の連中が殊更ら氣をきかせて、阪神電車は香櫨園で乗って次の西宮ですぐ後から追ひ越してくる急行に乗換へたら少しでも早く梅田へ着くからといふことを彼に注意して何度も念を押して言ひ聞かせたものだから、彼は香櫨園で阪神の普通車に乗って、その同僚の注意を遵奉して次の西宮で急行に乗換へるつもりで一旦下車したのである。

そこでプラットフォームからあたりを見廻はすと、丁度別の線路に停車してゐる電車があって大阪行と書いてある。しかも一寸覗いてみるとガラあきなので、これはラクでいいと大喜びで彼もすぐそれに乗込んだのだが、これが中々発車しない。やがて急行が来て、その次に今まで乗ってゐた普通車が出て、その次に又急行が通って、さてその次にこれが発車する順序だったらしいのだが、とも角彼はこれで教へられた通り急行車に乗換へたのだと信じ切ってゐるので、ひたすら安心して何の疑ひも持ってゐない。

やがて大分経ってその車が漸く発車し、梅田へ着いて、さて出迎への自動車をと随分捜し廻ったが、どうしてもそれがどこにも見當らぬ。かうしてゐては反って時間が遅れると、その頃になって漸く時間のことが氣にかかって来たので、もう自動車をあきらめて電車に乗って大手前の軍人會館へ駈付けたのだが、彼の中継せられるべき時間には丁度終わったところだった。

出迎への自動車は、時間が過ぎたので引返してしまってゐた訳で、ＢＫではそれこそ慌てるやら困るやらで、中継はやむなく他のもので間に合せたといふ混乱だったのである。そして彼は大にお目玉を食った。しかし、わざわざ急行にまで乗換へて来たのにどうしてこんなに遅くなったのか、彼には暫くその理由が分からなかったさうである。

『桂文我 上方落語全集』刊行に寄せて

民俗学者　神崎 宣武

桂米朝さん（一九二五～二〇一五年）を〝芸能博士〟と呼んだのは、小沢昭一さん（一九二九～二〇一二年）である。小沢さんの著作（『老いらくの花』文藝春秋、二〇〇六年）でも紹介されているし、私は、小沢さんから直接そのいきさつについて聞いたことがある。

二人とも、学生時代から小説家であり評論家であった正岡容《いるる》に私淑して、正岡家に出入りしていた。米朝さんが先輩だが、そのところでの同門。各地の放浪芸を追跡、その記録を数多く遺している小沢さんの芸能史研究に、少なからず影響を与えたのが、先輩の米朝さんなのである。

桂米朝さんといえば、「上方落語の中興の祖」といってもよい。その功績から人間国宝にも選ばれ、演芸人としては初の文化勲章を受章した。われらが敬愛する桂文我さんの大師匠にあたる（師匠は桂枝雀さん）。そして、文我さんがまた、米朝さんの学究肌を確実に受けついでいるのだ。

ここで、落語の歴史をざっとたどっておこう。

古くは、安楽庵策伝《あんらくあんさくでん》の『醒睡笑《せいすいしょう》』（寛永五＝一六二八年）がある。策伝は、茶人でありお伽衆《とぎ》でもあった。『醒睡笑』は、策伝が京都所司代板倉重宗の御前ではなした咄（お伽咄）を筆録したものである。落語の始祖をこのあたりに求めるむきもある（興津要『落語——笑いの年輪』角川選書、一九六八年など）。

落語としての進化は、町人文化の勃興期とされる天和から元禄（一六八一～一七〇四年）のころ、とみるのがよかろう。京都での露の五郎兵衛、江戸での鹿野武左衛門、大坂での米沢彦八らの辻咄《つじばなし》が記録に残る。この辻咄というのは、簀《よし》張りの小屋が想定され、寄席の原初形態としてよかろう。

これらの辻咄集も、『軽口露がはなし』・『軽口利益咄』・『露休置土産』など数多くある。

町人文化の再勃興期は、文化・文政期（一八〇四～一八三〇年）。そのころ、岡本万作なる噺家が江戸に下ってきた。そして、「頓作軽口噺」の看板をかかげ、引札《ひきふだ》（チラシ）を撒いて客を集めた。これが寄席のはじまり、とする。そして、三笑亭可楽を江戸落語の祖とする（前出『落語——笑いの年輪』ほか）。

当時は三題噺が中心で、それは、浮世絵や滑稽本からも確かめることができる。三題噺は、ひとりが落語三題を語るかたちだが、一題分は落語以外の声色芸や芝居がかりで埋めることもあった。

そうした寄席興行は、江戸で盛んであって、上方では低調であった。やがて、江戸の三笑亭一派に呼応して大坂に桂一派が登場。さらに、笑福亭一派も登場。上方でも寄席興行が定着した。

明治以降の落語界の盛衰については、ここでなぞることをしない。東京では三遊亭円朝、大阪では桂春団治などの活躍が特筆されるところだろう。

しかし、上方噺が噺家ともどもに東京に移殖される傾向が強く、もう一方で漫才の流行に追討ちをかけられることもあり、上方での落語の活況は長続きしにくかった。

昭和になっても、戦時中から戦後がそうであった。のちの〝芸能博士〟桂米朝さんが桂米團治に入門した昭和二二（一九四七）年からしばらくは、上方落語の停滞期であった。というか、消滅寸前の危機にあった。

師である正岡容から「上方落語の復興に生命《いのち》をかけろ」といわれた、という話が伝わる。米朝さんは、落語を演じたりテレビ出演を続けるなかで、古老や古文献から忘れられたり廃れたりした噺を掘りおこして復元を試みた。それは、『米朝落語全集』（全七巻、創元社、一九八〇年〜）などの著作物で知ることができる。〝芸能博士〟あるいは〝落語博士〟といわれるゆえんがそこにあるのだ。

その系譜を継がんとするのが、われらが桂文我さん。大師匠である米朝さんと同様に落語に関係するありとあらゆる文献を収集する。買い漁った、といってても過言ではあるまい。そして、それを読み漁って、噺の再現に努めてきた。

その結果として、上方落語の長編「東の旅」（全二二話）を復元した。喜六・清八が大坂の玉造を出て暗峠《くらがり》を越えて奈良に行き、上街道《かみ》・初瀬街道・伊勢本街道《ほん》を経て伊勢をめざす。四泊五日ほどの往路である。それから、宮参りをして、復路は桑名に出て京にまわる。京からは、淀川下りで大坂まで。とくに、この淀川下りの場合は、上方落語の定番「三十石夢の通り路」として伝えられてきた。が、それは、一話にすぎないのだ。文我さんによって、忘れられて久しかった「東の旅」の全貌が明らかになったのだ。それは、『上方落語「東の旅」通し口演——伊勢参宮神賑《かみのにぎわい》』（青蛙房、二〇一四年）で上梓されてもいる。

落語はおもしろおかしくはなせばよい、聞けばよい、という人も多い。落語家のなかにも、かたぐるしい理屈などは邪魔になるだけ、という人もいようか。もちろん、それも一理あって否定するものではない。

しかし、落語は、日本を代表する話芸であり文化である。その歴史をふりかえり、噺の生まれた時代性や地方性を知ろうとする姿勢は尊いもの、としなくてはならない。また、失われたり歪められたりした噺の元をたどる姿勢も尊いもの、としなくてはならない。そこに、古老の伝承や古文献をひもとく必然も生じてくる。それは、まぎれもなく学際的な研究姿勢なのである。

そうした「落語学」が成立するはずである。そこに、自らが演じることができる、その体験値が加わることで実践的な「落語学」ともなるだろう。この『桂文我 上方落語全集』が完結のあかつきには、文我さんによってそれが成立するはずである。大師匠の業績とも相対、相乗する、空前絶後のうれしい成果を期待しておこう。

●参考文献

『政談・小間物屋小四郎』(五代目翁家さん馬／駸々堂)
『三遊亭圓遊落語全集』(三芳屋書店)
『落語忠臣蔵』(七代目土橋亭里う馬／三芳屋書店)
『落語事典』(青蛙房)
『落語根多控』(桂右の助)
『噺の蔵入　その一』
『鳥の町』
『柳家小三治新落語集』(三芳屋書店)
『浪華落語　眞打連講演　傑作落語名人揃』(文友堂書店・三芳屋書店)
『軽口五色帋』
『郷土研究・上方／第五号』(上方郷土研究会・創元社)
『柳家小せん落語全集』(三芳屋書店)
『大阪の民具・民俗志』(文化出版局)
『桂米朝上方落語全集』(創元社)
『五代目笑福亭松鶴集』(二代目露の五郎／青蛙房)

■著者紹介

四代目 桂 文我（かつら ぶんが）

昭和35年８月15日生まれ、三重県松阪市出身。昭和54年３月、二代目桂枝雀に入門し、桂雀司を名乗る。平成７年２月、四代目桂文我を襲名。全国各地で、桂文我独演会・桂文我の会や、親子で落語を楽しむ「おやこ寄席」も開催。平成25年４月より、相愛大学客員教授に就任し、「上方落語論」を講義。国立演芸場花形演芸大賞、大阪市咲くやこの花賞、NHK新人演芸大賞優秀賞、芸術選奨文部科学大臣賞など、多数の受賞歴あり。

・主な著書

『復活珍品上方落語選集』（全３巻・燃焼社）
『らくごＣＤ絵本　おやこ寄席』（小学館）
『落語まんが　じごくごくらく伊勢まいり』（童心社）
『ようこそ！　おやこ寄席へ』（岩崎書店）など。

・主なオーディオブック（CD）

『桂文我 上方落語全集 第一巻【上】』
『桂文我 上方落語全集 第一巻【下】』
『上方落語 桂文我 ベスト ライブシリーズ１』
『上方落語 桂文我 ベスト ライブシリーズ２』
『おやこ寄席ライブ１～10』（いずれもパンローリング）など。
他に、CDブック、DVDも多数刊行。

2020年2月3日　初版第1刷発行

桂文我 上方落語全集 ＜第一巻＞

著　者　　桂文我
発行者　　後藤康徳
発行所　　パンローリング株式会社
〒160-0023　東京都新宿区西新宿 7-9-18　6階
TEL 03-5386-7391　FAX 03-5386-7393
http://www.panrolling.com/
E-mail　info@panrolling.com
装　丁　　パンローリング装丁室
組　版　　パンローリング制作室
印刷・製本　株式会社シナノ

ISBN978-4-7759-4222-2
落丁・乱丁本はお取り替えします。

好評発売中
桂文我
おやこ寄席
ライブ
親子で聴きたい
「おやこ」向け落語の
ベストセラーシリーズ
満を持しての登場！
大人向けの落語を子ども向けに
ダイジェストすることなく、
たっぷり聴かせる名演の数々を、
臨場感たっぷりお届けします。
CD
1 まんじゅうこわい / ししかい / とまがしま
2 おおやすうり/どうぐや/くしゃみこうしゃく
3 ぶすけうま / はつてんじん / だいみゃく
4 つる / さぎとり / えんようはく
5 うしほめ / もといぬ / うなぎや
6 はないろもめん/なつのいしゃ/どうぎり
7 じゅげむ/てんぐのさかもり/おやこざけ
8 たぬきのサイコロ / ろくろくび / ときうどん
9 いぬのめ / んまわし / ひちどぎつね
10 たいらばやし / はちごろうぼうず / さらやしき
CD収録枚数：各１枚
各定価：本体 2,000円＋税